GAEA

Gaea

陳浩基、文善、譚劍、夜透紫、莫理斯、柏菲思、黑貓C、望日、冒業——著

目錄

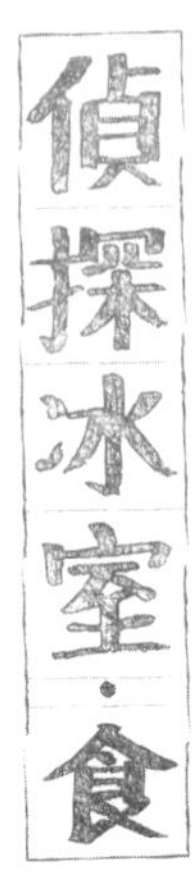

目錄

序

多名作者參與的短篇小說合集有一段時間被認爲是賣不出去的出版形式。當時的讀者不但偏好個人單著，更偏好長篇小說。因此籌備多人合著總是困難重重，不但風險高、每位作者分到的版稅不多、編輯工作繁重，一旦失敗更同時連累多人。不少合集企劃胎死腹中，有的則只能以同人誌方式出版。所以在二〇一九年幾位推理作者商量推出香港推理短篇合集（當時仍未決定叫「偵探冰室」）時，大家也是抱持著「試水溫」的心態，早就做好一本完結的心理準備。

相當幸運地，《偵探冰室》系列不但成功吸引一定數量的讀者，也順利保持每年一本的出版頻率，如今已來到第五彈。在此感謝大家一直以來的厚愛。

事後回想，也許有部分是社會環境轉變使然。網路和智能手機普及使人的時間碎片化，閱讀習慣也隨之改變。比起需要集中精神長時間閱讀的長篇小說，很快就看完一篇的短篇集更切合現代人任何活動都需要能在「線上（繼續）／線下（暫停）」之間任意切換的生活方式。多人合著的短篇集亦更像社交平台上的內容，讀者不單可以無視順序隨便翻開其中一篇開始看，更能快速掌握每位作者的寫作風格，以判斷未來會否買更多同一位作者的作品。於是除《偵探冰室》之外，近年多人合著的短篇小說集也有增加的趨勢。

除了讀者，《偵探冰室》系列過去五年還累積了參與作者：第一本已經參與其中的陳浩基、譚劍、文善、黑貓C、望日和筆者、第二本《偵探冰室．靈》時加入的莫理斯，還有第四本《偵探冰室．貓》時加入的柏菲思和夜透紫。今次《偵探冰室．食》，我們決定要過去曾經參與過的九人都交出作品，爲系列的第五年來個小總結。

今集以漢字「食」爲題。這粵語常用的口語字看似平平無奇，實際卻源遠流長。在古代漢語，「食」反而是書面語，而「吃」才是俗字。說來奇妙，「偵探冰室」本來就以「廚藝」和「菜式」去形容香港推理作家各具特色的寫作風格與小說作品，藉此帶出豐富多元的印象，卻未曾有一本直接以食品爲主題。這次總算正式將「食物」和「推理」合二爲一了。

過去百多年來，食物其實從未在推理小說缺席。「福爾摩斯探案」有好幾部作品清楚講述福爾摩斯的早餐菜式如咖啡、多士和水煮蛋等。在日本，菊池道子出版過隨筆集《推理美食遊記——世界推理小說的美食邊吃邊走》（《ミステリー美食紀行——世界の推理小說おいしいもの食べ歩き》），考察古今推理小說出現過的各種美食。這本《偵探冰室．食》有各種可在香港找到的佳餚登場，如德國豬手、焗肉醬義粉、紅燒肉煲、海鮮、雲吞麵、燉湯、雞煲和某種老甜點（爲免爆雷先賣個關子）等。

推理小說另一樣不缺的自然是屍體，而「食物＋屍體」的組合最直接的印象便是阿嘉莎・姬絲蒂（Agatha Christie）最愛的落毒殺人。可是出乎意料地，《偵探冰室・食》出現毒殺的比例相當少，不少甚至只有謎團而沒有死人。相較於單純將食物用作讓死者吞下肚子（或用來將其毆打致死）的凶器，更多是將製作過程、原料生產、運輸物流、餐廳經營、手機外賣、廚藝競賽、食療理論、食用動物的倫理道德甚至歷史回憶等人類飲食活動的各種面向與推理犯罪結合。有作品甚至跳出傳統推理小說whodunit、whydunit和howdunit的框架，以食品本身，即whatisthis爲主謎團；亦有作品模擬手機程式的體驗，寫出二十一世紀特有的故事形式；最後，加入香港奇案式「烹飪」的作品同樣是少不了的。就算撇開作品水準和參與人數不談，光看題材和推理層面的豐富程度，《偵探冰室・食》仍是歷來之冠。

香港和全球環境過去一年都出現了翻天覆地的改變。可是無論世界變成怎樣，人還是得吃飯，這就跟死亡和繳稅一樣無可避免。各位客人，「偵探冰室」在此同時獻上謎團與美食的盛宴，讓身在時代洪流的大家能靠岸稍微歇一歇，再重新上路。

冒業

二〇二三年五月二十五日

作者介紹

陳浩基

香港中文大學計算機科學系畢業，台灣推理作家協會國際成員。二〇〇八年以童話推理作品〈傑克魔豆殺人事件〉入圍第六屆「台灣推理作家協會徵文獎」決選，翌年又以續作〈藍鬍子的密室〉及犯罪推理作品〈窺伺藍色的藍〉同時入圍第七屆「台灣推理作家協會徵文獎」決選，並以〈藍鬍子的密室〉贏得首獎。之後，以推理小說《合理推論》獲得「可米瑞智百萬電影小說獎」第三名，以科幻短篇〈時間就是金錢〉獲得第十屆「倪匡科幻獎」三獎。二〇一一年，他再以《遺忘・刑警》榮獲第二屆「島田莊司推理小說獎」首獎。

他的長篇作品《13・67》（二〇一四年）不但榮獲二〇一五年台北國際書展大獎、誠品書店閱讀職人大賞、第一屆香港文學季推薦獎，更售出美、英、法、加、義、荷、德、韓、日、泰、越等十多國版權，並售出電影及電視劇版權。本書同時獲得二〇一七年度日本「週刊文春推理Best 10（海外部門）」及「本格推理Best 10（海外部門）」兩大推理排行榜冠軍，為首次有亞洲作品上榜，另外亦獲得二〇一八年本屋大賞翻譯部門第二名、第六回翻譯推理讀者賞第一名及第六回Booklog大賞海外小說部門大賞。

二〇一七年出版以網上欺凌、社交網路、駭客及復仇為主題的推理小說《網內人》。另著有科技推理小說《S.T.E.P.》（與寵物先生合著）、科幻作品《闇黑密使》（與高普合著）、異色小說《倖存者》、《山羊獰笑的剎那》、《筷：怪談競演奇物語》（與三津田信三、薛西斯、夜透紫、瀟湘神合著）、《氣球人》、奇幻輕小說《大魔法搜查線》、短篇集《第歐根尼變奏曲》、童話推理《魔笛：童話推理事件簿》等等。最新作品爲恐怖小說《魔蟲人間1》及《魔蟲人間2：黑白》。

文善

香港出生，中學時好友犯禁帶《金田一少年之事件簿》漫畫回校給同學傳閱，自此便愛上推理。

九十年代隨家人移民加拿大，落地生根。學生時代無車又無兵，假日只能跟著老爸常去圖書館，借閱當時有限的中文書籍，維持了中文的讀寫能力。也從漫畫「進化」到看推理小說，最愛日系本格推理，覺得各種設計巧妙的詭計就如一件件精緻的藝術品。

大學畢業後開始嘗試寫作，曾三度入圍「台灣推理作家協會徵文獎」決選。當「島田莊司推理小說獎」開辦時，抱著和推理界朋友去慶典的心情參加，每屆參賽的成績都有進步，終於在第三屆憑《逆向誘拐》榮獲首獎。小說並由香港導演黃浩然改編成電影，於二〇一八年上映。

在這個社會派和懸疑作品當道的年代，希望透過帶有不同元素的作品，給讀者接觸本格解謎的趣味。除了有本格解謎的骨幹，作品常有另一層議題：從商業科技到愛情甜品到女性生育到種族偏見，當中數本長篇小說已分別在韓國和日本出版。另有短篇作品散見港、台雜誌和網路平台。

譚劍

曾任程式設計、系統分析、項目管理等理工科工作，但興趣卻是人文學科。以結合人工智能和香港文化的《人形軟件》（台灣版書名爲《人形軟體》）獲首屆「全球華語科幻星雲獎」長篇小說獎金獎。探討未來科技與七宗罪的《黑夜旋律》入圍「九歌30長篇小說獎」。科幻武俠短篇小說〈斷章〉獲選入《華文文學百年選・香港卷2：小說》。以台南文化爲背景的奇幻小說《貓語人》系列入選台灣文化部一〇七年「年度推薦改編劇本書」。並獲倪匡科幻獎、可米瑞智百萬電影小說獎、BenQ華文世界電影小說獎等，入圍台北文學獎年金獎助計畫，入選香港書展「科幻及推理文學」年度主題作家。另著有科幻短篇集《免費之城焦慮症》（收錄〈香港科幻小說發展史〉）及犯罪小說《姓司武的都得死》。

參與《偵探冰室》的〈重慶大廈的非洲雄獅〉於二〇二三年由香港劇團「劇場空間」改編成音樂劇。

英國倫敦大學電腦及資訊系統學士，英國布拉德福德大學企管碩士。台灣推理作家協會國際成員。近年去中學主持講座和寫作班推廣推理和科幻小說，希望把知識和經驗傳授給下一代。

好奇如鯊魚。喜歡旅行、動物和大自然。與家人和一隻愛撒嬌的狗住在西太平洋一個小島上。

個人網站：www.mysterytam.com

夜透紫

電腦學系畢業後轉戰跨文化研究學系。曾任職兒童電視遊戲設計師、手機遊戲劇本寫作。以短篇小說〈Presque Vu〉參加第八屆「倪匡科幻獎」獲佳作獎，其後描寫繁簡漢字大戰的《字之魂》在第三屆「台灣角川輕小說大賞」獲得銅獎，共出版四集。

因爲貓是液體，希望自己的文字也能像貓一般，不喜歡被類型限制。橫軸在令人不安那一端有《人臉書》、《筷：怪談競演奇物語》。溫馨感人那一端有《二次緣古物雜貨店》、《貓耳摩斯》。縱軸在理性邏輯那一端有《小暮推理事件簿》、《幀破：慾望攝獵》。腦洞大開那一端有非常歡樂的《第一次變魔王就上手》、無以名狀的《推理什麼的不重要啦你要吃章魚燒嗎》。電子書《后羿追月》大概在中間，重寫中華神話的軟科幻故事，建議配搭月餅閱讀。

夢想是可以和貓咪一起宅在家寫作看書，而且不會餓死。

莫理斯

莫名其妙的莫，道理的理（不是大鄉里的里），斯文的斯。土生土長香港人，英國劍橋大學法律系畢業，留英講學多年後，於二〇〇一年回港轉投影視製作，其後於二〇一一至二一年間亦曾在香港大學法律系兼任客席副教授之職。魔改柯南道爾名著的偵探小說系列《香江神探福邇，字摩斯》即將推出第三集，現正希望籌拍成影視版本。

柏菲思

九十後作家，女性，香港人，現居英國。小學時期受日本文化影響，自學日語，曾用日語創作並由MYNAVI出版推出作品。對外國文化和語言研究深感興趣，另自學韓語。

二〇〇八年開始網上創作；二〇一四年獲「明日獵星輕小說大賞」金獎，商業出道；二〇一九年以《強弱》獲第六屆「金車・島田莊司推理小說獎」特優獎；二〇二一年以《孤島教室》獲選第十八屆「香港教育城十本好讀」中學生最愛書籍第四名。其他作品獲「港都文學獎」、「文學創作者文學獎」等。

寫作題材多變，擅長寫悲劇、人性黑暗面。最新著作有《貓教授之故事帳——三浦屋的小玉》。另著有犯罪小說《嗜殺基因》、《腐屍花》，推理小說《強弱》，校園小說《孤島教室》，小說集《格子裡的男人》。短篇散見各大文學雜誌。

黑貓C

香港理工大學電子及資訊工程學系畢業。二〇一五年開始在網上連載科幻、奇幻小說，翌年以武俠小說《從等級1到武林盟主》系列出道。他涉獵多種類型寫作，同年以數學為主題創作推理小說《歐幾里得空間的殺人魔》，並於二〇一七年獲得第五屆「金車・島田莊司推理小說獎」首獎。另著有奇幻輕小說《末日前，我把惡魔少女誘拐回家了！》系列。最新的推理小說《崩堤之夏》以反對《逃犯條例修訂草案》運動為背景描寫香港人的故事。

望日

香港科技大學土木及結構工程學工學士、土木工程學哲學碩士。曾任職香港政府一級行政主任。輟筆多年後仍對寫作念念不忘，爲實現以創作爲終身職業的夢想，遂毅然丟棄鐵飯碗全職寫作，集中於創作科幻及推理小說。

二〇一五年以科幻小說《黑色信封》出道；同年年底創辦「星夜出版」，繼續出版自己的作品外，同時期望與有理想、有潛質的作者攜手發展，並推廣香港作品。其懸疑小說《有冇搞錯！我畀咗成千蚊人情去飲，竟然九道菜全部都係橙》[1]於二〇二一年獲香港劇團「劇場空間」改編爲讀劇公演。二〇二二年重返校園，現正就讀於國立台北藝術大學文學跨域創作研究所。二〇二三年以〈安心出殯〉入圍第二十一屆「台灣推理作家協會徵文獎」決選。

另著有推理小說《小說殺人》、科幻小說《時間旅行社》、《深藍少年》、《粉紅少女》、《白色異境》、奇幻小說《等價交換店》、拳擊圖文小說《死角》（與曹

1 粵語翻譯：「怎麼搞的！我付了足足四千塊禮金去吃喜酒，竟然九道菜全部都是橘子」。

志豪合著）等。最新作品爲生存系漫畫《崩塌》（與鄧俊棠合著）及小說《崩塌：B-SIDE》。

堅信夢想，勇於走出舒適區，不斷尋求挑戰。

冒業

九十年代出生。香港中文大學計算機科學系畢業，現職軟體工程師。台灣推理作家協會國際成員。二〇二一年以〈千年後的安魂曲〉獲得第十九屆「台灣推理作家協會徵文獎」首獎。第二十和二十一屆「台灣推理作家協會徵文獎」初選評審。

除了創作也從事評論活動。二〇一四年開設部落格「我思空間」發表作品評論。文章曾於U-ACG、01哲學、同人評論誌Platform、MPlus、Sample樣本、微批、明周文化、博客來OKAPI等刊登，並爲劉慈欣小說合集《流浪地球——劉慈欣中短篇科幻小說選》、譚劍科幻小說《黑夜旋律》、子謙推理小說《阿帕忒遊戲》、京極夏彥推理小說《姑獲鳥之夏》、方丈貴惠推理小說《孤島的來訪者》、今村昌弘推理小說《囚人邸殺人事件》和大島清昭推理小說《影踏亭怪談》撰寫代序或解說文。目前與獨步文化合作連載專欄「今天獨步獨什麼」介紹日本推理小說評論最新狀況，藉此推廣推理小說評論普及。

另著有結合東方奇幻與數碼龐克的桌上遊戲《無盡攻殿》小說版（與PureHay〔Pure Studio〕合著）和長篇犯罪推理小說《千禧黑夜》。

筆名是「不務正業」的異變體。

手足

—— 陳浩基

【八週刊獨家專題報導】

食肆寒冬──名人食府不敵疫情　茜茜餐廳結業驚爆爭產內幕

被譽爲「名人食府」、位於灣仔駱克道的德國菜館茜茜餐廳近日傳出結業消息！縱使政府已公布放寬防疫措施，准許食肆延長營業時間及提高每枱人數上限，不少著名餐廳已回天乏術，欠租負債走上清盤一途。以「香脆德國烤豬手[1]」聞名、曾獲米芝蓮[2]一星評價的茜茜餐廳亦難逃此厄運，上週在官方Facebook貼出公告，餐廳將於本月三十號結業，呼籲食客把握機會，盡早訂位。

消息人士透露，茜茜餐廳結業並非由於財政困難，店鋪業權由經營者沈家持有，不像同區其他食肆捱天價租金。據了解，嚴苛的防疫政策只是壓垮駱駝的最後一根稻草，餐廳清盤的最大原因是餐廳東主沈建業早前意外離世，引發家族內訌。沈建業數年前因爲擔任V台美食節目《食盡天下》嘉賓而廣爲人識，當時他已讓長子沈家宏及次子沈家豪逐步接手餐廳業務，三人更一同於《食盡天下》最後一集亮相，談論餐廳

1 豬手：即台灣的「豬腳」。

2 米芝蓮：即台灣的「米其林」。

前景，令人難以想像父親猝逝後兄弟反目，爭奪餐廳擁有權。

本刊調查後發現，雖然茜茜名義上由沈氏兄弟共同經營，實際上卻只有次子沈家豪負責日常營運，長子沈家宏純粹掛名，並無插手業務。沈建業遺囑將餐廳股權平分予兩名兒子，沈家宏卻要求弟弟將茜茜賣盤套現，結業止血。據說茜茜餐廳一如本地其他食肆，疫情下虧損累累，沈家豪提出多個方案，期望能讓餐廳續存，可是談判失敗，無法與兄長達成共識，飲食業前景不明朗下沈家豪亦無法從銀行取得融資，買下兄長所有的股權，最後唯有犧牲父親多年累積的心血，準備結束家族生意。

沈建業曾在生前的訪問提及，餐廳名字取材自十九世紀末有「世上最美王后」之稱的奧地利皇后伊利沙伯。伊利沙伯皇后生於巴伐利亞王國貴族家庭，出嫁前小名「茜茜」，故被暱稱為「茜茜公主」，而茜茜餐廳的招牌菜「香脆德國烤豬手」就是巴伐利亞的傳統菜式……

……

□

我還記得老爸每次跟客人談及牆上畫像中的美女時眉飛色舞的樣子。

他從沒去過德國，大概連巴伐利亞位於德國東南西北哪一方也不知曉，但他就是喜歡談茜茜公主的事蹟，描述她驚人的美貌、她失敗的婚姻和悲劇式的結局，就像他曾親身見證那些歷史事件，協助過抓捕刺殺茜茜的凶手。假如說他實時看過新聞也罷，茜茜公主死於一八九八年，除非老爸是不老不死的妖怪，否則他只是將從書上看來的人物傳記加油添醋地現買現賣而已。

「說不定我上輩子是德國人呢？我可能是茜茜公主身邊的侍從，所以投胎後才會開德國菜餐廳嘛。」老爸總愛如此開玩笑。

有趣的是，客人們都樂此不疲地聽他吹牛。

茜茜餐廳是老爸和文叔的心血。跟老爸不一樣，文叔眞眞正正曾在歐洲生活過。老爸年輕時在酒店工作，認識了擔任三廚的文叔，雖然文叔比老爸年長整整十歲，兩人卻意氣相投，後來老爸辭工開餐廳，便找文叔過檔[3]當主廚，說酒店大材小用，對文叔長期被大廚和二廚排擠看不過眼。文叔二話不說便答應老爸的邀請，一同研究菜式，最後挑選了有點冷門的德國菜。

「我在慕尼黑嚐過一位老師傅的烤豬手，老天，眞的太美味了，我好不容易才讓那位師傅傳授訣竅給我，他說那祕方從不外傳，就是看在我是亞洲人分上才破例，要

3 過檔：即台灣的「跳槽」。

我找機會向東方人推廣巴伐利亞的傳統美食，別死板地以爲德國就只有香腸。」我小時候聽文叔如此說過。

烤豬手的食譜在坊間俯拾皆是，可是細節迥異，採用急凍豬手還是本地鮮豬、使用哪些香料醃肉、烤焗時間長短、醬汁如何烹調等等，都令成品大相逕庭。杜松、葛縷子、茴香、百里香、月桂葉……分量稍有差異，味道就變得不一樣；烤焗溫度和時間相差五度或五分鐘，豬手的賣相和口感便完全不同。要做到外皮香脆、內裡肉質鮮嫩一點都不容易；醬汁更是大有學問，用哪一款黑啤、洋蔥和蒜頭放多少，決定了能否將豬手的美味昇華。文叔對這些細節十分講究，就連刀子切下豬皮發出的聲音也有所要求，他說光用聽的就知道脆皮的口感如何，確認菜餚是否保持水準。

茜茜這金漆招牌，文叔佔很大功勞，可惜的是他患上惡疾，在餐廳名揚四海之前就去世了。不過他在病榻上對老爸說過，他從不擔憂茜茜的前景，他有信心他的烤豬手比那些五星級酒店的法國菜更優秀。

他說他打拚多年，終於履行了對那個慕尼黑老師傅許下的諾言，也報答了老爸的知遇之恩，人生再沒遺憾。

文叔是笑著離世的。

雖然老爸和接手的廚師沒有文叔的高超技巧，他遺留的食譜和香料配方等等仍保證了菜式水準，正所謂工多藝熟，我們掌握到竅門，那道烤豬手不但沒有失傳，更是發揚光大，報紙雜誌電視台都聞風而來。步伐雖然緩慢，但茜茜漸漸建立了口碑，老爸更拿賺來的錢買下店舖，說不用擔心他日被業主逼遷。

就如文叔預言，他的烤豬手比酒店的法國菜更受歡迎，獲得更多讚譽。

我們過了一段不短的好日子，老爸每天都和食客寒暄，吹噓茜茜公主的傳奇故事，跟記者和電視台的人笑談文叔在慕尼黑的經歷——當然虛構了很多戲劇性的內容——而我和大哥就在這些好日子中成長，安穩地從學校畢業，接手家族生意。

只是我沒料到，連串的不幸來得如此急促，如此突然，如此殺人一個措手不及。

首先是疫情打擊，令生意幾乎歸零。雖然我知道經營食肆有很多無法預計的風險，但我沒想過這種近乎毀滅式的天災會降臨到我們身上。我曾向老爸提議改變餐廳模式，不然這種坐吃山空的日子只會讓我們散盡家財；可是老爸反對，說茜茜不只是我們沈家的生意，它更繼承了文叔的遺志，可不能說改就改。老爸十分樂觀，說疫情總會過去，客人早晚會回來，只要忍耐一下就好——可是他沒想到自己無法目睹那一天的來臨。

老爸出意外死了。

老爸有晨運的習慣，除非遇上八號風球[4]，否則他每天定時六點離家，沿著灣仔峽道步行上寶雲道，在蘭谷的花園舒展筋骨，再在七點前回來，風雨不改。平日他回家後還會負責煮早餐，我、大哥和媽往往是被皮蛋瘦肉粥和炒米粉的香氣喚醒。其實那「瘦肉粥」用的不是瘦肉，餐廳每天總有「下欄」豬肉剩下，老爸便會請廚師把肉剁碎備用，當成家常菜的食材——以前餐廳財政還是赤字時，他和文叔便有此習慣，好省下日常開支。

兩個月前的一個星期三早上，老爸如常出發晨運，可是我們直到起床也沒聞到瘦肉粥的香氣。那天天色昏沉，窗外飄著毛毛細雨，我離開房間時發現飯廳空無一人，餐桌上沒有平日常見的那鍋瘦肉粥，桌旁也不見老爸平日讀報的身影。媽和大哥起床後也對這異常感到不安，但我們都沒將心裡那份憂慮說出口，媽還說老爸可能遇上熟人多聊了兩句，加上雨天山路濕滑，他大概比平日走得慢了點，所以才晚了回家。

然而來自警方的電話奪走了我們硬擠出來的這一絲樂觀。

因爲天氣關係，這天寶雲道的晨運客比平日少，一個三十來歲的外籍婦人遛狗經過，發現路邊地上有一根醒目的香蕉，趨前一看赫然發現山坡下的引水道旁趴著一個男人，被雨水稀釋的鮮血沿著水道擴散，形成一灘異樣的紅色。寶雲道有不少段落以棧道形式興建，跨越九十多個山坳、引水道和輸水管，而老爸就被發現俯臥在垂直落差超過十公尺的引水道旁。由於地勢不便，救護員到場後花時間攀下山坡才能確認老爸已身故，警察估計是路滑，他站在路旁看風景時不慎摔倒，偏偏跌落高處，而且不幸地頭部先著地，返魂乏術。

面對這突如其來的噩耗，媽變得無法思考，陷入悲傷和痛苦之中，過了好幾天才能跟我們交談，不過我感覺到她的心靈有部分跟隨老爸離開了。大哥一直保持鎮定的樣子，以長子的身分和殯葬業的人員處理老爸的身後事，但我察覺到那份沉著只是掩飾內心不安的偽裝，他礙於身分不得不挺起胸膛，在人前充好漢。

而我失眠了好多天。

那遛狗婦人發現的那根香蕉，讓我思潮洶湧，回憶起過往和老爸的點滴，難以成眠。

「哈哈，看，這根香蕉是不是大派用場了？」

很多年前，當我仍在唸中三時，我首次跟老爸上山晨運。當時有同學組樂隊，慫恿我加入，可是我的儲蓄不夠買吉他，於是打算藉陪老爸晨運爲由，找機會開口要錢。老爸很高興我願意早起和他一起晨運——媽和大哥從來對晨運行山敬謝不敏——不過我們離家前，老爸從茶几上的水果盤摘下一根外皮已略略浮現黑斑的香蕉。

我問老爸爲什麼要帶那根香蕉，他卻開始賣弄知識，答非所問。他邊走邊談，說

4 八號風球：「風球」爲香港熱帶氣旋警告信號的俗稱，而一般市民俗稱八號烈風或暴風信號爲八號風球或八號波。

5 下欄：指剩餘，或是品質非第一梯次，相對沒有那麼好的東西。

德國人最愛吃香蕉，指十八、九世紀歐洲列強掠奪熱帶殖民地，德國人卻偏偏缺席，直至十九世紀末才拿下非洲幾片土地和新幾內亞的一些島嶼，所以對德國人來說香蕉是最珍奇的水果，只有富人才有機會享用。然而德國一戰戰敗，丟失所有殖民地，香蕉再度成爲德國人可遇不可求的美食。就是曾經擁有，失去時打擊更大。

我其實沒留心老爸說的內容，因爲路還沒走到一半我已氣喘如牛。我自恃年輕，以爲老爸一把年紀，他每天走的上坡路對我來說不過是小菜一碟，不會難倒我；結果我大錯特錯，爲了追上老爸的步伐，我只能咬緊牙關硬著頭皮，期望快點走到老爸口中的蘭谷，然後再回頭輕鬆走下坡道。

「到了。」

當我差不多要投降，想請老爸稍停讓我休息一下之際，老爸說出這兩個字。我手撐著膝蓋，稍一定神，才發現置身於奇妙的環境——走出陡斜的坡道，霎時豁然開朗，面前是一個被樹木包圍、建築在山谷中的花園，除了一些長凳外，還有座精緻的涼亭，不遠處傳來潺潺流水聲。涼亭前和花叢旁有幾個晨運客，有人在打太極健身，有人在做體操舒展筋骨，他們唯一的共通點就是年紀不輕，看起來比老爸還年長。

老爸給我遞過香蕉。

「你少運動，起床後沒吃半點東西便跟我行山，就怕你會昏倒。香蕉能補充體力和水分，易於消化，又不會影響你回去吃早餐的胃口。」

我將香蕉剝皮，咬了一口，驚覺香蕉原來如此美味，三兩口便將整根香蕉消滅，老爸看著我狼吞虎嚥的樣子不由得大笑。我們先找了張長凳歇腳幾分鐘，再沿著周圍散步，欣賞美景，我漸漸理解為什麼老爸每天來晨運——走坡道可能有點辛苦，但每天清早能在這清幽謐靜、鳥語花香的山林中洗滌身心，日間的工作就算出問題也會有足夠的力量一一應付。

要不是老爸告訴我，我才不知道原來從家出發走到這地方，高度足足相差一百公尺，等同爬了約三十層樓。縱然這不算是什麼壯舉，但對只有十來歲的我來說也是一項小小的成就。我那時候躊躇著如何開口求老爸給我買吉他，他卻反過來先問我，知道我「無事不登三寶殿」，跟他晨運自然是別有所圖。我不好意思地說出原因，他卻一口答應，只叮囑我別三分鐘熱度，玩了一會兒便放棄。

「還有，別告訴你媽吉他的價錢，她問起的話給她報個五分之一甚至十分之一的價碼就好。」老爸當時給我吐吐舌頭，扮了個鬼臉。

那之後，我幾乎每個月總會找一天跟老爸晨運，多年來一直維持，算是我們父子倆交心的私人時光。畢業後我沒再玩樂隊，但那支吉他仍在我房間內，偶爾拾起彈一些曲子，總算沒違背和老爸的承諾——老爸甚至習慣在大時大節親朋戚友來我家作客時，要我為他伴奏，好讓他這個「走音歌王」虐待一下來賓的耳朵。

如今我們再也聽不到他難聽的歌聲了。

辦理好老爸的身後事，餐廳財政仍沒起色，我卻沒料到不幸的連鎖仍沒停止，接下來還有一個天大的難題要面對。

大哥提出將茜茜清盤結業。

縱然身爲手足，我和大哥從小便不親近，但也不至於會針鋒相對，就是單純的性格迥異，興趣和對事物的看法都不同。我唸中學時已決定了前途，畢業後要學習管理餐廳，大哥卻和我恰恰相反，即使沒有明確的志願，唯一不願意的就是接手老爸的工作。大哥比我年長僅僅兩歲，我不相信他在我出生前有過什麼經歷，令他抗拒經營餐廳，而我明明在相同的環境成長，卻和他產生相反的念頭。

我畢業後便在茜茜實習，大哥卻在外面打工，可是他每份工作都做不長，在家求職等待面試的日子似乎還比較多。在他失業——他稱之爲轉工——期間，老爸會讓他在餐廳幹雜活，即使老大不情願，大哥還是會準時上班，聽從老爸或主廚的指示接待客人、送餐或打理店面。老爸去世前他又一次進入「轉工」的空白期，而老爸出意外後，他自然沒有餘暇見工[6]，只和我手忙腳亂地處理家裡和餐廳的事——雖然餐廳近乎沒有生意，我們還是得準備材料，安排員工輪班，計算帳目之類。

而帳目呈現出殘酷的現實。

大概看到文叔早逝，老爸有準備遺囑，交代身後財產分配。他將我們居住的房子留給媽，餐廳則交給我們兩兄弟，可是一向不算充裕的餐廳流動資金在疫情打擊下近乎殆盡。大哥看過帳目後又一次碎碎唸，埋怨老爸將菜式價格定得太低，員工薪水又定得太高，明明可以趁早賺更多錢以備不時之需，卻當老好人留下爛攤子要兒子收拾。

我受不了大哥說老爸壞話，不過我忍耐下來沒有發作，畢竟大局爲重，這時候我們意氣用事不單無法解決問題，還會雪上加霜。只是我沒想到老爸才不過走了兩個月，大哥便提出那個混帳的建議。

「我們乾脆關門，將店子賣掉吧。」

大哥主張茜茜已沒前景可言，與其燒光資金、得靠賒借繼續營業，倒不如及早止血，省減給員工的開支，店子賣掉套現，就算我們找不到工作，也有好幾年衣食無憂，可以慢慢再作打算。

我明白大哥的話有其道理，但也差點按捺不住，幾乎一時衝動要往他臉上揍過去。即使大哥和老爸不親近，我也沒想到他可以如此無情，對茜茜毫無感恩之心。那可是老爸和文叔的一番心血！是讓我們溫飽、讓我們不用爲生計發愁的家族事業！

我能夠忍住沒出手，可沒有忍得住不反脣相稽，結果我們大吵一場，不歡而散。

---

6 見工：指求職。

事隔數天我冷靜下來後，決定找大哥商討其他可能，可是他一意孤行，說假如我不同意清盤的話，他就找律師處理——按照法律，店子有一半屬他，我要繼續經營的話就得向他買下餘下業權，但我自然沒有辦法拿出這一大筆錢。

我想過拿店子到銀行做按揭[7]，可是我計算過，短期內餐廳的營業額根本不足以每月償還貸款，我頂多將問題延後數月，到時便要再借貸以債還債，白賠利息；餐廳目前的情況亦無法讓我說服銀行批核額外貸款，若申請人是老爸，銀行經理大概還會看他的往績，酌情處理，但我只是個在業界沒沒無聞的新丁，願意借錢給我的，恐怕就只有高利貸。

我和大哥三不五時便爲這問題爭論，他還定下限期，要我月底前答覆，否則便對簿公堂。我向朋友請教，查問萬一打官司我有沒有勝算，然而一件事情令我改變主意，不再堅持。

媽私下跟我商量，說她可以賣掉房子，讓我度過難關。

「你們都是我的兒子，手背是肉，手心也是肉，看到你們兄弟爲錢反目，我就寧願不要房子了。」

媽打算賣掉房子，租個小一點的單位居住，這樣子不但有錢付給大哥，還有餘額可以幫助餐廳周轉。面對這個貌似兩全其美的方案，我終於決定放棄，答允大哥讓茜茜關門大吉，賣掉店舖。

無論餐廳對我來說有多重大的意義，我也無法要媽爲它受苦，讓她在晚年流離失所。即使我經營失敗，連累家人捱窮，好歹媽仍有瓦遮頭，有個遮風擋雨的居所；可是一旦賣掉房子，最壞情況便是遇上業主加租逼遷，肉隨砧板上任人魚肉，甚至弄得無家可歸，必須寄人籬下。媽跟隨老爸吃了半輩子的苦，好不容易才熬過那些歲月，我實在不忍心要她老來不得安寧，爲生活爲兒女擔憂。

大哥很高興我終於肯讓步，接下來他便著手準備遣散員工，以及聯絡地產經紀，尋找出最高價的買家。我就像頭戰敗的狗，每天回到門可羅雀的餐廳，看著它一天一天地步向衰亡。

或許老爸和文叔當年爲餐廳改錯名，茜茜就像奧地利的伊利沙伯皇后，遭到刺殺。只是這回行刺的不是敵對的無政府主義者，而是茜茜父親的孩子，一個理應跟她同甘共苦、和衷共濟的家人。

其實我一直不解爲何事情會落得如此收場——爲什麼大哥這麼強硬，堅持結業？我曾重提舊事，建議改變茜茜的經營模式——例如改爲外賣法蘭克福香腸熱狗快餐，瞄準午市客群——謀取更高利潤，填補先前的虧損；可是大哥並不接受，還特意雞蛋

7 按揭：指抵押貸款。

裡挑骨頭，指我經驗不足，什麼計畫什麼方案不過是空中樓閣，紙上談兵。明明餐廳已陷於谷底，那就沒有再輸的道理，就算轉型失敗也沒有大損失，我甚至願意只試行半年，半年後生意沒起色便清盤結業，但大哥就是反對。我漸漸察覺到，他並不是爲了「止血」，而是有其他目的，有不可告人的祕密。

意外地，在偶然之下我發現了那個原因。

某天晚上餐廳打烊後，我步行回家，卻一時興起繞了遠路，整理心情。經過一條窄巷時，我看到大哥和一個正在抽菸的高壯男人站在巷口交談，我頓時停下腳步，守在巷子轉角，心想大哥爲什麼在此出現，那個魁梧的男人又是何方神聖。

然後我聽到大哥說出一句令我困惑的話。

「阿勝，請你再通融一下，多等一個月就好。」

「還要一個月？大少爺，我體諒你家有白事，已經給你寬限兩個月，你再拿不出錢來我也很爲難啊。」那個叫阿勝的人回應道。

「眞的，下個月一定有錢還你。我弟已答應清盤了，只要賣掉店舖，那筆小錢才不成問題。」

「唔……我就看在你的死鬼老爸分上，再給你一個月。先給你一個忠告，我的兄弟才不像我那麼友善，換他們接手你的案子，你家餐廳早被淋紅油[8]，你的大名早已登上報紙港聞版了。趁我老大還信任我，我姑且替你拖延一個月，一個月後你再不還錢，老大換另一個傢伙來追數，那就是你自找的痲煩。」

聽著兩人的腳步聲遠去，我不由得跌坐在地上。

難怪大哥堅持清盤套現。我看不清楚那個阿勝的容貌，但估計是放數的高利貸，很可能有黑社會背景。不知道大哥爲何欠那傢伙一筆錢，但總之限期將至，他只能賣店自救。

我沒想到大哥是爲了這種自私的理由，決定犧牲老爸多年的心血。坐在那陰暗的巷子裡，我緊握拳頭，一股憤怒油然而生，當大差點跟大哥大打出手的衝動再度燃起，只是這回我再一次忍住，沒有直接追上去轟他一拳。

「將來我和你媽百年歸老，你便要和你哥同心協力，守住我和阿文辛苦打來的江山。」我記得某次晨運時老爸如此對我說，「創業難，守業更難，不過正所謂兄弟同心，其利斷金，我想我不用擔心吧……」

老爸，你錯了——我強忍著心酸，懷著複雜的心情慢慢步行回家。

接下來的幾天，我都想抓住大哥問清楚，可是沒碰到合適的機會。就在我差不多無法再掩飾內心煩躁，盤算著該不該單刀直入和他攤牌之際，媽在餐桌上提起這話

8 淋紅油：即台灣的「潑紅油漆」。

題。這天媽煲了老火湯，吩咐我們回家吃晚飯。

「餐廳結業，錦叔經濟上沒問題嗎？他是老臣子，遣散費可不能少……」媽給我們盛湯時說。錦叔是茜茜的現任主廚，文叔未過世之前他是二廚，是最資深的員工。

「媽妳放心，我們當然不會待薄錦叔他們。」大哥搶白道，「錦叔十分理解餐廳的難處，知道結業是無可奈何的決定。好像說他已收到新東家的邀請，畢竟他在這一行也薄有名氣，媽妳不用替他擔心……」

胡說八道——我差點想直接反駁。我跟錦叔說明茜茜清盤時他不知有多驚訝，反覆問我有沒有轉圜餘地，至於新東家云云不過是我答應替錦叔和其他員工打點一下，給相熟的同業打打招呼，盡力令他們不用為將來的收入煩惱。

「唉，去年這時候你們老爸還在說將來要讓餐廳多開幾間分店，沒想到……」

「假如老爸仍在，他也會認同我們的決定啦。時勢比人強，趁早離場總算是留得一身光彩。」

聽到大哥的歪論，我正要發作直斥其非，卻看到媽一臉悵然地點頭認同，於是硬把已到嘴邊的話吞回肚子裡。大哥不單因為他的愚昧自私而賠上了我們的家族生意，他更把黑說成白，將責任推給已死的老爸，將問題歸咎於他人。他不惜以謊言為自己的挫敗塗脂抹粉，千錯萬錯都不是自己的錯。

天殺的混蛋。

我和大哥自小不親近，可是直到這一刻，我才看清他的眞面目，發現他不但是我們沈家之恥，更是蠶食家族的害蟲。

是要驅除的害蟲。

第二天中午，我趁著大哥到餐廳整理準備交給清盤人的帳目時，板起臉孔對他提出要求——正確來說，那不是「要求」而是「通牒」。

「明天早上六點，跟我去晨運。」我對他說。

「什麼？」

「你要茜茜結業清盤，明天早上就和我走一趟。你不去的話我便不賣，大不了法庭見。」

大哥錯愕地瞪著我，臉上一陣紅一陣白，但大概他從沒見過我態度如此強硬，只好含糊地答應。

翌日早上五點五十分，我已穿戴整齊，在客廳沙發上等候。大哥六點才打著呵欠從他的房間出來，待他梳洗完，我們六點十五分才出發。離家前我如常從茶几上的果盤中摘下一根香蕉，這已成爲每次我跟老爸晨運時的習慣，不過這次我將香蕉塞進運動外套的左邊口袋而不是慣用的右邊口袋。

這天天色跟老爸出意外那天相似，既陰且冷，只是沒有下雨。離家後我們往灣仔峽道走過去。我們默默地並肩而行，彼此也無意打開話匣子——我不打算還沒到達目的地便攤牌，大哥似乎有話想說，卻礙於氣氛無法打破我們之間的沉默。

走了約五分鐘，大哥終於先開口。

「爲什麼找我來晨運？」

「老爸以前說過，希望有天我們三父子能一起晨運行山，結果從來只有我陪他。如今他人不在了，我想至少還他一個心願，好了結一件事。」

大哥聞言再度陷入沉默。老爸的確如此說過，不過這只是我要大哥跟我上山的一半理由。

另一半理由是我要找一個人少的地方，讓我跟他對質。

我們走了約十分鐘，在濃蔭蔽天的坡道上大哥漸漸落後，我不得不放慢腳步遷就他。看到他氣喘如牛的滑稽樣子，我不由得想起初次陪老爸晨運的自己，對大哥的恨意霎時消減了一半。他似乎察覺到我在偷瞄他，於是即使上氣不接下氣，他仍擠出一些無聊話，化解我們之間的突兀感。

「你和凱、凱婷最近如何了？」

「嗯……沒有什麼特別的。」凱婷是我交往多年的女友。

「感、感情穩定的話，就快、快點拉埋天窗[9]，讓媽安心。我和婚姻無緣，沈家香燈就靠、靠你啦。」

我沒想過一向吊兒郎當的大哥會說這種話。他從沒有關係穩定的女友，我以爲他不會考慮這些事情。

他讓我想起老爸。

我每次和老爸晨運都無所不談，就是不提感情事——畢竟和父親談女友好像有點怪——直至有一次我剛被女友甩了，不經意露了口風，他便二話不說帶我到附近的姻緣石走走。寶雲道山上有一塊巨岩，傳說它能爲信眾締結良緣，十分靈驗，老爸故意不道破，直到我們走到該處我才明白他的用意。老爸和我都不是迷信的人，我猜他帶我去姻緣石也只是想讓我轉換心情；倒是結果有點離奇，我在摸過石頭後第二天便結識了凱婷，不久更成爲情侶。那是我和老爸之間的小祕密，後來晨運行山不時會提起。

假如我們三父子一起行山，老爸也會順道抓大哥去姻緣石走一趟吧。

雖然比平日花了更多時間，我和大哥終於抵達蘭谷。我以爲這優美景色會讓他像當年的我一樣感到驚歎，但他只跌坐在長凳上抖氣，似乎這三十層樓的高度令他無心欣賞風景。我環顧四周，今天幾乎不見人影，偶爾有人從外圍的道路經過，但平日來運動的長者們都不在。我不曉得這是因爲天陰的關係，還是因爲這兩天氣溫驟降——

9 拉埋天窗：在粵語中指「結婚」。

說不定這是上天故意爲我製造一個清靜的環境，好讓我實行計畫。

「我知道你堅持關掉茜茜的原因。」我單刀直入地說。

「什麼？」

「我知道你被追債。」

大哥露出詫異的神色，但不一會便回復本來的表情。

「那你更該明白我不得不賣掉店鋪吧。」大哥嘆一口氣說，「那些傢伙不是善類，不知道會用上什麼可怕的手段。」

「你爲什麼會惹上那些人？」我按捺住怒氣問道。

「我……我借錢炒股，全賠了。因爲收到內幕消息，知道歐洲一支冷門藥品股會暴漲，我手頭上又沒有足夠資本，於是在朋友介紹下找了一間『財務公司』借錢。」

我緊緊皺眉。

「結果股票沒漲反跌？」

「那企業倒閉了，股票全變廢紙。」

「老天！」我忍不住提高聲調，「你沒看新聞嗎？歐洲那邊戰雲密布，北約隨時被拉下水，更有消息說會動用核彈頭，市場波動得不得了，你還單靠一個消息便孤注一擲？」

「那時候還沒有這些新聞啊！」大哥也變得有點激動。

「算了，追究也於事無補。你到底欠人家多少錢？有可能不賣店也能清還嗎？」

「我計算過，我那一份只夠還八成左右的債，我之後還要另找門路解決餘額，不然再次利疊利，不到幾個月又打回原形……」

雖然我不知道大哥借錢時對方定下多少利息，但正所謂「九出十三歸」，高利貸借款給債戶先打九折，一期利息至少三成，就當它是三個月後還款，複利計算下只要疊利三次，利息已比本金還要高。

我長嘆一聲。似乎爲了保住老爸的心血，我只能動用最後手段。

我伸手進右邊口袋，緊緊捏住離家前塞進去的東西。

一柄水果刀。

我知道這是解決眼前難題的最簡單方法——大哥不是向銀行借錢，法庭才不承認高利貸的暴利借據，所以大哥一死，對方也無從追討。當然那些流氓黑社會很可能會纏上我，但我到時已因爲謀殺兄長入獄，餐廳由身爲外人的錦叔打理，即使他們想敲詐我也辦不到。我自首的話，雖然躲不過謀殺的罪名，但應該可以獲得減刑，幸運的話十餘二十載後便能假釋出獄。

犧牲我們兩兄弟，保住老爸和文叔的遺志，我覺得划得來。

而這柄刀子會否刺向大哥的胸膛，取決於他如何回答我接下來的問題。

一個關乎生死的問題。

「假如你沒有欠債。」我直視著大哥雙眼，就像是要看穿他的靈魂，「你會堅持餐廳結業嗎？」

大哥愣了愣，似乎沒想到我會問這問題。他沉默了一會，再緩緩開口。

「會。這樣的餐廳，結束了就好——」

我深呼吸一口氣，心想大哥果然無情無義，對老爸的心血毫不在乎。我感到手心冒汗，就在我要抽出刀子，往大哥胸口猛刺之際，大哥的下一句話令我的動作止住。

「——它將你困得太久了。」

「我？」我大惑不解。

「我其實一直很羨慕你。」大哥往後挨向長凳椅背，抬頭望向天空，「你比我會唸書，成績比我好，頭腦又精明……就是這原因，我更加痛恨茜茜，你明明比我有更好的條件出人頭地，爲什麼甘願被困在這樣一家小小的餐廳，給客人捧餐、跟肉販討價還價？老爸完全沒考慮我們的意願，自小便認定我們要接手他的生意——茜茜是他的夢想，跟他的兒子又有什麼關係？爲什麼要將他的人生硬塞給我們？」

我完全沒察覺大哥有這想法，更不知道他如此看我。

「假如要我這種讀不成書的傢伙在這間小餐館出賣勞力換取溫飽，我雖然不服氣但總算是恰如其分，可是我一想到將來你像老爸那樣子，滿足於在客人面前吹噓聽回來的外國故事，渾渾噩噩地過活，我就好想賞你兩巴掌，好好打醒你。你給我到大銀行大企業上班，當上高層啊！給我賺大錢，跟女友結婚住進淺水灣豪宅啊！要是我有你的才能，我早就帶著一箱箱的鈔票回家，狠狠丟到老爸臉上，讓他知道他的心血不過一文不值，他的夢想小得上不了枱面。」

我這刻才明白爲什麼大哥老在換工作，他是在尋找機會，希望能揚眉吐氣，要爸媽和我刮目相看。他可能有點好高騖遠，但他並非貪圖逸樂，而只是想證明他的理念正確。他炒股也可能出於相同的想法，只是他沒料到這次的失敗如此嚴重，令他泥足深陷。

我執刀的手鬆開了。

我們默默地坐著，任由冷風吹拂。這是我和大哥首次交心，我彷彿感覺到老爸就在我們身旁，對我們兄弟終於能夠說出心底話而露出微笑。

「我啊，打算在茜茜結業後再辦食肆。」良久，我輕聲說道。

「你還是——」

「大哥你弄錯了，我是我，老爸是老爸，我的志向和他無關。」我望向大哥，「而且現在我還有一個新的理由去支持我這樣做。」

「什麼新理由？」

「我要讓你看看經營餐廳也能出人頭地，建立飲食王國。」

「喂，你口氣會不會大了一點？我是稱讚你有才能，但你知道做生意十分講運氣？而且賣店後你的那一份資金根本不夠你大展拳腳……那點小錢你能開什麼餐廳？」

「我不是說過嗎？就做快餐賣熱狗吧。」我笑道，「駱克道租金高，或者改到西環學校區找個小舖位，專攻學生午市和放學時段。我想一開始無法聘請員工，大哥你來幫忙吧，我負責燻香腸，你便弄德式酸菜。」

「嘿，給我時間考慮一下，我還是很討厭廚房工作。」

「你何時加入我都無任歡迎。」

我們兩兄弟相視而笑。

我伸手進左邊口袋，掏出香蕉，剝皮後從中間分成兩半，將一半遞給大哥。他略微猶豫後接過半根香蕉，慢慢送進口裡。大哥不愛吃香蕉，但從他的表情來看，他就像我當年一樣，驚訝於香蕉的美味。

吃著香蕉，我覺得老爸其中一個心願已了，這趟總算沒有白走。

「回去吧。」我站起來拍拍屁股，再突然想起一點，「大哥，你現在沒女友吧？」

「怎麼了？」

「那邊有姻緣石，我們不妨去看看。」

「我呸，我又不是你，才不要一塊爛鬼石頭給我當月老。」

「嘿，信則有不信則無，不管你信不信，姑且去看看又不會少塊肉。」我再笑道。

「剛才走上來我已累得要死，別要我再走個十分鐘，還是回家吃早餐吧。」

我聳聳肩，心想唯有將來約大哥來晨運再拐他過去。我想媽也很想看到大哥成家立室，開枝散葉……

看著大哥往下坡道慢慢走過去的背影，一道雷擊似的觸感在我腦中閃過，害我無法動彈。

我低頭瞧了瞧手上的香蕉皮，驚覺一直以來忽視了一件事。一件很重要的事。

「大哥，等等。」我叫住大哥，他回頭看著我。

「怎麼了？」

「你……怎麼知道這邊往姻緣石要走十分鐘？」

「真的是十分鐘嗎？我隨便說說而已。」

「那你剛才說你不是我，不要石頭替你當月老，你知道我是摸過姻緣石後便結識凱婷嗎？」

「啊，我好像曾聽老爸提過……忘了他什麼時候告訴我的。有什麼關係嗎？」

「沒有。我還有一個問題。」

「什麼問題？」

「你本來打算如何解決債務？」

大哥似乎察覺我發問背後的動機，只見他臉色一沉，不再作聲。

「大哥……老爸不是意外去世，是……你殺死他吧？」

他沒有回話，只怔怔地瞧著我。

「我們兩兄弟雖然不相像，但有些想法還是滿相似啊。」我忍耐著顫抖，慢慢地說，「我第一次跟老爸晨運，就是向他討零用錢買吉他。你在債主臨門下只能向老爸求助，要不驚動我和媽跟老爸商量，陪他晨運就是最佳選擇。就是因爲當時老爸亦提議過到姻緣石瞧瞧，告訴了你路程的長短和我跟凱婷的事，你才會對我說出那些不自然的話。」

「你……只是胡猜。」

我沒有理會大哥的反駁，繼續說明我的推論。

「我不知道是老爸義正辭嚴拒絕替你還債，你一時衝動誤將他推下引水道，抑或是你動了殺意，知道老爸不在你便能夠賣店套現，總之你就任由老爸在山坡下失救致死。你還立即趕回家，趁我和媽未起床回到房間換衣服，假裝跟我們一樣剛睡醒，製造不在場證明。」

「你想太多了，我才沒有和老爸一起——」

我舉起手上的香蕉皮。

「你有。發現老爸的路人是因為看到地上有一根香蕉，才探頭向山坡下望，問題是老爸晨運從來不用吃香蕉補充體力，他當年拿香蕉是給我吃的，假如他有這習慣，當初他便會帶兩根而不是一根。他出事當天有帶香蕉，就是說那天他有同行的人，而且那傢伙和當年的我一樣，缺乏晨運行山的經驗。」

大哥稍稍露出訝異的表情，然後以我沒看過的眼神直瞪著我。

「我就說你頭腦比我好。」大哥冷冷地說，「可是你要告發我嗎？我矢口否認的話，警察根本無法入罪，因為一切只是你片面之詞，沒有實質證據。你別忘了，事情一旦弄大，受害的只有媽，你忍心要她承受長子錯手殺害丈夫、次子大義滅親這種倫常悲劇？」

「就算如此我也要讓這件事公諸於世！我不能讓老爸死得不明不白！」我按捺不住高聲嚷道，「我現在就去報警——」

「你——」

我沒來得及反應，整個人猛然向前仆倒，被一股蠻力壓在地上。將我按倒的人不是大哥，他仍站在我前方數公尺之外，而我看到他跟我一樣吃驚，被突如其來的情況嚇倒。

「大少爺，還好我放不下心跟來看看。」

勝。

我被那人壓住後腦勺，無法回頭，但我認得他的聲音——那是向大哥追債的阿

「你……為什麼會在這兒？」大哥問。看來他也不知道對方躲在我身後。

「你昨天跟我說今早會跟二少爺晨運，說什麼情況可能有變，賣店一事搞不好要多拖半個月，我當然要跟來瞧瞧，看看能不能好好『教導』他一下，要他別礙手礙腳……」我聽到阿勝發出笑聲，「沒料到聽到這麼精彩的內幕，嘖嘖，大少爺，看來你頗有做大事的潛質，連親生父親也不留情面，眞不錯。」

「你這——」我嘗試大喊，但阿勝用力捂住我的嘴巴。

「老爸只是在我們爭執的時候不愼失足掉下去，別把我和你們這些傢伙相提並論……」就像被觸及痛處，大哥不悅地說。

「可是你任由他在那山坡下自生自滅吧？嘿，不弄髒自己的手又能拿到好處，比我還要狠。」阿勝語帶嘲諷，繼續說：「老天爺還挺眷顧你，給你來個一石二鳥的機會——只要你家二少爺一死，你不但能守住祕密，還可以拿下整間餐廳，一口氣清還所有債項更有餘款剩下，眞划算。」

「你要我動手——」

「你不用動手，我來就好。」阿勝加重壓在我身上的力度，「一件髒，兩件穢，大少爺你已騎虎難下，你不會現在才說什麼顧念親情，寧願自己坐監贖罪吧？」

大哥靜默數秒，然後說出令我項背發麻的話。

「我去把風，你將他押到那邊的路旁，讓他掉到我爸跌死的那個地方。我就跟警察說今早我們兩兄弟行山，他一時憶起老爸，情緒失控，突然說要找老爸再躍下山坡。」

我被阿勝架著，硬推到那條臨近引水道的山路旁邊。大哥就在不遠處環顧著，留意有沒有晨運客走近——我先前還在想今天人少，好讓我在和大哥談判決裂後執行殺人計畫，沒料到二十分鐘後這想法像回力鏢打回自己身上，讓我從凶手變成受害者。

我奮力掙扎抵抗，嘗試蹲下令阿勝無法將我推下山坡，但他孔武有力，我難以招架，眼看一寸一寸地逼近路緣石壆[10]。

只要他用力一推，我便會踏上老爸的老路。

我該賭一把，嘗試在掉落時用雙腿著地，保住性命嗎？可是掉落高度足足有三、四層樓高，就算暫時能保命，也不見得能撐到有人來救助吧？

「二少爺，別怪我，要怪便怪你太聰明吧。」

要完結了。

10 石壆：在粵語中指的是石頭護欄、石墩。

就在我要放棄的瞬間，我突然想起我還有一個手段可以使用。

我的口袋裡有一柄刀子。

雖然阿勝擒住我的手臂，但我的右手仍能伸進口袋裡，抽出水果刀往身後阿勝大腿的位置猛刺。

「啊！」

阿勝沒料到我有此一著，吃痛放手，我便連忙掙脫，並且舉刀指向那大塊頭。然而我的刀子沒有為我帶來什麼優勢，阿勝用左手抓住我的右手腕，令我無法再刺他，他腿上的傷口也不深，沒能令他倒地。我們兩人糾纏著，他意圖直接將我推下引水道，但我拉住他的身體，讓他知道我一旦墜落，也會抓他陪葬。

「阿勝！」就在我們扭打的短短數秒間，大哥往我們直衝過來。

阿勝的咆哮、大哥的身影、我手上的水果刀，在接下來的一秒交錯著，然而在這混亂的一剎那，上天再次跟我們開玩笑。

我們三人一同越過石壆，往下墜落。

在千鈞一髮之際，我抓住石壆邊緣，大半個身子懸空吊掛著，霎時不知道大哥和阿勝的所在，直至我憑著本能爬回路邊，發現不見他們身影，探頭往下瞧向引水道，才驚覺他們一動不動地躺在下方，鮮血沿著引水道徐徐往下流。

警察和救護員來到已是半個鐘頭後的事。在我失神地趴在路邊，驚魂未定地看著山坡下的大哥和阿勝時，一個跑步的中年男人經過，替我報警求助。

救護員到場後，便證實阿勝和大哥已經斷氣了。

「那是你的兄長？另一個人是誰？」為我錄口供的便衣警員問。

「我只知道他叫阿勝，好像是黑社會……我哥向他借錢，應該是大耳窿[11]的手下……」

「啊，阿勝，我好像聽過他的名字。所以他是來收數，用刀子威脅你兄長，然後糾纏下掉落山坡？」

我不知道大哥當時向前衝的用意。他是想替阿勝解圍，將我推下去嗎？還是良心發現，為了拯救手足，奮力對抗那流氓？

也有可能是他決定一不做二不休，想將我和阿勝一起推下去，令知道他殺害老爸的兩個人從此消失世上？

我永遠不會知道眞相。

「沈先生，請你節哀順變。」警員見我呆住，大概以為我因為失去親人而默不作聲，「沈……咦，大約三個月前在同一地點不是也有一位沈老先生發生意外嗎？」

11 大耳窿：在粵語中指放高利貸的人。

「他是我爸，我和大哥今天晨運，就是想走一下他每天都走過的路……」我沒有說謊，只是透露了一半眞實的理由。

「啊……所以你是茜茜餐廳的現任東主？」警員抬頭瞧向我，「我和灣仔差館[12]的同僚之前都不時光顧，跟令尊見過幾次面……唉，沈先生，請你好好保重，一連失去兩個親人，不是每個人都能承受。對了，令兄的全名是什麼？」

「沈建新，建築的建，新穎的新。」

老爸替我們兩兄弟取名，一個叫建新，一個叫建業，就是想我們創新立業。

我錄好口供後，警員請我在口供紙上簽名。

「方沙展[13]，你日期寫錯了。今天不是十六號，是十七號。」我指著日期說。

「啊，沈先生你眼力眞好。」

對方用原子筆劃過日子，在空白處補上正確的日期。

一九七八年一月十七日。

「沈先生，萬一那些黑社會找你家餐廳麻煩，記得通報，雖然我們差館伙計都怕了疫症，但等風頭一過我們便會再來品嚐你們的豬手……你應該會繼續經營餐廳吧？」

「嗯……雖然近來都沒生意，但我會撐下去。」我擠出一個無奈的笑容。

□

……

……茜茜餐廳的成功可不是一朝一夕得來，開業七十年期間遇上的風波可不少。餐廳創辦人沈山河在一九五二年夥同名廚文偉杰研發出招牌菜「香脆德國烤豬手」，初時未爲人知，赤字數年後才打響名堂，不料文偉杰於六四年病故，沈氏失去拍檔，花了差不多一年菜式才回復昔日水準。然而最大打擊發生在七七年末，根據二代東主沈建業以前的訪問所說，茜茜幾乎要結束營業，無法度過餐廳的第二十五個年頭。

「以前香港每年都有口蹄疫發生，那一年卻特別嚴重，新界的豬場在兩、三個月間死了幾百頭豬，對採用本地鮮豬的我們來說影響不小。更麻煩的是坊間出現謠言，說豬農將病豬廉價供給市場，我們餐廳又是以豬手而聞名，結果幾乎無人光顧，連續數月虧損嚴重。」

沈建業在當時的訪問指出，其實烤豬手用的是豬肘而不是豬蹄，只是粵語中兩

---

12 差館：即台灣的「警察局」。

13 沙展：爲「警長」（sergeant）的音譯，是香港警察職級中的其中一個級別。

者混同使用，才會出現錯誤的聯想。另一方面，上世紀七十年代末至八十年代初香港部分地區有學童患上手足口病，當年醫學界對這病認識不深，以爲和牲畜的口蹄疫有關，甚至稱作「小兒口蹄病」，這更影響餐廳形象。

事實上，當年豬肉價格高漲，沈建業的父親沈山河仍堅持購買食材備用，令餐廳損失更重。「老爸說豬農已被疫情所累，假如我們落井下石，臨時抽掉訂單或拖數，豬場結業倒產只會讓我們將來更難買到優質豬手。」

然而當年茜茜餐廳禍不單行，在受口蹄疫和謠言困擾下，創辦人沈山河晨運期間意外身亡，沈建業的長兄沈建新亦於數月後被流氓殺害，沈家可說是面臨家破人亡的絕境。

不過沈建業巧妙地讓餐廳度過難關，贏得口碑。

「既然豬手賣不好，就開發其他菜式。當時歐洲發生導彈危機，蘇聯在東歐部署了新穎的ＳＳ２０導彈，直指西德和歐洲各國，我便將燻製的脆皮腸配上德式酸菜和麵包，命名爲『導彈熱狗』，借國際新聞來炒作。」

歐洲導彈危機維持了十年才瓦解，「導彈熱狗」卻爲茜茜解決經濟危機，不到一年後餐廳再度收支平衡，食客亦對烤豬手重拾信心。上世紀九零年代茜茜餐廳名氣更盛，因爲獲得外國報章採訪，稱爲「香港最正宗德國菜」，成爲日韓遊客必到的食肆。二〇〇八年米芝蓮將香港納入評定的城市後，茜茜餐廳連續三年獲一星評價，沈建業亦被邀請上電視，可說是餐廳七十年間最風光的日子。

近兩年疫情所害，全港食肆面對嚴重經營困難，但沈建業在去年的訪問仍相當樂觀，表示壞事總會過去。他沒想到自己會因爲心臟病而撒手人寰，更沒想到他的兩名兒子會爲餐廳前途反目，令這家見證了殖民地時代起起落落的老店無疾而終。據聞沈建業次子沈家豪有意在餐廳結業後自立門户，再辦新食肆，但他的兄長沈家宏反對弟弟使用茜茜餐廳的商標，要求對方另付授權費。

沈家豪向本刊透露，說不介意跟兄長對簿公堂，又稱不能讓祖父和父親的七十年基業毀於一旦。「我爸當年再艱難也能挺過去，我就不信我不能。」

也許「茜茜」這名字從此消失，但沈山河和沈建業的精神仍會延續，在不久的將來「香脆德國烤豬手」以另一姿態捲土重來。當然假若不想無了期地等待，食客仍能在茜茜結業前光顧。趁著政府放寬堂食限制，各位老饕事不宜遲，立即致電留座吧。

【茜茜餐廳】
地址：灣仔駱克道1■7號地下
電話：2537■■■■/9561■■■■

〈手足〉完

唐人街肉醬義粉藏屍案

一

黑貓C

1

在美國唐人街某港式茶餐廳廚房裡的電視正播放《海外華人誌》。

主持來到雲吞麵舖，訪問剛退休的刑事鑑識專家包小龍。包小龍一生破案無數，尤其與食物有緣，例如三十多年前極右組織「夏威夷聯合會」在全國多地策劃恐怖襲擊，無差別於義大利餐廳的披薩投放鳳梨，造成多名食客心理創傷。最終包小龍以身犯險親嚐鳳梨披薩，辨認出鳳梨產地從而鎖定該犯罪組織，阻止了一場宗教戰爭。

另一宗「狸貓換銀子案」同樣轟動。多年前黑心商人在漢堡排混入果子狸肉，讓食客在不知情下吃了上癮，賺取暴利。幸好包小龍小時候在中國長大吃過果子狸，因而揭發事件。

「大家先不要對食用果子狸有偏見。宋朝詩人方回寫道：『宣城牛尾雪天狸，梅老才涎為賦詩。』當中的牛尾狸正是果子狸，而且在雪天脂肪較多，燒起來油香撲鼻可謂色香味俱全，亦能用蜜酒釀蒸熟切片，口感比火腿肥嫩，乃中國傳統珍饈佳餚。該道菜本身沒有問題，問題出自一些黑心商人非法捕殺果子狸，再偷運到外國逃避監管，衍生衛生等問題。黑心商人被捕算是果子狸對他們的復仇吧。」

「不愧是人稱『美食神探』的包先生，咬一口就知道內有乾坤。我聽聞你當時深入敵陣過程相當驚險，可否跟各位觀眾形容一下？」

包小龍笑道：「多虧我有修練氣功數十年，一個打十個不成問題；之後以訛傳訛，大家愈說愈誇張而已。時至今日仍有人會找上門要求比武，統統我都婉拒了。我想說現在我只是個普通的雲吞麵師傅。」

「據我所知包師傅的父親同樣是位雲吞麵師傅，可說自小就跟美食結緣呢。」主持人問：「但這麼早退休始終有點可惜，回想起過去的刑偵生涯裡面，有沒有什麼案件最令你難忘抑或留有遺憾的？」

包小龍聞言沉默半晌，始道：「最遺憾的肯定是我唯一無法破解的那宗懸案——肉醬義粉藏屍案……」

□

——老闆！一個焗肉醬義粉！

聽見朗仔下單，廚房內的阿俊便關掉電視，專心煮菜。

這是一間小本經營的港式茶餐廳，店面僅有幾張四人桌，員工包括阿俊自己亦只有二人。朗仔負責樓面，身兼老闆的阿俊則負責廚房。

阿俊從雪櫃拿出事前製作好的肉醬和義粉放到碟上，灑些芝士粉，然後一併放進焗爐高溫烘烤；十數分鐘後，一碟正宗的即叫即焗港式焗肉醬義粉就擺到客人面前。

客人吃了幾口，忽然大喊：「讚！正是這種港式味道，眞令人懷念！」

聽見有食客大讚港式焗肉醬義粉，阿俊感到好奇走出來看看，卻被對方的神祕裝束嚇住。只見對方一身彩虹長袍大衣，在室內卻戴著太陽眼鏡，還有頂紳士帽，十足變態藝術家，甚至是美式漫畫裡面的反派模樣。只是看對方膚色是個白人，阿俊沒想過一個外國人居然在追求港式味道，便主動上前搭話。

意外地不同於其打扮，食客對答還算正常。那食客一邊慨歎愈來愈難吃到正宗的港式風味，一邊訴說他到處試食的經歷，不知爲何他對於港式風味有著異於常人的執著。幸好阿俊亦同樣是個「茶餐廳宅」，他純粹爲興趣才在唐人街經營港式茶餐廳的，因此當聊起茶餐廳的話題就會說個不停。

「茶餐廳文化雖博大精深，其實均離不開『分量』二字。簡單來說，星洲炒米[1]要夠辣，午餐肉要夠鹹，西多士[2]要夠油，咖哩牛腩要夠螢光！這樣客人才會覺得划算。至於肉醬義粉當然就要夠酸，除了番茄糊也要用新鮮番茄，務求讓食客點餐飲之

1 星洲炒米：是香港常見的一種炒米粉料理。據稱「星洲」指的是新加坡，但這道料理的眞正發源地眾說紛紜，未有定論。

2 西多士：即台灣的「法式吐司」。

餘還要多加兩塊轉凍飲，這就是港式茶餐廳的風味了。」

食客恍然大悟，馬上再吃一口義粉，接著卻搖頭說：「口感的確豐富，只可惜義粉的口感較差。你只是縮短煮義粉的時間讓麵條保持硬度，假裝更有嚼勁。這手法能騙到普通人但騙不了我的。」

「哈？正宗茶餐廳的義粉是這樣的啦，你這洋人懂什麼。」

「天下沒有一道菜是我廚房先生不懂的。」神祕食客目露凶光，冷笑幾聲質問阿俊：「你有聽過一種義粉就算用來上吊都不會斷的嗎？」

「在香港我們只會把義粉用來吃，沒聽過用來上吊。」阿俊邊說邊退後，他開始懷疑對方是個神經病。

「這樣你想親身體驗一下嗎？」

「你、你別靠過來！我們中國人會功夫的，你敢再近一步，就休怪我用敏捷的身手打電話叫警察來！」

——誰叫我們？

突然兩個白人警察進店，阿俊立刻上前求助：「兩位警官來得正好，這裡……等等，怎麼被抓起來的是我？兩位警官一定有什麼誤會。」

一名警察用索帶反綁阿俊雙手，另一警察則對他訓話：「你知不知道自己犯了法？」遂用警棍指向門口招牌說：「這幾天新聞都在報導白宮要制裁中國人，任何商品不得冠名香港，一定要標示中國製造一併處理。你以為茶餐廳有特權嗎？現在限你們六十日內要把店名改為『中國茶餐廳』，否則就拉人封舖，懂不懂？」

「我不懂，茶餐廳本來就是港式餐館，沒有中國茶餐廳這種東西呀……」

警察臉色一沉，厲目而視，侍應的朗仔立刻上前調解，連忙向警察躬身謝罪：「我們明白了，就照警察大哥的意思去辦吧。畢竟警察也只是依法辦事，作為良好公民應該警民合作。」

「識趣就別自找麻煩。」兩名警察大模廝樣離開了茶餐廳。

不知何時，另外那名神祕食客亦如風一般消失，在桌上留下結帳的錢和小費。

茶餐廳剩下阿俊和朗仔，朗仔嘆氣說：「沒想到昨天發生那件事後，今天又多個更煩的問題。老闆，我看這間茶餐廳已經無法經營下去，不如面對現實，跟那個商人談個好價錢……」

「你說那個光頭廚神？不，他一臉猥瑣又三白眼肯定不可靠，別招惹他。我會想辦法保住茶餐廳招牌的。」

2

當今飲食界的天之驕子——安德烈．佐利金先生——不但贏過多次世界級的烹飪大賽，更是位非常成功的愛國商人。他所創辦的佐利金集團每次開新餐廳都會掀起一陣狂熱，尤其在TikTok湧現大量試吃影片，可謂美食潮流的指標。

然而佐利金先生沒有半點架子。他最愛親自巡視餐廳與顧客交流，其光頭形象深入民心，大家都暱稱他作光頭廚神。就在今天下午，佐利金先生召開記者會宣布集團未來的重點項目——中國美食樂園「饕餮天地」。

「『饕餮天地』將會是個史無前例的旅遊項目，結合主題樂園與特色餐廳，爲遊客提供一趟前所未有的文化美食之旅。樂園以中國八大菜系劃分八個園區，遊客置身魯菜園區除了吃到傳統名菜海米珍珠筍，還可以玩激流灌湯包，老少咸宜；閩菜園區的招牌當然是垂直佛跳牆，讓遊客從重力當中解脫、頓悟生死輪迴；吃飽後到粵菜區玩煲仔碰碰車，或往鄰近的閩菜區帶小朋友一起玩麻糬彈彈床，都是幫助消化、強身健體的休閒娛樂，在吃喝玩樂之間認識中菜文化五千年歷史的底蘊。」

「據聞饕餮天地已有選址，將會座落在明珠市唐人街。請問佐利金先生有什麼回應？」

「本人確實正在跟當地持分者保持緊密交流，收到的意見都非常正面。我希望饕餮天地可以成爲明珠市的新地標，同時活化唐人街一帶的舊商舖，發展中美友誼，爲共同構建和諧社會作出積極貢獻。」

「你好，我是明珠時報的記者。我想問爲什麼佐利金集團突然涉足中菜呢？因爲大家對佐利金先生都沒有煮中菜的印象，這算是一次大膽的嘗試嗎？」

「這方面大家可以放心。今天的記者會我尚有另一件事情要宣布，就是佐利金集團決定參加今屆的全美廚神大賽！我們更三顧草廬邀請了清乾隆帝御茶膳房的第一御廚的第七代傳人出山，以饕餮天地的總廚身分出戰廚神大賽。這就是我們佐利金集團的宗旨：爲所有人帶來所有的美食！」

看到這兒，阿俊終於忍不住關了手機影片，心裡暗罵那個光頭的把中菜搞到烏煙瘴氣居然還有一堆人跟風追捧，實在不甘心。同一時間，他看見手上的電話響起，有種厭惡的預感。

「王先生好，這邊是佐利金集團……」

阿俊打斷對方說：「我知道，在網上看到你們記者會的影片了。原來佐利金集團想收購我們香港茶餐廳就是爲了整合土地興建什麼中菜主題樂園。這樣我們茶餐廳負責什麼部分？咖哩魚蛋摩天輪還是旋轉鴛鴦杯？」

「很抱歉咖哩魚蛋只是香港的地方小吃，無法躋身八大菜系，園區也不會有港式茶餐廳。我們集團需要的只是你們的土地。」

「但你們的開價跟搶地沒有分別，少瞧不起人了。」

「責任全在閣下身上。要是你們合作點節省大家時間就不會發展成現在的局面。聽聞昨天有警察巡查你們餐廳還發出了口頭警告呢，你們打算怎麼辦？假如放棄經營港式茶餐廳，改爲中國菜的話能跟對面的老牌餐館競爭嗎？我眞的很替你們擔心。」

「果然所有事情都是你們幹的！」

「別這麼說，我們已經盡量替你爭取了六十天的寬限期。只不過考慮到你們茶餐廳的經營前景，那個出價已經是仁至義盡，再固執下去只會血本無歸，對你們自己也沒有好處，等於搬石頭砸自己的腳。」

「你們美國人的邪惡圖謀註定失敗！」阿俊盛怒下把手機擲到梳化上，氣憤難平。他不甘心就這樣被佐利金集團看扁。就算他們是什麼跨國企業，佐利金又是什麼風雲人物，甚至請到乾隆御廚後人也不能夠讓他們得逞，一定要還以顏色。

「對了，全美廚神大賽！」阿俊想起剛才記者會的影片便萌生了一個想法。假如他能夠在廚神大賽擊敗佐利金，說不定茶餐廳就能起死回生。

3

阿俊找了很多關於全美廚神大賽的資料，卻找不到報名方法，打電話查詢亦得不到回應，於是隔天下午他親身造訪主辦機構的辦公大樓，嘗試跟主辦單位直接聯絡。

「你是……香港茶餐廳的老闆？餐廳名太隨便了吧，聽都沒聽過。」

「不，我們餐廳全名是『說好香港故事構建人類命運共同體茶餐廳』，你不可能沒有聽過。」

「那你們每年營業額有多少？開了幾多分店？有得過任何獎項嗎？」

來到前台面對接待員一連串問題，阿俊絞盡腦汁想說服接待員，接待員則千方百計希望打發他離開。

「這位先生，全美廚神大賽並不開放給業餘人士參加。如果你硬要參加的話不妨考慮這個親子同樂烹飪大賽（公開組）吧，報名費一百元，未成年半價，身高不足一百四十公分的費用全免。」

「又是瞧不起人的混蛋！我們餐廳雖然沒有名氣但並不代表業餘。而且廚神大賽不是比拚廚藝嗎？跟餐廳賺多少錢有何關係——」

「這位男士說得沒錯。」忽然有個笑容滿面的中年男子走來，接待員變臉似地對他非常恭敬，感覺大有來頭；更重要的是，阿俊似乎在哪裡見過他。

「你是之前來茶餐廳吃焗肉醬義粉的那個神經病！」

男士笑道：「神經病只是一個掩飾，其實我真正身分是輪胎製造商的商人，兼職寫一下食評那樣。這是我的名片。」

阿俊接過名片，驚覺對方是位超有名的食家，精通各國料理，在飲食界沒有人不給他面子，當然阿俊亦久聞他的大名。

阿俊喃喃自語：「糟了，我以為廚房先生是精通如何溶解爐灶上的污垢之類……」

幸好對方沒聽見阿俊的話，並繼續自我介紹：「我一輩子都在研究天下菜式排名，唯獨『港』字部排名第一的菜式始終懸空。遙想幾十年前我吃過一道港式焗肉醬義粉，一吃難忘，可以說是我人生當中吃過最美味的肉醬義粉。可惜當時那位師傅喝醉了，酒醒後連他自己亦無法煮出相同菜式，所以我無法把那道菜放第一位。假如你答應我重現那道傳說級的肉醬義粉，作爲交易我可以推薦你出戰廚神大賽。」

阿俊立刻點頭。

「沒有問題！只不過你能夠說多點那個傳說級的肉醬義粉是怎樣嗎？」

「關於那個義粉，你問此人便可。」

阿俊接過另一張名片，好奇問道：「就是這位師傅煮出傳說級的肉醬義粉嗎？」

「不，那位師傅已經死了，據聞是畏罪自殺。你有聽過『肉醬義粉藏屍案』？名片上的就是當年負責調查那宗凶案的刑偵人員，人稱『美食神探』的包師傅。」

4

後天，阿俊把茶餐廳的工作交給助手的朗仔後，便獨自穿州過省，來到其他州的另一條唐人街，找到目的地的雲吞麵店。正如之前電視訪問裡面說的，美食神探退休後就轉行賣雲吞麵了。

阿俊走進麵店，點了碗雲吞麵，並留意到麵店老闆是個滿頭銀髮的老者。話雖如此，老者健步如飛，呼吸吐納十分穩重，難怪當年說他智勇雙全，緝捕疑犯絕不手軟。他在廚房煮麵，煮好之後親自奉上，一招手抱崑崙把雲吞麵放到阿俊桌上。

「敢問老先生是小龍・包師傅嗎？」

「還是說中文，叫我包小龍吧。」老者雙手放後，氣宇軒昂，聲如洪鐘問道：「這位小友是來切磋武藝嗎？不好意思我已經金盆洗手，現在只是個隨處可見的雲吞麵師傅而已。」

「不，與其說求武不如說求廚吧。我是爲了一道傳說級的港式焗肉醬義粉而來的，但聽說煮出那道菜的師傅已經仙遊，而且與當年轟動一時的『肉醬義粉藏屍案』有關……」

包師傅聽見後眼神有點悲傷，肉醬義粉藏屍案就像是什麼關鍵字一樣，使他沉默了好一陣子才開口回應。

「你口中那位師傅叫樂明陽，是位天才廚師，不足二十歲就闖出名堂，但反而造成他性格乖張，外形瘦小脾氣卻很大，甚至最後招惹命案連自己也喪命，眞的可惜。」

「能夠詳細告訴我關於樂明陽師傅的事情嗎？」

「那是一個非常寒冷的冬天，街上堆滿積雪……」

包師傅對肉醬義粉藏屍案耿耿於懷，因此記憶猶新，把凶案的來龍去脈娓娓道來。

話說樂明陽少年得志，同時亦得罪了不少人，無法在繁華的商業地段立足，只能落難到貧民區經營小餐廳維持生計。但他終歸不是池中物，而且自家經營的餐廳所有食物都是手工製作，即使他待客態度惡劣仍有不少食客慕名而來，可說是飲食界的奇葩，甚至對客人發脾氣愈罵就愈多人來。

然而事發當日，衛生部門接獲匿名投訴指樂明陽的餐廳用老鼠肉煮肉醬義粉，於是派員上門調查，卻發現比老鼠肉更可怕的事情。

樂明陽的家弄得像個義粉工廠一般，生產了極大量的義粉統統存放在客廳一個大鐵箱裡；且意料不到的是，職員查看鐵箱，竟發現義粉下埋了一具屍體！

屍體頭部有明顯外傷，後來證實死者是附近一名露宿者。根據警方調查，一向恃才傲物的樂明陽近日一反常態，免費煮義粉分派給附近的露宿者享用。最初鄰居都以爲他想做點好事改善餐廳形象，但實際上顯然另有所圖。結果警方控告樂明陽用酒菜引誘露宿者到家中殺害，一時間樂明陽由一個行事乖張的怪人變成變態殺人魔！居民之間亦有傳言，他所煮的肉醬義粉不是用老鼠肉，而是利誘殺害露宿者，用人肉所製成的。

阿俊心裡一涼，問道：「難道傳說級的肉醬義粉是用人肉煮成的嗎？這下我辨不到耶……」

包師傅冷笑一聲，「當然不是。警方檢走了樂明陽餐廳和家中的所有食材，更到垃圾場收集廚餘送往化驗，結果並沒發現什麼人肉，連老鼠肉也沒有。但奇怪的是，大家不自覺地都將凶案稱作『肉醬義粉藏屍案』，明明那年代還沒有網路，也不知道是誰先那樣命名的。事實上凶案跟肉醬毫無關聯。」

「即使義粉走肉醬還是有藏屍，一樣可怕。」

「先擱下個人感情，其實案件有不少不合理之處。首先警方在樂明陽家中發現一大箱義粉已經夠奇怪，你想想能夠藏起一個人的箱子是有多大？那些義粉居然能放滿整個箱，甚至能把屍體埋起來。那個數量的義粉就算他的餐廳每日賣一百碟都要賣半個月，更何況他一人經營的餐廳賣不了那麼多。」

「作為廚師，我可以說用雞蛋做的手工義粉容易變壞，放雪櫃一個星期已經是極限。樂明陽做那麼多義粉確實很可疑。」

「用義粉埋葬屍體就更百口莫辯了。因此警方包括最初的我都認定樂明陽就是殺害該名露宿者的凶手……直到那件事情發生。」包師傅嘆道：「樂明陽在獄中自殺，而且是用義粉上吊。」

「怎麼可能！就算用上一束義粉也不可能承受一個成年男子的體重耶！要是有這樣厲害的義粉我也想見識一下，證物是不是送到博物館展覽了？」

「根據警方說法義粉只能支撐幾分鐘，足夠時間令死者窒息，但無法一直維持該狀態。待發現樂明陽屍體時地上就只剩下風乾了的義粉碎。」

「不就是死無對證。」

「我也是這麼想。可惜基於唯一疑凶自殺身亡，『肉醬義粉藏屍案』就此結案，儘管我想追查下去亦被上頭勸阻。畢竟當時沒有人在乎露宿者的生死，亦不管一個華人怎樣自殺，用義粉上吊也好，用通心粉割脈也好，最後只會變成花邊新聞……但以我多年探案的直覺判斷，樂明陽和露宿者的死肯定都另有內情。這是我探案生涯裡面唯一感到遺憾的案件，至今無法釋懷。」

不論是用義粉藏屍抑或用義粉上吊皆不可思議，阿俊亦覺得如此草草結案的警察實在過分。

「慢著。」阿俊冷靜下來問：「雖然『肉醬義粉藏屍案』很耐人尋味，但我想知道的是那個傳說級的肉醬義粉的食譜。」

「你說的那個肉醬義粉，樂明陽爲之命名『蘭亭義麵』；但終究只是傳說而已，沒有人眞的吃過那道義粉。」

很有日本拉麵店風格的菜名，不過名稱不重要，重要的是「蘭亭義麵」眞的存在。於是阿俊把自己受人所託之事告訴包師傅，讓包師傅十分訝異。

「啊，抱歉，我都顧著問問題居然還沒吃師傅煮的雲呑麵，太失禮了。」

包師傅說：「別擔心，我雖算不上大師，但我打的竹昇麵[3]也很講究工夫，就算麵身浸在湯裡半小時也不會發脹影響口感，放心吃吧。」

阿俊馬上品嚐一口，大喊：「眞的耶！其實我也有研究手工麵，包師傅這個可算是頂級……不過嘛，我想還是無法用來上吊。」

「原來你對麵條有研究。」

「我也是個廚師嘛，爲了參加廚神大賽最近都在研究手工義粉；坦白說手工義粉和乾義粉的口感差遠了，要比賽就只能用手工製的。」阿俊邊吃邊聊：「我想在樂明陽家中發現那麼多義粉，會不會他也是在鑽研手工義粉呢？只是做得太多，所以順便煮給露宿者吃。」

包師傅被一言驚醒，這樣確實能夠解釋爲何樂明陽家中會有那麼多義粉。

「或者『肉醬義粉藏屍案』正需要一個專業廚師來破解謎團。」包師傅稍微離席，走到店舖二樓找了很久，終於找到一本筆記，上面記載了一位重要證人的資料。他回來跟阿俊說：「這位證人是死者的朋友，以前同樣是個露宿者，也曾吃過樂明陽煮的義粉。如今我們知道樂明陽在鑽研手工義粉的話，說不定他也會想起些什麼。我

---

3 竹昇麵：著名香港美食，是指以竹竿壓製的麵條，製作者會坐在竹竿的一端，靠全身重量重複下壓竹竿另一端的麵團。

一直都想找出樂明陽有何殺人動機，又因何事自殺。」

「哦，那師傅你加油了。」

「小友，你不是想要蘭亭義麵食譜嗎？我多年探案的直覺告訴我『肉醬義粉藏屍案』與『蘭亭義麵』環環相扣，只要破解其中一方的謎團，另一方的謎底亦自然水落石出。跟我來吧。」

阿俊心想，他確實對蘭亭義麵食譜毫無頭緒，也許陪包小龍查案是唯一能做的事情。

5

昔日的露宿者憑著自身努力改善生活，如今總算有份正職工作，更是成家立室，家庭美滿。而那時候的貧民區亦翻新成今天的商業街，熙來攘往；街上更有不少高級餐廳，是以前路易斯絕不敢奢望能夠在裡面吃飯的。

「大衛的死讓我有種恐懼，假如不設法改變生活的話，下一個死的可能就是我。」

大衛是肉醬義粉藏屍案的死者，路易斯則是大衛的昔日好友兼重要證人。這天包師傅和阿俊約了路易斯出來吃飯，同時問起大衛的事情讓路易斯感觸良多。

「沒想到經過這麼多年，包先生依然在追查案件。」

「是的，我們就是這樣的生物，一味追求眞相。」包師傅說：「先抱歉今天可能會讓你想起不快的事，當賠罪今餐我請客，請隨便點菜。」

「其實過了這麼久，比起感歎大衛的死，時間的飛逝更令我惆悵。原來時間眞的能沖淡一切，我幾乎都不記得案件了，倒是包先生怎麼突然要找我來繼續調查？」

「因爲我們對案件有了新的想法。」包師傅接著轉換話題：「差點忘記介紹這位年輕人，他叫阿俊，是個廚師。他對當年樂明陽煮的肉醬義粉很感興趣，所以順便帶他來。」

阿俊附和道：「我想把樂師傅發明的傳說級的肉醬義粉——『蘭亭義麵』——重現人間。路易斯先生，請問你有吃過樂師傅煮的、那個非常夢幻的肉醬義粉嗎？」

「我不清楚呢。當時我們露宿街頭，有得吃就很滿足，哪有心情品嚐什麼味道。」

「除了味道外，有任何讓你在意的東西，即使十分瑣碎都可以告訴我。我聽說樂師傅會派食物給露宿者，是肉醬義粉對吧？」

路易斯點頭答：「對。但到了現在我還是無法理解他堅持要送肉醬義粉的理由。是因爲殺了人急著處理屍體所以送給露宿者吃嗎？」

包師傅插話說：「沒有證據指出樂明陽煮的肉醬義粉混入其他肉，只有豬肉和牛肉。而且在他的住所也沒有處理屍體的痕跡，也沒有大衛以外其他殺人的嫌疑。」

阿俊補充：「我們認爲樂師傅當時純粹在鑽研手工義粉，反覆試錯，所以多出來的就順便煮給露宿者吃。派義粉時，樂師傅有問你們的評價嗎？又或者有沒有透露他做了什麼嘗試？」

「那個人好像英文不好，很少說話，每次都是放下肉醬義粉一言不發就走了，像餵流浪貓狗一樣。總之沒有人曉得他的想法。他眼裡確實只有煮菜，要是說他爲了鑽研義粉做太多我也不會奇怪。我聽聞他是個厲害的廚師，但性格古怪很難相處，完全想像不到他會問我們那些露宿者的意見。」

「所以你們交流不多……那有結怨嗎？你有聽說樂師傅和大衛之間發生過什麼爭執？」

「大衛吃過一次那個人煮的義粉，覺得不喜歡以後也沒再吃了。所以他們二人幾乎完全沒交集，連爭執的機會都沒有。我也不懂爲什麼大衛會出現在那人的家裡。」

包師傅回答路易斯：「根據警方調查，樂明陽和大衛確實並不相熟，樂明陽只是利用酒菜利誘大衛上門殺害。」

路易斯不同意：「大衛非常討厭酒，聞一下就覺噁心，嚐一口就會醉倒，不可能因爲有酒菜就上別人的家。」

「只是大衛當時身無分文，又正值大雪的寒冬可謂飢寒交迫，警方無法排除大衛爲了晚飯而上了樂明陽的家。而且大衛被發現時身體有酒疹，因此死者有喝過酒這是不爭的事實。」

阿俊小聲問：「不介意我這個外行人問一下案情嗎？我想知道死者的死因是什麼，好像沒有提及。」

「心臟衰竭。」包師傅答：「由於死者頭部有外傷，警方判斷樂明陽與死者發生爭執和打鬥，誘發大衛的隱性疾病致死。另一方面，樂明陽則供稱自己在案發當晚根本不在家中，他也不理解爲何早上回來就有一具屍體在自己家裡。他強調當晚自己出門派義粉後就到了附近的酒吧消遣。然而他去過太多酒吧，沒有人能夠盯住他整晚，確保他沒有回家殺人，所以沒有不在場證明。簡單來說，能指控他殺人的證據不夠，亦沒有證據能證明他的清白。警方覺得案件棘手，而樂明陽又不願意配合警方調查，所以才派上同爲華裔的我來接手。」

「順便問問樂師傅有沒有酗酒的習慣？」

「聽說樂明陽好酒，但像當晚那樣流連酒吧的情況並不常見，可能發生了什麼事情。」

「爲何你的語氣好像很不確定？」

「那時候警方一口咬定樂明陽是凶手便沒有仔細調查。因此在接手後我亦有些同情樂明陽。有時候我會假裝無心透露調查進展給樂明陽知道，他才漸漸地對我放下戒心。有一天，他突然告訴我在他家中的雪櫃有個暗格藏起了一包用保鮮袋包好的義粉，並懇求我把那包義粉交給他。我不以爲意，用了些手段把義粉送到獄中拘留的樂明陽，沒想到隔天就傳出他用義粉上吊的噩耗。」

阿俊說：「我始終無法相信有人用義粉上吊自殺。」

包師傅嘆道：「但這樣一來樂明陽的死就跟我有關；亦因爲我擅自取走了義粉這證物交給樂明陽，爲了不被揭發違規我也很難再參與相關調查。」

「結果不但大衛的案件成謎，連樂師傅也離奇死亡，謎團定食買一送一。」

一個偏執的天才廚師埋首鑽研手工義粉，吃過其義粉的露宿者死在義粉堆中，而有殺人嫌疑的廚師則用義粉上吊，有夠瘋狂。正因如此，阿俊能夠想到的犯人只有一個，那就是飛天義粉怪物。

此時有電話鈴聲響起，是茶餐廳打來找阿俊的。阿俊只好失陪走到一旁接電話。

「老闆，出事了！」電話對面的朗仔緊張地說：「今早我開舖的時候發現店內有很多蟑螂，而且不是普通的惡作劇。網上有個自稱是愛國蛋炒飯黨的組織承認責任，並揚言若我們不搬走的話就會行動升級，下次放會飛的！」

「不、不是吧！你說是那些號稱有三億五千萬年歷史、長翅膀、深褐色的不可名狀之物？太可怕了，難道他們沒有良心嗎！完全超越紅線了耶。」

「我也快撐不下去了老闆……」

「這樣吧，這個月我給你雙倍糧，你多撐兩個星期，等我在廚神大賽打響名堂一切問題就能解決。」

「老闆至少要有三倍糧啦，會飛的啊。」

阿俊也是孤注一擲答應了。總之他沒有退路，一定要找出蘭亭義麵食譜。包師傅見阿俊回來後眼神充滿憤怒與恐懼，便詢問發生何事。

「肯定是佐利金他們爲了強行收購而找人陷害我的茶餐廳！」阿俊解釋時愈想愈氣。

「佐利金呀，恰巧也是這間餐廳的老闆。」路易斯搭話：「從前這裡是個貧民區，後來政府決定活化此區，遇上佐利金集團大量收購區內土地，一系列的翻新工程過後就成爲現在繁華的商業街模樣。」

包師傅說：「我也記得這段新聞。佐利金集團除了飲食業之外也是依靠地產起家，當時名聲不大好，更有官商勾結的傳聞。不過時間久了大家都忘記昔日的事。」

阿俊問路易斯：「難道樂師傅以前就在這兒附近經營餐廳？」

「沒錯，我以爲你們知道才選約在這兒的。」

阿俊突然想到，樂師傅比起自己更頑固，只是一心追求廚藝境界；若他不願配合佐利金的收購，佐利金會不會像對付自己一樣用上類似的骯髒手段強迫樂師傅退場？

包師傅依據多年探案經驗亦察覺到阿俊的想法。「當日衛生部門確實是收到投訴才上門調查樂明陽的。」

於阿俊腦海中浮現出眾多想法就像一堆麵粉，把所有線索連起，麵粉就突然串連成爲義粉！他想到爲何本來跟樂師傅沒有交集的死者會出現在樂師傅家中，又爲何會暴斃於那裡的原因。他把自己的推理告訴包師傅，包師傅想了想沒有找出破綻，無法否定其可能性，但美中不足是缺乏證據。

「證據是有的。」阿俊說：「大衛的死正如包師傅所說，是跟『蘭亭義麵』有關。假如我能夠依照推測重寫蘭亭義麵食譜，這就能夠證明我的推斷正確。」兜兜轉轉，蘭亭義麵食譜終究是破案的關鍵。

6

——全美廚神大賽當日。

「有請我們今次大賽最後一個隊伍，來自香港茶餐廳的總廚王先生以及他的助手！雖然只有兩個人看上去人丁單薄，但他們豪言要煮出前所未有的肉醬義粉！究竟結果如何，大家拭目以待！」

阿俊和朗仔在鎂光燈下進場。這是廚神大賽的世界舞台，但阿俊十分不安，因爲他到了期限始終無法完成「蘭亭義麵」。

「老闆，怎麼辦？要做我們茶餐廳款式的肉醬義粉嗎？」朗仔小聲問。

「你叫我把十幾美元的快餐送給評審，然後當著幾十萬電視觀眾面前出醜嗎？」阿俊答：「雖然未曾試過成功，還是按照理論上的食譜煮吧。至少失敗了也曾經盡力過……」

——你就是今天打算挑戰我的人？

旁邊忽然一個全身金光閃閃的大廚向阿俊搭訕，看他一臉北方人的輪廓，阿俊馬上察覺他就是那個佐利金高薪聘請過來作爲饕餮天地總廚的乾隆御廚第七代傳人。

乾隆御廚後人嘲諷說：「肉醬義粉喔？眞夠寒酸，沒想到在世界級的舞台上居然看到肉醬義粉，而且是港式茶餐廳的落伍破文化，吃個麵也要拼桌，餐具又髒，價錢又貴。」

「那你們又是煮什麼上等菜式？」

「好說！當年我的先祖爲乾隆帝烹煮滿漢全席——可惜礙於時間關係無法在大賽上煮出數百道菜，唯有煮當中最名貴的『八珍筵席』。反正就這八道菜已經足夠讓世界讚歎！」

菜名有股莫名的氣勢，但阿俊無暇顧及他人，只能專注做自己的義粉。根據他的推測，「蘭亭義麵」的祕方是酒，而且是紹興酒。紹興酒是一種釀造米酒，主要原料是糯米和麥麴等穀物，與麵粉本身很相襯，不過用上紹興酒是另有原因。

「蘭亭義麵」的蘭亭典故源自晉代大書法家王羲之的〈蘭亭序〉，該行書正是王義之喝過紹興酒後在微醉下寫成的。如今以紹興花雕代替清水搓麵團，製成義粉後再以高溫烤焗逼出酒精揮發不留痕跡；且跟鹼水麵原理相若，受熱時減少水分令義粉更具嚼勁，而非單純縮短烹煮時間矇混過關。

問題是，用來製造義粉的杜蘭小麥粉雖然蛋白質含量高，但麩質蛋白需要遇水才能產生化學反應，即是俗稱的「起筋」，這樣麵粉方可黏在一起成爲麵團。如今改變水的分量固然影響麵團製作，再加上紹興酒用上鑑湖湖水釀造，其化學成分亦跟清水大有不同，用來代替清水製麵如同發明另一種麵條般艱難重重。這半個月以來阿俊不斷反覆嘗試，始終無法搓出滿意的麵團，因此他更能體會爲什麼當日樂明陽家中會有那麼多「失敗」的義粉。

雖然麵包也有加酒的做法，但麵包有發酵和義粉又是完全不同的東西。也許加酒進義粉的麵團本身就是錯誤？阿俊開始懷疑自己的推理。

阿俊原先猜想是死者大衛收了佐利金的錢，於是潛入樂明陽家中偷放老鼠陷害對方，卻在現場被帶有酒味的義粉弄醉。然而回想起來，人果然是不會聞一下酒味就醉，所以這推測是錯誤的……

不，人確實不會因爲聞到酒味而醉，但吸入汽化或者霧化的酒精就是另一回事。

那麼在現場有汽化的酒精嗎？有，當晚樂師傅煮了大量義粉派給露宿者，在烹煮過程蒸發大量酒精，加上冬天窗戶關閉通風不好，累積高濃度的汽化酒精不是不可能的事。情況就跟用霧化器吸食大麻類似，只不過霧化器不是用明火蒸發而已。

雖然大衛抗拒喝酒，但他沒想過連空氣裡蒸氣的酒精濃度都超出他可承受的範圍。事實上汽化酒精繞過肝臟經由呼吸管道直接進入大腦，比喝酒危險百倍。很可能大衛在不以爲意的情況下就吸入過量酒精而醉倒，那麼頭部外傷大概就是倒地時撞傷的，反正那不是致命傷。他只是在寒冬下醉倒地上，家裡沒有人也沒有暖氣，最後死於心衰竭實屬不幸的意外。

所以樂明陽沒有殺人，警察爲了省事在拘留期間讓樂明陽「被自殺」，訛稱他用義粉上吊，這就是阿俊對於肉醬義粉藏屍案的答案。

但阿俊用力地搓麵團，始終起不了筋；做不出樂明陽當日的義粉，沒有證據說明義粉有酒，什麼推理只成空想。阿俊有種快要完成的拼圖卻失了一塊的焦慮，食譜以及解謎都是差一點點，這是作爲專業廚師無法容許的。

反觀另一邊廂的乾隆御廚後人亮出紫金八卦菜刀，自帶磅礴氣場。御廚後人稱自己手上的紫金八卦菜刀乃是乾隆御賜，表揚他的先祖精通八大菜系；只有如此等級的御廚才有資格處理珍貴無比的食材：熊掌、鹿茸、象鼻、駝峰、果子狸、豹胎、獅乳、猴頭。全部從中國新鮮空運，是普通人連見都沒有見過的「八珍」。

只見現場紫光閃閃、冷氣森森，刀身發出一陣龍吟虎嘯，八種山珍依循御廚後人的刀法落入碟上，看得觀眾嘆爲觀止。相反這邊廂阿俊搓著不成形的麵團，臉上黯然失色形成強烈對比。

阿俊懷疑自己不夠力氣搓出麵筋，他有想過借助機械，但因爲麵團用到雞蛋，每顆蛋蛋黃比例不一，加上酒精容易揮發且不穩定；機械不懂調節力度，壓得太韌就會起「骨」，太鬆散則無法起「筋」，怎樣都做不出完美的麵團。

「難道只能夠認輸……」

「小友，我來助你。」

忽然一位老者身法縹緲，攜著一根青竹長棍現身，與現場的紫金八卦菜刀分庭抗禮。

阿俊驚道：「豈非是少林寺七十二絕技的達摩棍法！」

「不，這是用來打竹昇麵的竹竿。」

「包師傅怎麼來了？」

「因爲你的推理只答對了一半，就像這個肉醬義粉一樣。讓我幫你完成餘下一半的義粉吧。」包師傅說：「只有用竹竿壓麵團，用身體聽取麵團回彈的回應，以柔制剛，再加上我多年探案的經驗，便能把加了酒的麵粉搓成形。」

阿俊聽見自己推理有錯時有點動搖。但比起推理，現在更重要的是比賽。阿俊有嚐過包師傅親手打的竹昇雲吞麵，就算麵條浸在湯裡半小時依然富有嚼勁，是大師級的傑作。

「那麼竹昇義粉就拜託包師傅了！」

隨即阿俊便與朗仔準備起肉醬。港式肉醬義粉跟傳統義大利的不同，義大利的義粉是醬汁的載體，重視義粉與醬汁的融合，把醬汁掛在每一條義粉上面就是完美。然而港式肉醬義粉的理念不同，義粉和肉醬是雙主角，所以分開煮有分開煮的原因。

「雖然不知道樂師傅當年煮的肉醬配方是怎樣，但這邊港式茶餐廳近百年來累積的經驗也不會輸給任何人！」

之前阿俊在研究搓麵團時花了太多時間，現在每一步都非常緊迫，不容有錯。等到包師傅做好他的竹昇義粉，這邊阿俊和朗仔亦趕緊煮好肉醬，鋪在義粉上，三人合作無間。

港式肉醬義粉最後一步就是灑上芝士粉，高溫烤焗，一碟熱騰騰的焗肉醬義粉剛好在時限前大功告成！

到了評審階段，評判把港式焗肉醬義粉放進口中，大爲訝異。

「這、這個義粉的口感確實是前所未有，如此爽口彈牙，我從來沒吃過！原來這就是用竹竿打出來的義粉，韌度十足，怎樣拉也拉不斷，咬下去則能感受到義粉的回彈，就像一尾活魚在口中掙扎，眞是神奇的體驗！」

「既然一眾評判都已經品嚐過所有參賽作品，那麼勝出本屆全美廚神大賽的選手是……」

7

一個月後——

「沒想到這世上眞的有能夠承受成年人體重而不會扯斷、韌度十足的義粉。」

「可惜最後也是無法用這個義粉助小友贏下廚神大賽。」

「不，我已經很滿足了。只是我尙有一個問題不明白，到底我當初的推理錯在哪裡？」

阿俊和包師傅站在餐廳的天台，迎著風，總結二人並肩戰鬥的經歷。

「你還不明白嗎？世上眞的有能夠承受成年人體重而不會扯斷的義粉，他不是『被自殺』的。」

「那麼樂師傅是怎樣死的？」

「你想想看，最初爲什麼樂明陽家遭搜查，但警察什麼都搜不到，與你的推理明顯有所矛盾。」

「我猜死者是收了佐利金的錢，於是放老鼠陷害樂師傅……但最後樂師傅家中沒有找到任何老鼠的痕跡，衛生當局也沒有驗出樂師傅餐廳的食物有任何問題。所以那個露宿者沒有陷害樂師傅。」

「我們中國男兒沉默寡言，但絕非沒有感情，只是比較內斂，加上語言不通其他人才以爲樂明陽很難相處；說不定他有顆纖細的心，不然也不會免費煮義粉給那些露宿者吃。我想那些露宿者也不是所有人都像路易斯那樣對樂明陽反感的，例如大衛他沒有選擇陷害樂明陽就是證明。」

包師傅推測，大衛雖然收了佐利金的錢，卻不願加害樂明陽，於是只是潛入樂明陽家中假裝動手，實則要提醒他被佐利金盯上罷了。然而不幸的是，大衛終究是因爲加了酒的義粉而醉倒屋內死亡。對樂明陽而言，當他得知衛生化驗的結果時，那不是證明自己的清白，而是證明了大衛的清白。因此樂明陽對大衛的死感到內疚才選擇自殺賠罪。

「不談往事了，小友你那邊還好嗎？」

「嗯，生意不錯，雖然贏不了比賽但賺了不少名聲。所以我要努力跟師傅你學習竹昇麵的工夫了。」

話說當日乾隆御廚後人大量偷運食材惹上官非，他的妻子見狀打算和他分身家而鬧翻，一氣之下爆料丈夫根本不是什麼乾隆御廚後人。那把紫金八卦菜刀也是購物節上網買的，促銷價一百一十一元人民幣，還一直保留著單據隨時都能勒索丈夫。事實上八大菜系這個名詞也只是近代才出現，它的歷史不會比瑞士雞翼久，整件事就跟乾隆坐時光機吃瑞士雞翼一樣荒謬。御廚後人走紅只是培育網紅的公關伎倆罷了。

而這場鬧劇的最大受害者可是佐利金。佐利金集團高薪聘請一個中國騙子，其管理能力備受質疑，連原本打算投資饕餮天地的人都打了退堂鼓。在眾多不利消息傳出後，佐利金集團的股價嚴重受挫，其後更被查出公司涉嫌財務造假過億美元，宣布破產也只是時間問題，自然沒空閒再去騷擾阿俊的茶餐廳，連警察都沒再來要求阿俊換招牌。

「這杯敬你的肉醬義粉。」

「這杯敬師傅的雲吞麵。」

不同的地方有獨自的飲食文化，口味也不相同，但廚師一心追求美味的志向都一樣。古人費盡心血研究烹調之道，到今天只成爲普通餐牌上的一道菜，而以後的人看待今天亦大概相同。阿俊和包師傅寄望竹昇義粉會在世界上發揚光大。

〈唐人街肉醬義粉藏屍案〉完

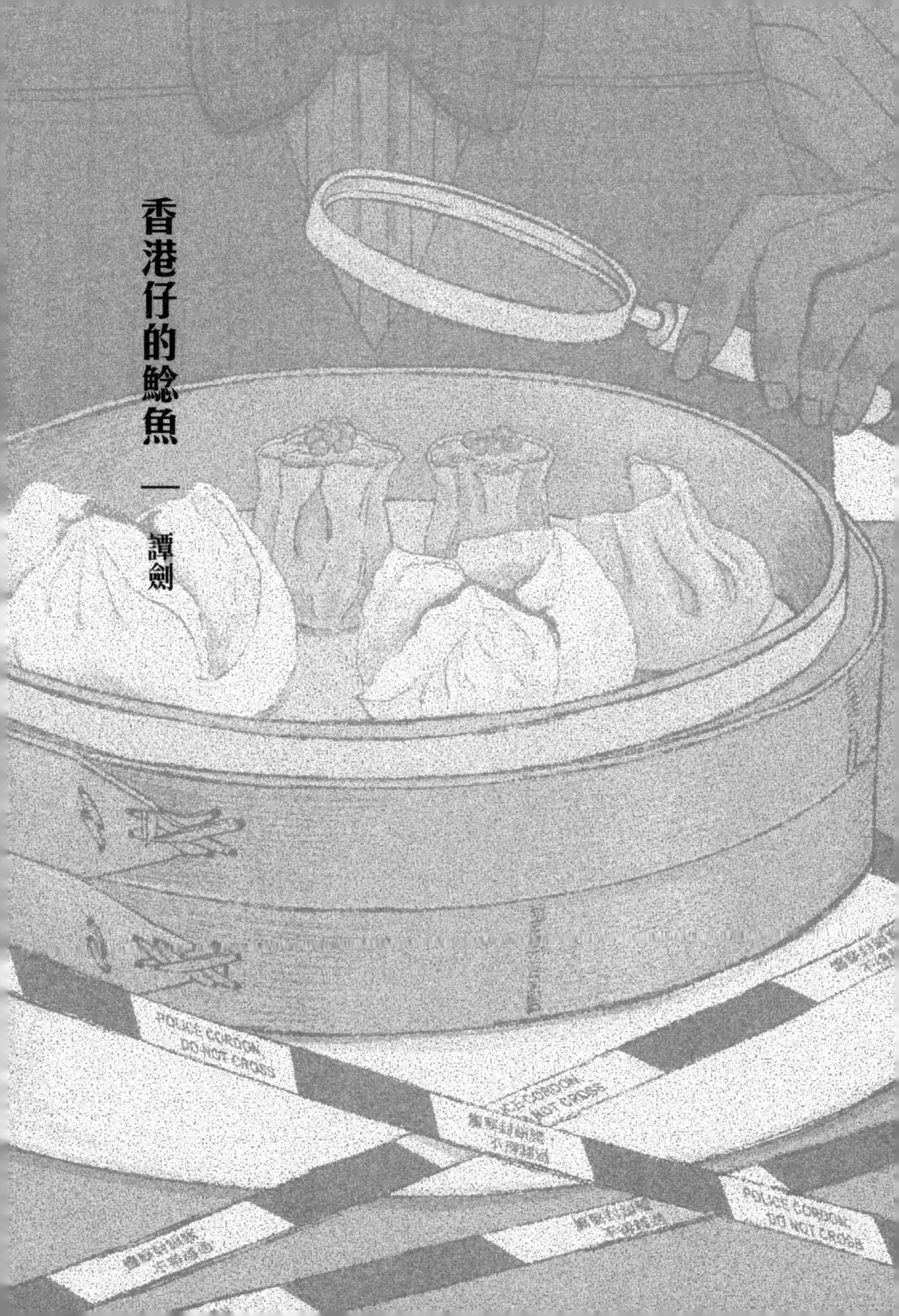

香港仔的鯰魚

——譚劍

1

味蕾是舌頭上面、上顎和會厭表面的微型結構，其作用在於提供食物味覺的訊號。一般人的舌上約有八千至一萬個味蕾。

朱向波自稱擁有超過兩萬八千個味蕾，和地球上味蕾最多的生物鯰魚一樣，不只比一般人更能分辨食物的好壞，而吃一口魚肉就能告訴你這魚的種類、煮法、烹調時的配料，幾十年來接受過無數盲測也一一通過，最驚人的一次是連分子料理也難不倒他。

坊間稱他爲「舌神」。

但就算是神也有他的死穴。

他討厭辣和苦，因此從來不碰。就算只有一點辣，也會讓他掉進地獄。他不碰咖啡，不管偏酸或偏苦的都會讓他的舌頭麻痺幾個小時。

Max覺得「舌神」和「兩萬八千個味蕾」只是自我吹捧和營銷的手法。他只是比常人更懂得分辨味道，飲食經驗豐富過人，和擁有比大氣層更厚的臉皮。

身爲全球華人都認識的食家兼YouTuber，「舌神頻道」有三百多萬個追隨者，影片播出前固然有YouTube分發的廣告，片裡也有各種植入式廣告，金主不僅和食物有關，也包括酒店、郵輪假期、床褥、生髮水、安全套、壯陽產品等，反映目標客戶的經濟能力、人生需求和健康狀況。

不管怎樣，只要你付得起錢，舌神可以前往世界任何角落爲你代言。

Max曾經被三百多萬追隨者這個天文數字嚇倒，香港人口也不過七百多萬，但考慮到「舌神頻道」的官方語言是普通話，面對的是全球不知多少個億的華人市場，三百萬就不是什麼驚人的數字。

舌神不是沒有爭議。不管在地球哪個角落，不管踏進米其林三星名店或者街角小店，他都會發表他認爲只是直言不諱，在其他人心裡卻是尖酸刻薄的主觀評論。不錯，有些小店被他批評後引起網友好奇，結果反而客似雲來，但更多店被他罵到沒人敢去，最後結業收場。

舌神是有極大爭議的人物，但偵探這工作不需要對僱主有好感，而且這次Max找不到推卻的理由。

2

「北都的員工向我報料。」舌神在電話上說：「在疫情爆發的第一年，他們的生意一落千丈，就算積極轉做外賣生意，現金流也不好，欠下供應商很多錢，雖然後來還清，但到現在仍然有供應商不再向他們供貨。供應北都的四腳肉類——就是豬牛羊——供應商從三間變成一間，供貨量只有以前的三分之一。你說其他三分之二的肉類從哪裡來？」

北都的招牌菜是片皮鴨和清蒸鰣魚，疫情期間來貨供應緊張，他們改爲推出「紅燒雜肉煲」，聲稱「取自不同的大自然食材」、「用上海本幫菜的做法，採取家常、平民化爲自身的特色，以紅燒烹調，以濃油赤醬、鹹淡適中、醇厚鮮美見稱」，也保證「不含豬肉成分，也沒有使用豬油」。

紅燒雜肉煲價廉、味重、量足，迅速成爲北都的招牌菜。

Max在多年前讀過一本叫《本店招牌菜》（*The Specialty of the House*）的懸疑小說集，也看過黃秋生主演的電影《八仙飯店之人肉叉燒包》，對廚房裡的神祕肉類來源有各種奇怪的想法。

「你懷疑他們用人肉嗎？」

「你怎會一開始就想到那麼極端？太不好玩了。」舌神感到有點掃興。

「職業病，什麼事情都要有最壞的心理準備。」

「和你們這種人講故事眞不好玩。」舌神語氣裡難掩失望，「疫情爆發時本市很多人棄養寵物，原因很多，失業、搬家、無力支付醫療費用、寵物糧食加價等等，棄養數量多到連資源龐大的志願組織也無法一一照顧這些動物，於是一些沒人聽過的團體突然冒出來說可以接收。這些團體沒有註冊沒有名字，就是幾個網友在Facebook上開個群組那種，當然也沒有監管，但在人人都趕著送掉動物，只想找地方接收時，誰會介意那些動物的下場？就算政府亦分身乏術管不了。」

「我明白，就是『你們怎樣處理都可以，不要讓我看到』。這跟大人不會向小孩子解釋可愛的小豬長大後的下場一樣。」

「沒錯。你養寵物嗎？」

「有隻貓。」

「那你就明白，餵貓狗的糧食一點也不便宜，更別説接收大量動物，就算能解決糧食問題，空間也有限，這跟歐洲國家接受敍利亞難民一樣不容易。爲什麼有人會對所有丟給他們的貓狗來者不拒？我的推理很簡單，那些人把貓狗處理掉後，拿屍肉出來販賣，一家便宜兩家着[1]。」

「很直接的想法，但吃不出來嗎？」

「我當然吃得出來，但其他人就不見得。」舌神無時無刻都在自我吹捧，「很多人説自己是食肉獸，但遠遠説不上是食肉的專家，只能分辨豬牛羊，或者指出是牛的哪個部分、是西冷或肉眼（肋眼），或者分出熟成或慢煮，不見得能分辨其他動物的肉。就算有懷疑，廚師可以推説是烹調過程改變肉質的感覺。」

Max平日吃得很隨便，沒放多少心思在食物上面，只吃牛和豬，連羊也不碰，其他的毫無興趣也沒有頭緒。

「我懂，但貓狗肉眞的吃不出來嗎？」

「兩腳和四腳容易分，但同樣是四腳，如果一個人不常吃就難分了。羊肉之所以會有羶味，是因爲油脂和肌紅蛋白（myoglobin）的關係，有辦法可以減少。袋鼠肉我在澳洲吃過很多次，不會分不出來。鹿肉與牛肉味道相似，但口感更細更瘦。熊肉味道比鹿肉略甜，口感比牛肉粗。馬肉也容易分，但有多少人吃過？狗肉，脂肪少，所以吃起來沒有油味，清爽，很香。不管牛豬羊跟鹿和馬，都是草食動物，但貓狗是肉食動物，就算吃配方糧也是汲取動物蛋白，所以肉味和草食動物很不一樣。」

「你吃過貓肉和狗肉？」

「我們食家如神農嚐百草，什麼都要試，貓肉我沒試過，狗肉也只吃過一口，就是要記得那個味道。」

這和青少年第一次碰毒品的藉口沒有兩樣。

「人肉你也有興趣吧？」

「我吃過。」

「在哪裡？」Max想不到舌神會吃過，更想不到他會爽快承認。

1 一家便宜兩家着：指對買賣雙方都有好處。

「我家。」

「你在家設宴邀請客人上門卻吃掉他們嗎？」

「你的幻想力太他媽的豐富了。我有次被大貨車撞到，屁股被削了一塊肉下來。我把肉拿回家，一半煎，一半蒸，只夠各吃一口。」

「老天！你該感謝那貨車司機讓你有機會吃自己吧！」

「對，但他一樣要賠我錢。除了自己的屁股肉以外，我也吃過紫河車。」

「不會吧？」

「沒什麼大不了，人類的胎盤在中藥裡被認爲有益氣養血、補腎益精之效，是『大補之物』，可以抗衰老，但非常腥，現在多用牛、羊、鹿的胎盤來取代。」

「夠了。」Max阻止他說下去，但不是覺得厭惡。

胎盤剛娩出時爲紅色，稍微放置後轉紫色，因此古人美其名爲「紫河車」去販賣圖利，但在現代西方醫學裡被歸類爲醫療垃圾，和童子尿一樣沒有醫療效益。

「你對北都的指控有證據嗎？」Max拉回正題。

「我的味蕾就是證據，但無法上法庭舉證。可惜我的線人無法進廚房，不然的話可以把鮮肉偷運出來送去化驗。」

「可以送煮好的肉去化驗嗎？」

「聽說可以用Polymerase Chain Reaction（PCR）的方法，但我沒試過。不過，

Max，你聽我說，網友要直接知道fact的話，看新聞就足夠了。他們去看我的YouTube channel，就是要看故事，要dramatic effects。」

舌神需要Max幫忙找出整個寵物屍肉供應鏈。

很多人以爲私家偵探的工作範圍只限於捉姦、尋人、尋找走失的貓狗等，Max會說偵探的工作是塡補警力的空白。像這種沒有證據的指控，警方沒有人力物力去調查，所以就有讓他們這些私家偵探粉墨登場發揮所長的空間。

「爲什麼你不直接找媒體？電視台肯定對這種內容很感興趣。」

「這種大新聞爲什麼要讓給那些人？當然要留給我的頻道增加流量。」

對，YouTube流量就是現金流。Twitter和Instagram裡就算有一百萬個追隨者也無法轉化成現金，但YouTube頻道啓動盈利功能後，每次播放影片都可以從Google AdSense帶來結結實實的廣告拆帳，就算被黃標，也一樣能拿到YouTube Premium觀看的分潤。

3

北都位於朗豪坊附近。

據舌神說，食物供應商只會在餐廳開門前，或者中午和晚餐之間的空檔送貨，務求不影響餐廳的業務。食材抵達後，廚師一定會驗貨，不只確保食材新鮮，也要確保食材符合自己的要求。舉例說，同樣是雞，有些廚師要在雞腔內填塞香料，所以需要體型較大的雞，反過來，如果只是烤春雞，就需要小隻的。

送冰鮮肉給北都的問題貨車，在餐廳打烊後才出現。那時除了老闆何大木和行政總廚外，其他人都已下班回家。

Max同意這點非常可疑。貨車在深夜出入，容易發現有沒有被跟蹤，所以舌神無法找朋友或者自己親自出馬，要找他這個專業人士代勞。

專業人士當然有專業的做法，誰說跟蹤一定要開車？什麼時代了？

Max用航拍機跟蹤大貨車。沒人會在夜空裡留意頭頂的航拍機。

那車離開北都後，穿過很多條大街，最後開進一個車庫裡，航拍機再也看不到裡面的情況。

他開租來的車跟著過去，在一條街外守候整夜。客人付錢給私家偵探，就是讓他們在天寒地凍的冬天裡熬夜等待，期間不能睡覺，整個生理時鐘被改得亂七八糟。

他盯著車庫外的動靜，不能分心，不能用手機看電視或電影，不能去廁所大小便。他確定附近沒有行人和閉路電視後，在凌晨三點冒著寒風在車旁邊小便。

早上七點二十五分，他拿出保溫壺裡的熱湯和保溫盒裡的三明治當早餐吃。

十點四十五分，那輛貨車終於離開車庫，前往幾個更偏僻的動物收容所，開進裡面的車庫，每間停留幾個小時後才離開，最後在半夜前抵達北都。

同樣的跟蹤連續進行了三天，貨車的行程都一樣，幾乎到分秒不差的地步。

Max不眠不休把貨車的行蹤和各場所的外觀都拍下高清照片和影片，但不能馬上給舌神，須要做點整理。這些影片的最終觀眾不是舌神一個人，而是舌神頻道的數百萬觀眾。

「我需要的遠不只是爆料。」舌神說：「還有揭穿這些衣冠禽獸的眞面目！觀眾不但須要看到貨車去動物收容所收集動物屍體，再送去北都這些畫面，還須要清楚看到參與者的臉，知道他們的名字和身分。有名有姓的人物故事才能牽動情緒，震撼人心。」

所以，這案件急不來，Max需要再收集更多情報。

4

Max在朗豪坊泊好車後，去了一間叫紅龍（Red Dragon）的茶餐廳，裡面的裝修非常懷舊，除了有大肚腩舊電視、從天花板吊下的雀籠、牆上由麻將砌成的裝飾和霓虹招牌外，也有他非常討厭的硬式卡座。還沒坐下來，就覺得屁股很痛。

菜單說這家茶餐廳馳名的是焗豬扒飯和咖哩牛腩飯，但他感興趣的只有海南雞飯，雖然不便宜，但他太餓了，別無選擇。舌神常說，不要在餓肚子時去高級餐廳，你會覺得連豬餿也美味可口。

不過，這裡的海南雞一點也不好吃，難吃得讓人懷疑那隻雞在被屠宰前受盡虐待。

偏偏鄰桌的一對中年外國人夫婦吃得津津有味，好像這輩子第一次吃中餐，不，他們握筷子非常純熟，方式比很多香港人還要正確。

Max吃到一半時，一個年輕女子走過來。「可以搭枱嗎？」她幾乎沒化妝，但長相漂亮，打扮也很隨意，是他平日很少見到的類型。

「可以呀！」Max把「當然」兩個字收起來。

她沒看餐牌，目光和Max對上。「你是來幫舌神工作嗎？」

「我不知道妳在說什麼？」他馬上否認。老天，這女子怎・會・知・道？

「他會把自己的針插進人家的地盤裡，人家也一樣，很公平，對吧？」

Max沒想到就算是飲食業也會上演《無間道》的戲碼，而且自己身陷其中。

「他是個沒有絲毫同理心、不擇手段的attention seeker。」她繼續說：「不管做什麼事，都只從自己的利益出發，就算抹黑和犧牲別人也在所不惜。很多人都恥於與他爲伍，你和他混在一起就是助紂爲虐的幫凶。或者你跟他一樣，都是眼裡只有錢，沒有其他考量？」

Max本來不打算回應，但聽到最後一句，就無法保持沉默。

「你們是集體欺凌嗎？」

「誰欺凌誰？他不只批評餐廳的食物，也批評餐廳的經營者。他濫用網路的言論自由，號召他的追隨者進行不折不扣的網路欺凌，叫他們跟著他去給餐廳負評。任何餐廳的經營者回應他，他都會用上十倍的力氣去還擊，直到對方投降爲止。他批評餐廳的每一條片，都可以賺過百萬流量，幾萬塊錢廣告收入。這些你都知道嗎？你知道他和北都的私人恩怨嗎？」

5

Max接這次工作前，查過北都的底細。這是傳承了三代的中菜館，以北方菜聞名。

中國大陸在上世紀自三十年代開始持續幾十年的動盪，直到九十年代中鄧小平南巡重申「不管黑貓白貓，能捉到老鼠就是好貓」的「貓論」，並發表「發展才是硬道理」、「不搞改革開放，只有死路一條」等言論後才穩定下來。在這期間，民間最好的中國菜廚師都不在大陸，而是在香港和台灣，就算京菜和上海菜也不例外。港台兩地的廚師比大陸行家更容易找到優質的食材，特別在香港八、九十年代時，正值經濟高速發展的黃金時代，中產和富裕階級無不願意花大錢在飲食上面。只有吃不起，沒有吃不到。

北都幾十年來不停開發新菜式，以適應時代的變化。

「每個年代的人對飲食的要求都不一樣，以前的人要求吃得飽，所以分量要大，現在的人要求吃得精緻，所以分量適中就好，讓客人可以點更多菜式。」這是九十年代中時，北都的掌舵人何清健在一個訪問裡講過的話，「你要知道自己的定位是什麼，知道時代的變化，你不能期待從小吃美式快餐長大的年輕人抱著跟他們父母同樣的態度和心情去欣賞片皮鴨。他們這些人去到中年後，也不見得會和他們的父母輩那樣喜歡中國菜。中國菜要吸引他們，必須推陳出新，不能一成不變。」

那時沒有YouTube，三十多歲的朱向波也未成爲舌神，只是香港某電視台飲食節目的嘉賓主持，追隨「食神」龍本山到處跑和試菜，一起「以尖酸刻薄和挖苦譏諷的形式品評各食肆」（出自維基百科的「朱向波」條目），其中一集就是在北都拍攝。食神把北都的名菜批評得體無完膚，說賣相不夠精美，分量也太少，「只有不懂吃的人才會欣賞」、「浪費每一條寶貴生命和地球資源」，朱向波則批評「侍應很老，像老人院的院友。如果他們送錯菜，可能是老人痴呆」。

何清健的長子何大木在另一電視台的飲食節目裡代父回應，說北都的侍應都很資深，對飲食有深厚的認識，可以和客人討論菜式，批評食神龍本山和朱向波只是炒作兼人身攻擊。

三人隔空脣槍舌劍，火花四射，幸好有網友把當年的節目上傳到YouTube上，Max才能知道北都和舌神交惡的來龍去脈。

多年後，「舌神」朱向波轉戰YouTube，繼續其言辭辛辣本色，雖然很多餐廳都把他列入黑名單，但無法阻止他叫助手買外賣。他的行蹤遍及全球，只要他盯上的餐廳推出新菜，就會買外賣開刀。他在家或酒店裡由於沒有侍應阻止，罵得更無所顧忌，髒話黃腔火力全開，吸引更多看熱鬧的觀眾。很多留言的人根本沒本錢去光顧他點評的高級餐廳，只是在盲目起鬨。

不少高級食肆本來不做外賣，不料疫情來臨，外賣成為王道，舌神終於能嚐到過去十幾年吃不到的「所謂名菜的垃圾」。他的頻道內容豐富了很多，也比他批評的垃圾食物更沒有營養。

這次他把矛頭瞄準和他一向有牙齒印（過節）的北都，也眞的被他發現異常。Max接這生意時，不是不知道舌神是個神憎鬼厭的惹火人物，不過，他從來不以人廢言，只有這種特立獨行的人，才會成為吹哨人，指出業界的問題所在。

6

那女的繼續說：「舌神一條影片就可以決定一間食肆的生死，到底是誰賦予他這種權力?他的言論沒有人可以監管。他簡直和神一樣。他這個有幾百萬追隨者的influencer有巨大的影響力,但做過一件對社會有意義的好事嗎?他有沒有教育大眾什麼是飲食文化?你找給我看。」

「他不是在疫情期間參與過深水埗[2]派飯送暖行動嗎?」

Max有自己的看法,但想聽她的講法。

「一個有善心的人,不會用那種尖酸刻薄的語氣講話,不會什麼都計較。他的善舉只是爭取曝光和給自己貼金的包裝手法。他不是真的舌神,其實,他以前說的盲測全部都是造假,你可以google他前助理的訪問。他是個人渣,你幫他,不是讓他變得更好,只是讓他變得更邪惡。不信的話,你自己看這條片,他罵遍本市所有餐廳,唯獨一間他從來沒有罵過。」

她拿出平板電腦給他看,影片裡的舌神看來身處酒樓的貴賓廳,鏡頭從低角度偷拍他在抽雪茄。

「我這次一定要幹掉北都,把他們的招牌拆下來做廁所板,要他的女兒幫我擦屁股。」舌神乾笑了幾聲。

Max是無可救藥的懷疑論者,但不會懷疑這條片是deepfake。舌神在和他通電話時就說過類似的話,只是沒有提到後面那句。

「幹掉北都,花連樓就沒有像樣的競爭對手。」舌神又說:「其他的都不成氣候。」

Max的視線從平板抬起來時，從女子眼裡看到忿怒、擔憂和焦急等複雜情緒。

「花連樓和北都都是傳承了三代的北方菜館，從中國大陸一直鬥到這裡，幾十年來一直是競爭對手。舌神去年以境外公司名義入股了花連樓，你一定能查到。他在疫情期間於世界各地入股了很多餐廳，像在京都的水野料亭和首爾的朝陽飯店，並加速幹掉了很多競爭對手。」

Max別過頭。「我讓妳搭枱，不代表有興趣聽妳說三道四。」

「你不知道他是個人渣中的人渣，或者你無所謂？」她留下一張紙條，「你去網路上找《熱週刊》第一五八九期來看，就會看清楚那傢伙的眞面目。」

7

她的話驅使Max回到房間後馬上打開筆電，花了十分鐘就在北都的臉書專頁上找到那個女子的照片。

---

2 深水埗：爲香港經濟情況較差的地區。

她是目前北都掌舵人何大木的幼女何北彩，目前積極參與餐廳工作，儼然是第四代經營者。

他也找到朱向波成爲花連樓股東的證據。

接下來，他翻查早就成爲歷史的《熱週刊》，有個網友把差不多兩千期的內容掃描下來。由於是圖片，所以就算Google搜尋能力強大也搜尋不到，但等到日後各大搜尋器結合ＡＩ後就難說了，說不定連聲音檔裡的內容也能挖出來。

第一五八九期的封面人物是上世紀八、九十年代的食神龍本山，也就是舌神朱向波的師父。大部分年輕人都沒有聽過他的名字，就算聽過也不知道他的「豐功偉績」。他沒有維基條目，也許被他的haters刻意忽略。對一個愛出鋒頭希望全世界都記得他名字的人，這是最大的報復。

龍本山本來只是報紙記者，在七十年代入行，高峰期時以超過十個筆名寫不同主題的專欄，包括體育、賽馬、武術、風水、面相、術數、星座、男女交往等，以寫飲食的「鱔稿」最廣爲人知。

鱔稿是香港獨有的說法，爲其他華人地區所無。話說在三十年代，中環威靈頓街南園酒家的招牌菜是炆大鱔。一條大鱔重五、六十斤，無法在一天內賣完，在沒有冰箱的時代，賣不完的魚肉無法保存，只能成爲廚餘。南園酒家爲求促銷，找寫手發新聞稿去各大報館，標題往往叫〈南園酒家又劏大鱔〉。這種「有讚冇彈」[3]的稿件行內稱爲「鱔稿」，用今天的說法，就是業配文。

龍本山的生花妙筆把很多生意本來不怎樣的酒樓起死回生變得門庭若市，大家起初只稱他爲著名食家，後來尊稱爲「食神」，給他頭頂加上光環。原因簡單，「食神光顧」比「著名食家龍本山光顧」更能抬高酒樓的身價和帶來生意。這種互相吹捧的文化一向是媒體的操作方式。

進入九十年代，香港媒體引入狗仔隊文化，以前報喜不報憂的報導方式變得不合時宜。龍本山馬上華麗轉身，由寫鱔稿改爲下筆辛辣，處處點火。他本身文筆了得，加上懂得飲食業的操作方式和祕辛，罵起來切中要害，雖然得罪人多，但大受讀者歡迎。

這種風格吸引電視台高薪挖角他主持飲食節目《今日食眞D》[4]。朱向波擔任「下把」[5]，跟著食神跑來跑去，也同樣對餐廳罵得不留情面而引起觀眾注意。那時網路資

3 有讚冇彈：指的是有讚賞，沒有批評。

4 《今日食眞D》：意思爲「今日吃眞點」。此名字取自九十年代香港電視台的王牌節目《今日睇眞D》。

5 下把：地位次要的角色。在綜藝節目裡，專提出無知問題讓主持或專家解答。

訊不多，電視觀眾沒有多少選擇，《今日食眞D》成爲電視台的王牌節目，每晚有幾百萬觀眾乖乖坐在電視前準時觀看。

雖然食神龍本山罵得不留情面，但只要付錢請他代言，他就會在節目裡對客戶讚譽有加，因此吸引酒樓集團和廚具設備公司冠名贊助他的節目，或者找他拍廣告，讓他豬籠入水[6]，出入都以名車代步。他把豐厚收入拿去投資磚頭，高峰期坐擁十多個物業。他買賣物業的動向成爲市場指標，所以後來冠名《今日食眞D》的廣告商不再是食肆，而是更財雄勢大的物業發展商。

不料九七年亞洲金融風暴來臨，各行各業都大受打擊，廣告商紛紛開源節流，使他的節目流失大量廣告。他和電視台續約時收入銳減，無力償還銀行總共五千多萬（約兩億新台幣）的供款（房貸），只得宣布破產。

當時的八卦週刊都以冷眼旁觀的筆觸去報導他的沒落，甚至用上「食神末路」的聳動標題，怕他看到封面時不會心臟病發。

龍本山在意氣風發時結下不少仇家，所以在他落難時也沒有人施以援手，但Max認爲當時很多人本身就泥菩薩過江自身難保。

九八年十月，龍本山中風，雖然大難不死，但講話和走路都變得困難，無法再主持電視節目。《今日食眞D》的朱向波由「下把」變成「上把」（主持），並沿用「食神」的走紅板斧，一樣對餐廳罵得不留情面，一樣對贊助商厚愛有加，一樣找

「下把」，但換成衣著清涼、上圍豐滿的女性，並自我吹捧爲比「食神」更厲害的「舌神」。

「有超過兩萬八千個味蕾，和地球上味蕾最多的生物鯰魚一樣，不只比一般人更能分辨食物的好壞，而且吃一口魚肉就能告訴你這魚的種類、煮法、烹調時的配料。」

三年後，《今日食眞D》在某屋邨商場舉行直播時，洗盡鉛華的龍本山拄拐杖到場，以前的錦衣華服換成街坊裝，星味盡失。這是他神隱三年後第一次在大氣電波裡出現，吸引很多記者的注意。

很多人以爲舌神朱向波會和他相認，不料舌神指示工作人員把他硬生生架走，全程由電視台直播。

節目結束後，舌神接受訪問時說：「這個節目只有一個主持人，就是我舌神，全地球擁有最多味蕾的人。你們可以妒忌我，討厭我，批評我，罵我，但無法否認，我比你們全部人加起來更懂得吃。我就是權威。」

---

6 豬籠入水：在粵語中有財源滾滾來的意思。

又過了三年，這時香港經濟因開通自由行而大翻身。龍本山在酒店自殺身亡。舌神說一場相識，會幫他打點後事。不過，週刊記者後來發現，一代食神的後事是由家人以最簡單的「院出」[7]方式處理，別說舌神沒有去送別，在當天還被拍到和剛出道的混血女模特兒Ri O.去太古城的私房菜吃懷石料理。

舌神澄清說兩人關係只如兄妹。後來Ri O.懷孕，說舌神是經手人，但舌神說她私生活混亂，否認和自己有關。Ri O.退出模圈後，回到葡萄牙長居，從此沒人知道她的下落。

8

Max當初轉職私家偵探的原因，就是希望在陽光照不到的角落，解決客戶的問題，或爭取社會公義，像北都販賣貓狗屍肉，他就想不到理由去拒絕，即使委託他的客戶朱向波是個有爭議的人物也一樣。

不過，這次Max要思考的不只是案件本身，還有後續。

朱向波的人格比Max原本知道的還要不堪，是個不折不扣的混蛋，忘恩負義不在話下。Max幫他找出北都買進貓狗屍肉做食材，不會把他從混蛋變成好人，只會讓他變成更聲名大噪的混蛋。他會擁有神聖的地位，以後罵起人來會更加理直氣壯，他的不可一世只會對餐廳造成更巨大的殺傷力，被他罵過的餐廳再也沒有還擊之力。給這種混蛋加上光環，Max覺得自己只會成爲推惡人上神壇的幫凶。

很多人以爲做私家偵探只要跟蹤、拍照片影片和寫報告就可以交差，沒錯，完成任務交差並不難，但how to do跟what to do是兩個不同層次的問題，就像「做好一件事」和「做好一件壞事」的結果不盡相同。

一位優秀的偵探是使命必達，但一位偉大的偵探——如果可以用上這種說法的話——要懂得分辨對錯，懂得say NO。

9

舌神住在一間很氣派的三層斜頂獨立屋。兩株很高的櫻花樹從圍牆後面探出來。東南亞裔的外傭開門，請他脫鞋後，帶他進去日式客廳。客廳目測超過五百平方呎[8]，其中一半約兩百呎是升高三呎的地台，舌神坐在上面，雙腿收在暖桌下取暖。

7 院出：指在醫院出殯。

8 平方呎：簡稱爲「呎」，是香港計算土地面積的常用單位，一呎約爲0.028坪。

Max接下這案件已經一個多星期，這天第一次見到舌神本尊。他老人家已經六十一歲，身材並不高大，童顏讓他以前適合做跟班，留八字鬚後，就升級為「舌神」。

舌神沒邀Max上去，而是用眼神指示他坐在底下的沙發上。Max需要抬頭注視高高在上的舌神，兩人相隔至少二十呎。

Max沒見過客戶會用這種方式「款待」自己。這傢伙真的以為自己是神？廣東人不是說「過門都係客」（過門也是客）嗎？

舌神的茶几上有個鐵壺，底下用電陶爐加熱，還有一整套茶道的道具，很有雅興，但舌神沒打算邀他品茗。

Max不喜歡在這個有尊卑之分的空間久留，希望盡快離開，開門見山道：「我建議你不要繼續查下去。」

「嗯，為什麼？」舌神的平淡語氣讓Max很感意外。

「我覺得這案件不尋常，你對北都的厭惡可能會影響你的判斷。」這是Max編的藉口。他的作息時間被弄得亂七八糟，大腦並不清醒，想不到更漂亮的藉口。

「開什麼玩笑？我舌神怎會出錯？我知道了，你被他們收買了。」

舌神拿起手機，把一系列照片投射到一百吋的8K LED智能電視機上，是Max和何北彩在茶餐廳針鋒相對時偷拍的。

「別以爲我不知道你見過她。」舌神朗聲道。

「她只是搭枱。我不知道她是誰。」

「你老闆，別當我白痴！」

舌神抓起茶几上一個茶杯，朝著Max丟過來。幸好這個客廳很大，兩人的距離遠，Max身手也夠敏捷，讓茶杯在他身邊飛過。

他暗忖好險。

茶杯落地的碎裂聲不但清脆，還有回音。

「我對付他們後，下一個就會對付你。」舌神指著他說時怒目圓睜。

Max馬上離開。向這種人解釋只是浪費時間，幸好看清楚他的眞面目，也收了豐厚的預付調查費，不然就倒大楣。

原來何北彩找他的原因，除了遊說他不要幫忙舌神，也讓不知什麼人拍下他們的照片，用來離間他和舌神。

這是兩間餐廳之間的間諜戰。如果他不想成爲炮灰，就要盡快抽身而出。

Max不會再幫忙舌神，但是北都用黑心肉這件事，他不能坐視不理，這也是他答應接這案件的初衷。

他可以開個YouTube頻道發布影片，但會給自己帶來麻煩，甚至有身分被暴露的風險，舌神支持者和haters都瘋狂得沒人想接近。

他左思右想，最後把影片連同他的筆記上傳到一個雲端硬碟裡，再把連結傳到資深女獨立記者左明希的電郵地址。

Max認真調查過左明希的背景，確認她和舌神沒有往來，也認爲中年女人對愛開黃腔的老男人沒有好感。

希望她會認真處理這案件，而且搶先舌神報導。舌神在他say NO後，一定會改找其他專業人士幫手。

忙了一整晚，Max在浴缸裡泡了半個小時熱水澡後，才倒在床上補眠。

10

這一覺Max睡了十八或者十九個小時，簡直像睡死一樣。

醒來第一件事，就是打開筆電播鋼琴家顧爾德（Glenn Gould）在一九五五年灌錄的巴哈（J. S. Bach）《哥德堡變奏曲》（Goldberg Variations, BWV 988），然後坐在馬桶上滑平板看臉書，很快發現有人在轉發北都用腐敗的寵物肉做食材的新聞。這事轟動整個華人圈，住在不同國家的朋友都在轉發。

不管北都有多少年歷史傳承了多少代，這宗新聞就像一個巨大的鐵鍾般敲到他們的招牌和店舖上，等待北都的只有結業一途。

Max按進去看新聞，赫然發現這條影片的來源不是左明希，而是舌神頻道，裡面採用的卻是Max提供的影片，也就是Max給左明希的影片。

Max檢查他寄去的email address，確是屬於左明希的沒錯。

爲什麼左明希會把影片交給他？這不合理，Max明明查過，這一男一女沒有交集，但看來兩人有不爲外界所知的關係，甚至可能是肉體關係。

「人在做，天在看。因果不空，善惡到頭終有報！我就是上天派來收拾北都的使者，替天行道。」舌神朱向波用誇張的語氣在影片裡罵道：「我說過很多次，北都老闆何大木一向無良。這次拿動物屍體招待客人，喪心病狂。我問過一個從中國來的好朋友，他小時吃過龍虎鳳[9]大補宴和三六煲[10]，最近吃了北都的垃圾雜肉煲後跟我說，裡面的肉是貨眞價實的狗肉和貓肉，可以用人格擔保。他回去多倫多了，不然我就找他上舌神頻道。」

這條影片指控嚴重，不但被廣泛轉發，也迅速引起其他YouTuber製作影片評述。舌神在影片裡加入中英文字幕，鋪天蓋地在Twitter、Facebook、ＩＧ、TikTok、微

9 龍虎鳳：即蛇、貓（或以果子狸代替）和烏雞。
10 三六煲：三加六就是九。廣東話裡「九」和「狗」同音。

博、微信、小紅書等平台上分享影片，誓要把北都的惡行讓地球上所有人都知道。

這條影片毫無疑問驚動警方，他們不得不派人前往北都的廚房，把所有鮮肉帶回去，並查封北都，直到調查完成爲止。

北都負責人何大木在Twitter上表示，案件正在調查，所以不便評論。

舌神把握機會，和他的團隊站在北都外，冒著天寒地凍全程直播。

「北都老闆何大木是個沒有良心也沒有道德的人渣，我呼籲本市居民不但要抵制北都，還要抵制他一家人，不和他們做生意，不和他們來往，叫他們滾出本市。」

就算舌神的haters，也開始和兩天前的Max一樣，認爲舌神這回終於做正確的事。

這是舌神的如意算盤，也是Max最不想見到的後果。

11

Max回去朗豪坊的Red Dragon茶餐廳，希望能找到何北彩，但當然連影子也找不到。

茶餐廳裡的人不管伙計和食客都在熱烈討論北都的事件，有的用廣東話，有的用普通話，也有華人和外國人中英夾雜地討論。

Max想吃雲吞湯麵，即使覺得不會有西營盤來記的雲吞麵好吃，但上次點的海南雞飯實在太難吃。

吃完這一餐，他可以放手和放心離開。舌神會從此獲得一錘定音的江湖地位，以後他攻擊的餐廳只有死路一條。不想死的話，就要付「保護費」請他拍廣告。

順我者昌，逆我者亡。

鄰桌的老男人把電話放在桌上看直播新聞，聲量大到連Max也聽到。

「We analyzed the meat from CA Restaurant and confirmed that it was not beef or pork（我們分析過北都的肉，確認不是牛肉或豬肉）。」警方發言人說：「nor was it dog or cat meat, but seal meat. This is perfectly legal in Ontario（也不是狗肉或貓肉，而是海豹肉。這在安大略省，完全合法）。」

餐廳裡很多人都在看直播，並同時發出「哇」一聲，也有外國人說：「Oh my God!」

Max倒是想罵ＷＴＦ。

他被耍得暈頭轉向。

那個通風報信的北都員工和運送海豹肉的貨車司機，都是誘騙朱向波上鉤的魚餌。這是一場把他從神壇推下來的騙局，也眞的成功。

「下雪了。」有個伙計望著窗外說。有外國人說這是「first snowfall」，也有人拿出手機拍照，估計是來自香港的新移民。

Max不是第一次見到雪景，但沒想到在十一月十五日的加拿大萬錦（Markham）見到初雪。

北都最初在上海開店，創辦人老闆何家英在三十年代舉家移居香港。八十年代中英簽署《中英聯合聲明》，在一九九七年把香港主權移交中國，在香港引起一波巨大的移民潮。當時北都第二代掌舵人何清健如同當時很多出色的廚師，移居加拿大多倫多，在當地開設北都加拿大分店。北都的香港總店由何清健兒子何大木負責。九七年亞洲金融風暴爆發，香港的資產價格大幅下跌。二〇〇三年沙士（SARS）爆發，百業蕭條，自由行開通後，雖然引來海量遊客，但各區租金大幅上升，北都走過經濟低谷，卻敵不過舖位（店面）租金短短在五年內加幅三倍的成本壓力，何大木最後決定結束香港業務，加拿大分店成爲總店，並在十年前搬到科技重鎮萬錦。

一直狙擊他們的舌神，在二〇一五年正式移居加拿大，在坐「移民監」的五年期間轉型爲YouTuber。他自稱在加拿大居留的第一年就嚐遍所有高級食府的美食。雖然他不學無術，英文能力有限，但加拿大重視多元文化，萬錦就是小香港，大部分亞洲商場裡的店員都講廣東話，市民只講廣東話也一樣可以生活。

萬錦不是香港，卻像是香港的延伸，一樣有個商場叫「朗豪坊」，只是英文名叫「Langham Square」而不是港版的「Langham Place」。

警方發言人補充說：「那個大貨車不是把動物屍體從動物收容中心送去北都，而是先把寵物食用的海豹肉送去動物收容中心，再送去北都。」

海豹肉是因紐特人（Inuit）的傳統食材，雖然在加拿大引起爭議，卻可以在市場出售。

食客可以投訴北都在不公開的情況下供應海豹肉，但北都並沒有犯法。舌神頻道這天成爲地球上瀏覽量最高的頻道，本來正合他意，但十幾個小時內他由「正義之師」變成刻意抹黑餐廳的「喪心病狂」。他指控北都的影片全被YouTube直接下架。

舌神急急製作另外一支影片補救：「我從來沒吃過海豹肉，是那個中國朋友害我的。我也是誤信讒言。」

很多人追問舌神那位吃過貓肉和狗肉的中國朋友的名字，甚至直接追問：「那個中國朋友就是你自己吧！」

其他人留言：「很多中國人都養貓狗，不吃貓肉狗肉，你不要抹黑中國人。」

有人質疑：「海豹和狗屬於不同科的動物，肉質怎會相同？」

不好應付的留言排山倒海湧現，其中一則提及二〇一一年一月十二日的新聞。

「據報導，中國已同意進口加拿大海豹肉及海豹油。由於歐盟已禁止加拿大海豹產品進口，中國此舉有助加拿大海豹業繼續生存。加拿大農業部長席亞（Gail Shea）正在北京推銷加拿大海鮮及海豹產品。她接受加拿大新聞社電話訪問時表示，加中已就海豹產品進口中國簽署協議。席亞表示，加中所簽協議週四即生效。加拿大是唯一可以將海豹肉及海豹油輸往中國的國家。」

當時舌神的基地在香港，但特別應邀前往加拿大試食海豹肉，還舉起兩隻大拇指讚好。有相爲證。

有人留言補充：「這是舌神爲申請移民加拿大的超前部署。」

後來中國在國際及中國內地和港台地區動物保護組織的堅決反對下，沒有同意打開這個世界上最大的美食和消費品市場，海關也對海豹製品實施了較爲嚴格的限制。

12

北都用海豹肉做食材引起不小爭議，很多人說要抵制北都，但世界各地和朱向波有過節的網紅帶風向，認爲北都並沒有違法，反而朱向波是個不折不扣的騙子。他不只隱瞞自己吃過海豹肉，味蕾也無法喚回這種肉類的記憶，沒有資格自稱「舌神」。

北都負責人何大木在Twitter宣布：「@舌神朱向波先生在影片裡指控@CA Restaurant 北都中菜館烹調貓狗屍肉，並對本人進行惡意的人身攻擊，我已經聯絡律師，將會控告他誹謗。」

「@CA Restaurant 北都中菜館何大木先生Tony哥，這條片不是我拍的，是@Independent Journalist Sasaki Cho 獨立記者左明希的助理Julia傳給我的。」舌神馬上在Twitter上自辯，還貼出他和Julia的對話截圖。

「@舌神朱向波先生，我沒有叫Julia的助理。」左明希在Twitter裡澄清，「你再亂提我的名字，我就向你提告。」

Max當然不會跳出來幫朱向波澄清說影片是由他分享給左明希。

13

Max回去酒店時，在大堂見到高䠷的何北彩。不是萬錦很小只有三十多萬人所以很容易碰到，而是她根本就在等候他。

「妳敢來找我？」他被騙這口氣很難吞下肚裡。

何北彩一臉歉意，「抱歉，騙了你。我多怕你沒有抽身而出。不過，我沒有想到你會把影片分享給那個人。」

她沒提左明希的名字，怕被他竊聽，或者被別人聽到。

「北都把海豹肉端上餐桌，很多網友說會抵制你們。」

「沒關係，北都幾個月後就會吹熄燈號，不是承受不了烹製海豹肉的壓力，而是完成任務。我父親覺得經營中菜館太吃力了，不想讓我接手，在年頭就打算結業，只是在最後順便把那傢伙拉去陪葬。」

「你們也玩得很大吧！」

「玩很大？我們餐廳上下的人，不管是像我父親那樣的經營者，在廚房工作的廚師，或者在前線招待客人的侍應，每天都要承受巨大的工作壓力，擔心不知道哪一天會再面對像疫情般突如其來的危機而無法撐下去。而那人只需要出一張嘴，隨隨便便就用一條影片把所有人的努力抹煞得體無完膚，自己卻一點風險也沒有，單純用流量賺錢賺名氣。他是我們飲食業人士身上的寄生蟲，把他幹掉，是我們很多人的共同心願。他不是『舌神』，甚至連食家也稱不上，只是欺世盜名。」

萬錦和朱向波一樣都在模仿，分別在於萬錦很清楚，自己只是個小香港永遠成不了眞香港，朱向波卻認爲自己眞的是舌神，而且到處吹噓。

「在Red Dragon偷拍我們吃飯那傢伙，是妳或是朱向波的人馬？」

「這麼機密的事，我當然不能給你答案。你自己好好去猜吧！」

Max永遠不會知道這個間諜遊戲的答案。「謝謝妳耍了我一遍，晚安！」舉步向前走。

「等等。」她攔住他的去路，又退後了幾步，像日本人那樣向他點頭致意，「謝謝你！」

Max耍手，「老實說，能幹掉那種混蛋我也很高興。我是說眞的。」

「他不是你客戶嗎？」

「他在我請辭前，就先炒掉我了。妳的線人應該告訴了妳這情報。」

她點頭。

「換我給你一個情報。你在臉書說在聽顧爾德的《哥德堡變奏曲》。如果你有時間的話，我建議你去多倫多的安樂山公墓（Mount Pleasant Cemetery）憑弔。」

14

回香港後，Max仍然關心舌神的後續狀況。他被北都控告，法官判他須付一般性賠償金三萬五千元加幣，及負責原告的全額訴訟費用兩萬加幣。

這些錢都不多，但眞正的巨大損失是他那個充滿偏見、鼓吹仇恨、到處煽風點火唯恐天下不亂的舌神頻道被下架。他向YouTube上訴但最終失敗。

他開了一個新的頻道，拍自己吃飯，名爲「孤獨的食家朱向波」。沒有「舌神」這塊金漆招牌，他就只不過是個普通的美食YouTuber，比不過長相甜美的女性YouTuber。誰有興趣看一個老男人獨自吃飯？

全部廣告商和支持者都離他而去。

他從來不是什麼神，只是在天時地利人和下捧出來的幸運兒。

Max這次加拿大之行不但幫不到客戶忙，反而送客戶一程，實在意想不到，也啓發他思考在香港不用思考的問題。

因紐特人居於加拿大北部，維基百科說他們「身材不高，寬鼻子，頭髮又黑又直，居住地分散，在西伯利亞和特肖克徹斯（Tchouktchs）半島北端，只有幾千人。在加拿大，他們主要生活在努納福特地區，人口約三萬多人……因紐特人主要表現出蒙古人種的種族特徵，是最矮的黃種人」。

他們認爲，被控制食物，等於被全面控制，所以一直捍衛傳統食材和習俗。

新聞說：「加拿大政府批准每年一季的商業捕殺數十萬隻海豹，具體規定禁止獵殺皮毛仍爲白色、出生不足十二天的小海豹等。」

「進入二十一世紀後，世界海豹皮市場需求大增，加拿大捕殺海豹數量也大幅上升。二〇〇六年，加拿大獵人在加拿大聖勞倫斯海灣的冰川上獵殺了三十三萬隻小海豹，是有史以來最高的獵殺配額。」

「支持商業捕殺海豹的人們說，加拿大主要捕獵的海豹不是瀕危物種，而海豹過度繁殖會對生態系統造成影響，特別是海豹吃掉很多鱈魚，導致加拿大漁民喪失鱈魚資源。」

「他們強調，海豹捕獵場面往往會讓人覺得血腥，但加拿大的海豹捕獵遵循最高的屠宰動物標準，完全滿足了對動物福利的保護。捕殺海豹的年齡通常在二十五天以上等。」

「反對商業捕殺海豹的海洋學家說，大西洋鱈魚減少與人類捕撈增加有關，和海豹無關。」

加拿大政府准許因紐特人繼續狩獵海豹，好讓他們保留傳統，是因爲重視多元文化？或者只是向這些美洲原居民贖罪？

如果海豹可以吃，爲什麼狗貓不可以？就是因爲狗被人類馴化了超過一萬年、被很多家庭視爲家庭的一分子而不只是單純的寵物？人有什麼資格去決定什麼動物的肉可以吃，什麼不可以？這就像朱向波有什麼資格決定一間餐廳的生死？

這個課題宏大得不是他這個小小的私家偵探回答得了。

身爲消化系統不好的瘦子，Max需要吸收大量蛋白質才能活命，無法把餐單變成全素。

離開加拿大前，他特地帶一束鮮花前往安樂山公墓。他在加拿大之行見到很多不想見的人，最想見的人卻長眠在此。

撥開那塊鋼琴形狀的花崗岩墓碑上的雪，看到上面刻著「Glenn Gould 1932-1982」和一行《哥德堡變奏曲》開頭幾個小節的高音譜時，彷彿看見他用駝背的坐姿，一邊哼一邊用他特異的坐姿敲下琴鍵，在雪花飛絮的墓地某處彈出熟悉的旋律。

想到這個愛動物的鋼琴家，死後有一半遺產捐給多倫多愛護動物協會（Toronto

Humane Society）時，Max心頭湧起一陣感動。

即使改變不了食肉獸的本性，也無法爲自己贖罪，Max決定逢星期一茹素。

〈香港仔的鯰魚〉完

作者按：鳴謝陳浩基兄和文善提供建議。

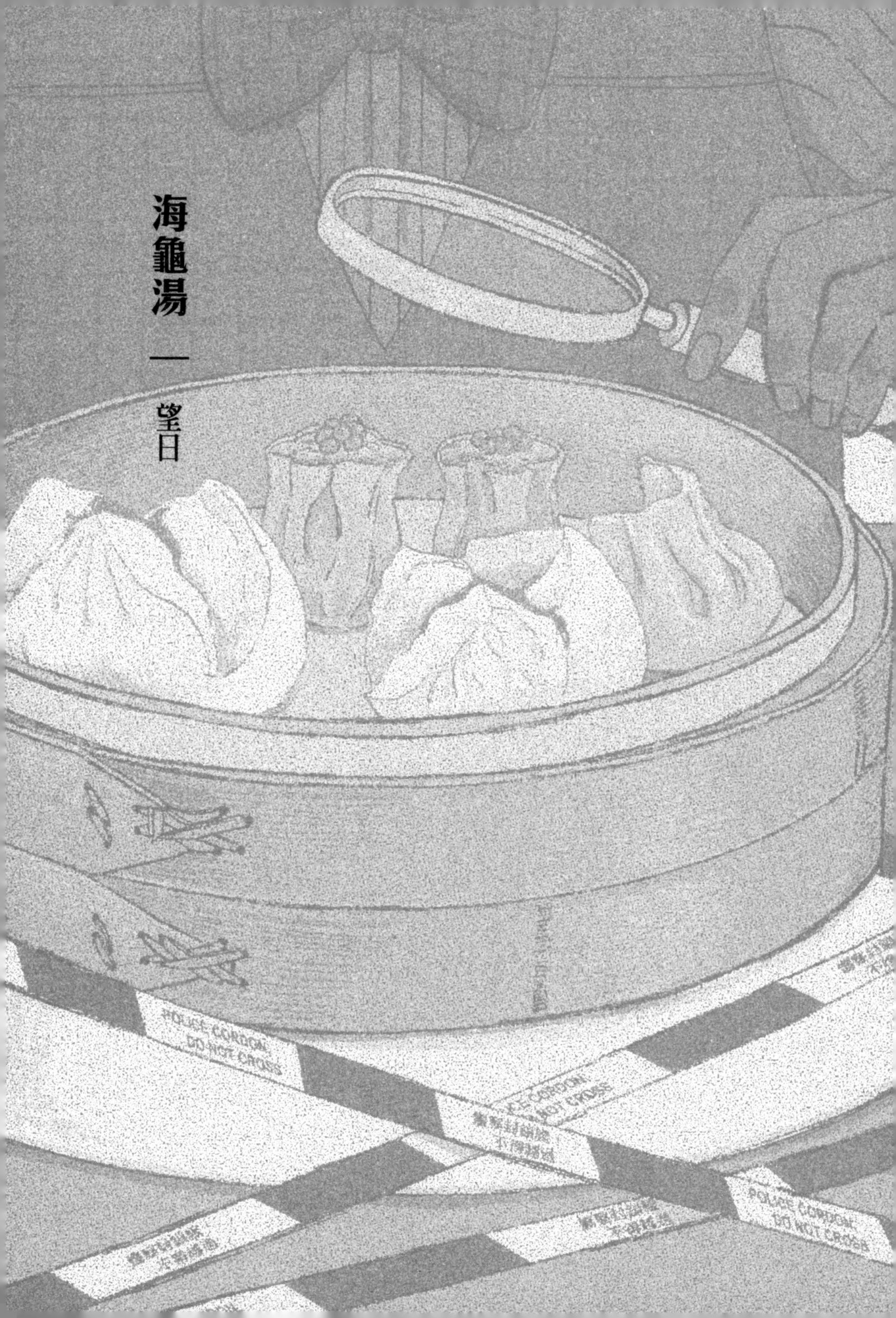
海龜湯
—
望日
POLICE CORDON
DO NOT CROSS
POLICE CORDON
DO NOT CROSS

1

「Blu-blu-blu！《海龜湯時間》又來了！」

「大家好，我是阿海。」

「它是阿龜。」

「我是阿湯。」

「我們是海龜湯！」

我在電腦上重看著我和阿湯一起合作的YouTube節目《海龜湯時間》的最後一集，才播放了自我介紹的部分，我已不期然鼻子一酸，忍不住要把節目按停。回想起來，我實在很感激阿湯，如果當日他沒有邀請我合作一起創立YouTube頻道「海龜湯」，現在的我可能還是個渾渾噩噩的失業廢青，或是一天到晚待在家中打電動的宅男。

二〇二一年春，我大學畢業在即。雖然香港的第四波疫情逐漸緩和，但整個社會普遍仍在疫情的陰霾下，不少公司都暫停招聘甚至裁員，偶爾出現的少數空缺自然成爲所有畢業生的搶奪對象。在僧多粥少的情況下，我這種成績平平的學生所寄出的求職信全部石沉大海，連見工的機會都沒有。創意媒體系內的其他同學普遍也是這樣，每天都活在「畢業等於失業」的不安下。

有一天，我在學生飯堂的一隅獨自吃著「頹飯」，爲未來的人生苦惱著。我完全沒有察覺到阿湯正悄悄接近，他冷不防地一掌擊向我的背部，並大喊：「嘩！是狗也不吃的三色豆炒飯！」其擊打聲和叫聲之大，附近的學生都向我們投以異樣的目光。

「喂，太大力啦！」我投訴，同時搓揉著有點痛的背部。

「不好意思，但我實在太興奮了！你知道嗎？我好興奮呀！我好興奮呀！」

我知道他在模仿那個「興奮哥」的迷因，但以我所知，這段時間他跟我的求職情況相若，我實在不知道他有什麼好高興的……噢，莫非……

「啊！你找到工作了？」

「差不多，我是打算創立一個YouTube頻道，而且想找你加入。」

這哪裡跟找到工作差不多啊？我忍住沒有吐槽，只追問：「YouTube頻道？你是想我幫忙拍攝和剪接嗎？」我是屬於影視製作組的學生，新媒體影視製作的確是我的專攻範疇。

「對。」阿湯補充：「但我也希望你能跟我一起在鏡頭前做節目。」

「你找錯人吧？我跟你不同，不是表演藝術組的人，對表演藝術一竅不通。」

「這正是我想找你的原因。我們的專長不同，一凹一凸，這樣才能互相補足。而且做YouTube節目才不用什麼表演藝術訓練。」

「但你也知道我的中文不是很好，有時更會鬧出笑話。」

阿湯彷彿早有準備地繼續勸說：「中文不好更好，這樣節目才會好笑嘛。呃，別誤會，我沒有要取笑你的意思，而且你現在的中文其實已經很好了。」

我還是沒有半點自信，下意識地繼續質疑：「你眞的確定這樣行嗎？兩個男生搞的頻道會有人看嗎？」

「那些女生的賣點我也有啊。」阿湯挺起久經重量訓練而成的厚實胸膛，表演「震波」給我看。

我噗嗤一笑，但仍不忘提醒他：「你這樣亂搞，會得罪女權分子啊！」

「Bad news is better than no news. 有noise也是good啊，you know？」阿湯在我面前，有時候愛故意加入大量不正宗的英語，而我總是會被他逗笑。他鼓勵我道：「阿海，即使你不相信自己，也要對我的眼光有信心。」

我深思了片刻。我對我和阿湯這個組合經營YouTube頻道其實不抱期望，但反正我暫時找不到工作，就先試試看，當作是累積作品集也好。更重要的是，想到畢業後我還能跟阿湯待在一起，我就心滿意足了。

我嘆了口氣，裝作無奈地被說服了，點頭答應——其實這些年來，我都不懂拒絕阿湯。

2

我們有共識要一起創建屬於我們的YouTube頻道後，就開始各種準備工作，包括構思頻道定位、規劃節目、準備器材等。拍攝的地點選定在阿湯的家，因爲他的家比較大，而且他的父母在黃昏前不會回來，我們每天可以利用白天的時間專心籌備和拍攝。因著這個YouTube頻道的計畫，我也暫時把找不到工作的失意愁緒擱在一邊。

阿湯是個要求很高的人，無論對別人還是自己都一視同仁，所以這段時間我們實際上比讀書的時候，甚至可能比找到正職工作更忙碌。然而這種忙碌是幸福的，畢竟我們都爲著明確的目標奮鬥，而且能夠肩並肩互相砥礪。我甚至有一刻覺得，活了二十多年，到現在做著的才是我眞正想做的事，我的生命彷佛在此刻才正式開始。

我們籌備了幾個月，試錄了好幾集不同形式的節目，當中包括了訪談、街訪、玩遊戲、互相惡整等。我們對這些籌備已久的節目很有信心，自信滿滿地邀請了一些朋友來做焦點小組試片，聽聽他們的意見，深信就算他們不是全都喜歡，也總會讚賞其中一些，那我們之後就集中製作那些。但結果出乎意料之外，他們全都不予好評，主要是認爲網路上已經有很多類似，而且做得比我們更好的節目。

我和阿湯被焦點小組推進深淵，信心盡失，也爲頻道是否還要繼續辦下去感到迷惘不已。幸而，阿湯總是少根筋，翌日他就恢復過來，還主動跟我談起頻道的名字。

「阿海，我今早大便時忽然想到，我們的頻道不如叫『海龜湯』吧？」

「其實你不用刻意告訴我你是什麼時候想到的……」

「不是啊，很有關係的，那些知名創作者經常分享，人在放鬆的時候靈感特別容易湧現，但我沒想到原來在括約肌放鬆時也有相同效果。」

「這個話題夠了好嗎……」我翻他白眼後，拉回正題問：「關於『海龜湯』，海字和湯字我可以理解，既是我們的姓氏，也是我們的暱稱，但龜字是怎樣來的？」

阿湯岔開話題問：「你有玩過那個名爲『海龜湯』的遊戲嗎？」

「好像在Ocamp[1]時有玩過。」

我記得海龜湯遊戲是這樣的：負責遊戲的主持人會先說一個故事，但只有開頭和結尾，其他參加者之後要透過發問，找出故事的來龍去脈。而主持對於參加者的提問，只會回答「是」、「不是」或「跟故事無關」。

這個遊戲之所以取名爲海龜湯，是因爲其中一道最經典的題目〈海龜湯〉：有一天，一位船長喝了一碗湯，覺得味道怪怪的，問店家這是什麼湯。店家告知這是用海龜肉熬成的湯。船長聽到答案後痛哭起來，繼而自殺。爲什麼？

參加者這時就要靠問問題來找出更多線索。比方說：船長之前也喝過海龜湯？（是。）船長之前喝過的海龜湯和現在飲到的味道不同？（是。）船長之前喝過的海

1 Ocamp：Orientation Camp的簡稱，即台灣的「迎新營」。

龜湯其實不是用海龜肉煮成的？（是。）如果參加者提出以上三道關鍵問題，答案就呼之欲出了。

當然，在實際過程中，由於參加者不知道故事的來龍去脈，問出完全無關或對推進答案甚少幫助的問題的機會其實較高，例如：那碗海龜湯好喝嗎？（跟故事無關。）那碗海龜湯很鹹嗎？（跟故事無關。）那碗湯有毒？（不是。）店家賣的海龜湯很貴，卻不是用眞海龜肉，所以船長覺得被騙錢很傷心？（不是。）船長有憂鬱症嗎？（不是。）船長瘋了嗎？（不是。）船長名叫傑克？（跟故事無關。）

經過不斷的問答後，參加者可以利用已知的線索來推敲答案。而這個海龜湯的完整故事是這樣：船長曾經在一次航行時遇上意外，船在海上漂流了很久，船上的食物都吃光了，且開始有船員死去。船員爲了讓船長活下來，把死去船員的肉煮成湯，騙船長是海龜肉煮成的湯。所以當船長喝到眞正的海龜湯時，就猜到當時發生了什麼事，傷心欲絕並內疚地自殺。

由於這遊戲的內容多數涉及凶案或死亡，參加者在不知情下一直提出可怕的提問，現場的懸疑和驚悚的氣氛就會不斷上升，因此是適合在夜間玩的集體恐怖遊戲。

在我回答玩過海龜湯遊戲後，阿湯就繼續解釋他的想法：「我想到用海龜湯來當我們的頻道名稱，而這個遊戲也可以成爲頻道內的其中一個節目。我研究過，雖然有YouTuber做過類似的節目，但大都是預先錄製，很少即時直播跟觀眾玩，我覺得我們可以試試看。」

「聽起來我覺得可以。雖然最初觀眾不夠多時，可能會比較冷清，但這個遊戲勝在只要有幾個人較主動提問就可以玩下去，剛開始時或許我們可以安插幾個朋友來幫忙帶動氣氛。不過，你還未回答我的問題，我們的名字裡沒有龜字呀……等等，你別跟我說，我們都有龜……」

「不會啦，這樣頻道會被『黃標』啊！我們隨便找隻烏龜娃娃，編個故事，說我們是因爲它才會認識，並建立這個頻道，這樣就可以吧？」

這樣瞎掰沒問題嗎——這句話我沒有說出口，不是我覺得眞的沒問題，而是難得阿湯在被焦點小組瘋狂打槍後，還有動力去想出這個新構思，我實在不想潑他冷水。

阿湯見我沒有異議，補充道：「頻道的English name我也think好了，叫Sea Turtle Soup。」

「呃……」這個我眞的不能不反對：「Turtle本身就是海龜，直接叫Turtle Soup就行啦。」

「是這樣嗎？果然還是你的英文比較好，哈哈。」

我和阿湯重新出發，爲「海龜湯」頻道籌備了新節目《海龜湯時間》，再次找來焦點小組的朋友試玩幾局，感覺滿不錯。他們也答應在節目初期輪流上來看直播，如果現場太冷清，就會假裝成一般觀眾提問。我們期待就像那些作家講座一樣，通常一開始都沒有人要問問題，但只要有第一個人發問，就會陸續出現提問。

海龜湯頻道最終於同年年中正式開始。沒料到，頻道啓播後不久，《海龜湯時間》就大受歡迎。或許阿湯眞是天生的演藝能手，猜謎節目他也有辦法做出時而刺激緊張，時而輕鬆搞笑的氣氛。他指派我負責讀出觀眾問題也產生了奇效，因爲我的爛中文，偶爾以粵語讀出問題時會出錯，變成奇怪的字詞或語句，令阿湯有更大的發揮機會，幽我或者觀眾一默。即使後來我們開發了其他節目，都沒有任何一個節目能後來居上。《海龜湯時間》於是就和海龜湯頻道綑綁在一起，一做就做了一年多。

頻道和節目大受歡迎，我們開始接到業配工作，加上頻道的廣告營收，我們總算是收支平衡，能夠繼續當YouTuber，也期待我們二人可以一直合作，把頻道經營得更有聲有色，說不定我和阿湯還能……嘻嘻！

可惜這個願望並沒有成眞，《海龜湯時間》在兩星期前播出第七十九集後就戛然而止……

因爲阿湯已經不在了。

3

阿湯猝然離去，我失去了搭檔，頻道內的每週重點直播節目《海龜湯時間》

自然做不下去。由阿湯獨挑大梁的錄製節目《吾湯唔水》（意思是「我阿湯不『水皮』」，他會在每集節目內學習一種技能），同樣無法繼續。至於我的個人錄製節目《海雞海龜邊個貴》是跟粵語繞口令有關，沒有阿湯，我也無法判斷自己是否挑戰成功。頻道內的所有節目結果都停擺了。

當初是阿湯邀請我加入並創立這個頻道，我才能從無法就業的恐懼中掙脫重生，繼而在當YouTuber這條路上漸上軌道；可是現在也是因爲他，我又被打回人生的谷底。他走得實在太突然，我的人生也因此變得一塌糊塗。我其實是有點氣的，畢竟是他邀請我做這個頻道，我才會放棄找正規工作，現在竟擅自丟下我一個人。我知道這種事沒有人想發生，但他這麼年輕，就不能再掙扎一下、向命運反抗一下嗎……算了，我這樣說有點不敬，或許我只能怪上天太狠心拆散我們吧……

事實上，我也不應怪他。假如我沒有認識到他的話，不只不會有這個頻道，我的大學生活也恐怕不會如此多姿多彩，現在的我亦很有可能還是個有點自閉的青年……

我的父母在一九九七年前的移民潮離開了香港，移居加拿大，之後才生下我。當時年幼的我除了偶爾聽到父母私下會用粵語對話之外，我平日極少接觸到中文。雖然他們也覺得我應該要學一點中文，但他們沒有回流的打算，所以也不覺得我有學習中文的迫切性。

到我踏入青春期，我留意到父母經常觀看從網路下載的香港電影，也有一些不知從何而來、配上了中文字幕的日劇ＶＣＤ。我得承認，起初我只是膚淺地被部分角色的外表吸引而加入追看，對劇情不大了解，後來卻因爲電影和劇集有中文字幕，我接觸到中文的機會增加，也開始燃起了學習的興趣。這就跟近年有些香港人因爲喜歡韓劇而學韓文相似吧？

我應該慶幸因此稍微學會了簡單的中文和粵語，否則後來的問題應該會更大，因爲在二〇一七年中，我跟隨父母移居到香港。

二〇一六年，我父母工作的公司打算擴展業務，到香港開設分部，希望能成爲未來進攻中國市場的跳板。該公司知道我的父母來自香港，熟悉當地語言和文化，於是重金派他們去當「開荒牛」，我也被迫跟著他們一同遷移，離開我的出生地。花了點時間打點和安排後，我們於二〇一七年中正式搬到香港，同年九月我入讀香港的大學。

我的父母久未踏足香港，重回舊地，對他們來說這裡什麼都是新奇好玩，不時比較著今昔的香港；但對我來說，這裡卻是完全陌生的異地。

除了環境對我產生異常大的壓力外，語言也是。在香港的大學校園內，雖說授課語言是英文，但本地同學在日常生活中都只會使用粵語。我本以爲我已經從電影和劇集內大致掌握了粵語，但在實際日常生活中，人們說話更快更輕，有時更會夾雜著

「潮語」，絕不會像電影和劇集內的演員說得那麼字正腔圓。我很常要請他們重複多遍才聽得懂，我也經常因爲壓力太大而舌頭打結，說不出半句話來。

不過，最令我和同學產生隔閡的是他們的興趣。不少同學在週末時喜歡去深圳唱K、gel甲[2]、吃酸菜魚和海底撈等，他們說費用比香港便宜，且服務更周到。他們覺得隨著大灣區發展，中港兩地融合，北上消費和玩樂的人只會不斷增多，最終成爲一般人的日常。他們的普通話比英語還流暢，更以此自豪。他們也有邀請我一起去玩，但我的粵語說得不好，更遑論普通話了。拒絕了一、兩次後，他們就逐漸疏遠我。以上兩個原因加起來，結果我在大學一年級剛開學不久，就變成無法合群的個體。

是阿湯的出現，改變了我孤獨的命運。

「同學你好，待會要一起蹺課去看電影嗎？」

有一天，我獨自在學生飯堂吃午飯時，阿湯突然出現在我身旁，提出如此突兀的邀請。那時我連他的名字也不知道，只依稀認得他是班裡的同學，但不常來上課。

我不認爲隨便蹺課是個好主意，但難得有同學主動接觸我，我不想馬上回絕，於

2 gel甲：即台灣的「做美甲」。

是問：「是什麼電影一定要蹺課去看嗎？」

「是……電影節的電影，場次有限，而且之後也不知道會否正式上映。我本來買不到票，剛巧朋友有急事不能去，把兩張票讓給我。機會難逢，你可以陪我去嗎？」

這個說法聽起來怪怪的，但當時我入世未深，沒有懷疑。我好奇地追問：「是什麼電影呢？好看嗎？」

「是《當他們認眞編織時》。」他遞上手機，讓我看電影的宣傳海報和劇照，「你看，生田斗眞穿起女裝也很帥吧？」

「還好吧，我始終覺得Toma在《花樣少年少女》內最好看。」

「當然啦，因爲那是十年前的劇集，青春無敵啊！」說到這裡，阿湯稍瞪大眼睛，狀甚雀躍地說：「噢，你居然有看過他的劇集，而且會叫他的暱稱。」

「嗯，我在加拿大看過。」我當然沒說我是看父母的盜版VCD。

「所以……我果然沒看錯你，而且原來你喜歡這種……嘿嘿！不過，我還是比較喜歡《魔王》內的Toma。這套你也有看嗎？」

「有啊。」我回應：「但在《魔王》內我比較喜歡大野智。」

「看大野智的話應該是看《怪物小王子》才對，他當時已三十歲，還在劇中飾演屁孩，超好笑的。」

「你的口味眞奇怪啊。」

「也不是吧，我有時候挺有眼光的……」阿湯這時尷尷尬尬地拉回正題問：「那……你要去看電影嗎？」

我覺得跟阿湯滿好聊的，很想跟他一起去，藉此機會和他做朋友，但當時我的性格比較認真且膽小，不大想蹺課，所以當刻拿不定主意，沒有回覆。

就在這個時候，阿湯做了改變我一生的舉動。

他抓住我的左手，輕輕拉扯了一下，問：「你真的不去嗎？」

我抬頭正眼望向他，眼前是一名充滿陽光氣息的陽剛男孩，以誠懇的目光直視著我。他的手很暖，那股熱能充滿了穿透性，越過我的皮膚，散布並依附在我身上的各條神經，令我如觸電般無法輕易鬆開他的手。

「你……」我不懂拒絕他，只好靦腆地說：「你也得先讓我把炒飯吃完吧……」

「太好了，謝謝你！」他這時才留意到我正在吃的飯，嘲諷我道：「果然三色豆是每個小朋友最喜歡的食物。」

「什麼意思？你不吃三色豆嗎？」

「我不行，除了三色豆外，胡蘿蔔、西芹、苦瓜、芫荽、蔥、魚類我都不吃。」

「所以你才是偏食的小朋友嘛。」我不甘示弱地反擊。

在這之後，我和他因對影視作品的熱愛，逐漸熟絡起來。我們形影不離，一起上課，一起蹺課，一起聊劇集，一起去看電影，還一起走訪一些經典電影的拍攝場地。

對我來說，他並不只是我的朋友，以這個年代的用語來說，應該是「友達以上」的關係吧。

五年前，是阿湯拉了我一把，把我從黑暗的角落拉到陽光燦爛的花花世界。到了今天，我認識了阿湯五年多，我們的世界已變得不一樣，那些愛去深圳吃喝玩樂的同學不再去，而生田斗眞也結婚了。

回想起來，阿湯兩次邀請我，都是我獨自在飯堂的時候。無論是我剛來到香港、被語言不通和孤獨的陰霾淹沒，還是一年多前一直找不到工作，受失意的夢魘纏繞，都是他化身爲太陽，照亮黑暗中的我。

他熱情、開朗、樂觀，是我每日積極生活下去的能量泉源。他對我如此重要，我從沒有想過會有失去他的一天。這次他先走一步，剩下我一個人在這個沒有太陽的世界，我今後到底要怎樣活下去呢？

4

事隔兩天，我終於鼓起勇氣，繼續觀看最後一集節目的重播，因爲我計畫獨自拍攝下一集《海龜湯時間》。

沒錯，我失去了一直照耀著我的太陽，但我也不能一直頹廢下去。如果他知道我如此沮喪，一定會嘲笑我。

「你就不能對自己多一點自信嗎？」他總是這樣對我說，但我還是一直學不懂。

他做了我的太陽這麼久，會不會有些時候也會想休息一下，被其他人照耀？海龜湯頻道是我和阿湯的心血，就算我不能再跟他在同一空間內、呼吸著相同的空氣一起做節目，我也應該要好好地繼承他的遺志，想辦法把海龜湯頻道經營下去吧。這段時間我應該吸收了足夠的陽光；太陽消失了，那就由我來當自己的發電機吧。

不過，在我繼續拍攝下一集前，有一個問題要先解決，就是找出上一集第七十九集《海龜湯時間》的答案。

《海龜湯時間》在正式開播後不久，我們已大致定下節目的安排。單數集數是「問題篇」，由我和阿湯出題，觀眾在直播期間可透過YouTube平台即時留言發問。我們會一直回答是、不是或無關，直到有人在留言區猜出正確答案或相當接近的答案；又或者觀眾問了一定數量的問題仍未猜到答案，我們也會停止。但無論是哪種狀況，我們都不會即時公布答案，以便無法看直播的觀眾，也可以在重溫時猜猜。

到下星期就是雙數集數的「解答篇」，這時我們會公布正式答案。如果在上一集節目內或留言區內有人猜中答案，我們就會挑出最早猜中答案的人，送上一份小禮物。

一般而言，《海龜湯時間》的問題由我和阿湯一起創作，我們皆知道答案。不過，最後播出的第七十九集卻不是這回事。

《海龜湯時間》播映兩週年在即，阿湯希望有些變化，於是建議籌備三個特別篇，分別是第七十九和八十集的阿湯特別篇、第八十九和九十集的阿海特別篇，以及第九十九和一百集的阿龜特別篇。所謂的特別篇，是節目內所用到的故事都是眞人眞事，而且我們另一方也不會事先知道答案，這樣就可以跟觀眾一起玩。

可是，正因爲他走得太突然，他沒有機會告訴我正確答案，現在我也不知道答案，自然無法拍攝第八十集阿湯特別篇的解答篇。（也請不要問我阿龜特別篇會是怎樣，他也沒有告訴我。）

爲今之計，是我要跟觀眾站在同一條起跑線上，透過節目內大家的提問和阿湯的回應，推敲出答案。

我按下滑鼠，《海龜湯時間》第七十九集繼續播放。我和阿湯說完開首簡介和閒聊幾句過後，阿湯就道出這集的問題：

「這集的眞人眞事問題是關於我和我的嫲嫲[3]。我在小時候喝過嫲嫲的燉湯，每次打開燉盅，都只會看到某一種肉類材料和湯；湯清澈如水，卻非常美味，至今難以忘懷。長大後，我曾嘗試自己燉，卻發現無論怎樣調整燉湯的時間和調味料，一直都不能複製出那個味道。問題：爲什麼我一直無法複製出那個燉湯？」

阿湯說出問題後，按照慣常做法我會先和他再聊幾句，讓觀眾有時間思考和打字提問。不一會，留言區已浮上各種問題。

平日這些問題會由我讀出，我們在選擇問題回答時實際上是稍微經過篩選，以免太快有人猜到答案，但這次只有阿湯知道答案，所以這次觀眾的提問也是由阿湯自己看，自己讀出來。

他在直播內即時回答了三十多道問題，但就和其他直播頻道一樣，總會有些人來亂，問一些顯然毫無意義的問題。我把這條影片的音軌丟給電腦程式做了初步字幕後，再撇除了那些完全亂來和「跟故事無關」的問題後，剩餘的問答有以下十六題：

一、因爲你是烹飪白痴？不是。

二、你打開燉盅看到的湯，是阿湯嗎？不是。

三、你燉湯時沒有放對材料？是。

四、你在湯內看到的那種肉類材料其實是人肉？不是。

五、是人體的一部分或器官？不是。

六、是貓、狗、穿山甲、果子狸或蝙蝠肉？不是。

---

3 嫲嫲：粵語中的「奶奶」。

七、那種肉類材料是家禽嗎？是。

八、嫲嫲燉湯時實際還有放其他材料？是。

九、嫲嫲在湯內加了人民幣？不是。

十、那種家禽以外的其他材料超過一種？不是。

十一、那種材料名貴嗎？是。（阿湯補充，這種材料有便宜的也有昂貴的，但相對於那種肉類材料通常是較昂貴。）

十二、無法複製的原因跟燉盅的大小或材質有關？不是。

十三、跟燉湯的時間有關？不是。

十四、跟你有關？是。

十五、跟你的性癖有關？不是。

十六、酒類、薑、蔥等是否包括在調味料內？是。

節目進行到這裡，阿湯說線索已經足夠了，剩餘的大家應該可以猜猜看或從昔日節目中的閒聊內找到答案，便終止了問答時間，這集問題篇的節目也到此告一段落。

話說回來，當日我在直播時，阿湯讀出問題七時，我誤以爲「家禽」是「家琴」，心想琴也可以當食材嗎？現在我看到字幕才知道我又搞錯了，哈哈。

5

我把阿湯回答的這些問題列印出來，開始思考著到底答案是什麼。

從問題一、三、十二和十三可以得知，無法複製出那個味道的原因跟烹飪技巧或方法無關，純粹是材料沒有放對。至於食材方面，問題七的答案直接說明了燉湯內看到的肉類是家禽。從問題八、十和十一可以推導出，燉湯內除了那家禽外，本應還有不多不少一種比那家禽名貴的材料，只是因爲某種原因在燉盅內看不到。由於燉盅內的家禽阿湯可以清楚看到，所以阿湯長大後沒有放對材料，因而無法複製出那個湯的味道的癥結，是不知道原來燉湯內還有另一種材料。而從問題十四也可以得知，這件事的起因是跟阿湯有關。

以上的結論我相信大部分觀眾應該都可以整理出來，然而這跟搞清整件事的來龍去脈仍有相當的距離。我嘗試把缺少了的拼圖歸納成以下四個疑問：

一、燉湯內看得見的那種家禽是什麼？

二、燉湯內看不見的另一種材料是什麼？

三、爲什麼阿湯在燉盅內只看到那種家禽，而看不到另一種材料？

四、爲什麼阿湯現在會突然發現這件事的答案？

疑問一沒有人追問（或者阿湯選擇性不回答），我於是在Google上搜尋，發現雞、鴨、鵝都是適合用作燉湯的材料。雖然比較少聽到有人會在家中燉鴨湯或鵝湯，但現階段似乎沒有線索支持抹掉這兩個可能性。

那麼除了這種家禽外，另一種材料會是什麼？比雞、鴨或鵝名貴的材料實在太多了，例如冬蟲夏草、海參、魚翅等，現階段也似乎很難鎖定答案。

至於疑問三，由於整件事的起因是跟阿湯有關，他也提到可能跟昔日節目中的閒聊內容有關，我於是想起阿湯的家庭背景。

雖然阿湯現在的家境算是小康，但他提過年幼時家境相當清貧。既然另一種材料是名貴食材，那麼會不會是他的嫲嫲知道他們沒有機會吃到那種食材，於是偷偷放進燉湯內烹煮，到完成後再抽走，這樣既可以讓阿湯一家人嚐嚐，但也不會讓他們察覺到？

不過，如果這是眞正答案，疑問四就顯得難以解釋。因爲名貴食材很常出現在宴會上，阿湯一家脫離貧窮已有一段時間，照道理應該曾經吃過，但他卻說「一直都不能複製出那個味道」，暗示他是最近才知道眞相，這好像有點矛盾。

不行，我和完整答案之間彷佛仍隔著一堵透明的牆。答案看似近在咫尺，伸手可及，偏偏中間隔著冰冷、無機的玻璃，形成似近還遠的距離。

我無法與之硬碰，只好繞道而行，改爲去海龜湯的YouTube頻道和Facebook專頁的留言區，看看會不會有人已經猜到答案，讓我「參考」一下。不料，跟平日融洽和熱烈的討論氣氛截然不同，我現在看到的留言幾乎都跟上集的問題無關，而是清一色的咒罵。很多人不滿節目在這兩個星期突然無故停止更新，且沒有什麼通知。更糟的是有VIP會員嚷著要退款，甚至聲稱要訴諸法律途徑追究。

在這個時候，我知道我應該盡力安撫他們，阿湯也曾教我如何回覆這類留言。但我最不擅長就是面對糾紛，膽子小的我怎樣學也沒辦法站在衝突面之上。

怎麼辦？我剛剛說要獨力完成第八十集，現在卻被不斷膨脹的焦慮嚇退了。問題找不到答案，投訴又不懂處理。難道失去了阿湯之後，我果真什麼都不是、什麼都做不成？

6

「Blu-blu-blu！《海龜湯時間》來了！」

「大家好，我是阿海……」

「它是阿龜。」

「我是阿湯。」

「停！」阿湯突然覺得不對勁，叫停了測試錄影：「阿海，不行，你說『大家好』以及自己的名字時聲音太小了，聽起來會跟我們一起說的『Blu-blu-blu』和『它是阿龜』很不平衡。你要跟我說『我是阿湯』那句一樣，用雙倍的音量說出來才行。」

「道理我是懂，但我不敢。不如倒過來你說『大家好』和先介紹自己吧？」

「不行，我先介紹自己的話，順序就不是『海龜湯』，而是『劏海龜』或『湯歸海』，好像都不大好。」

不是啊，「湯歸海」不錯，因爲「歸」可以解作「屬於」吧？這種簡單的中文我還是懂的。

「喂，別發呆！」阿湯追問：「你爲什麼不敢說？」

「我……我可能內心有點怕我的中文說得不好，會被取笑。」

「不會啊，你的中文其實說得不錯啊。」

「但還是有口音吧？雖然我的樣子是華人，但只要我一開口，對方通常都會問我是從哪裡來，或稱讚我的粵語說得好，那就代表我露餡了，我根本沒有你口中所說那麼好。」

「中文不是你的母語，你已經盡了力，有口音很正常吧，而且語言的最重要功用是溝通。」

「但你們不會稱讚本地人的粵語說得好吧？說不定他們讚我，其實是在說反話諷刺我。」

「你就不能對自己多一點自信嗎？香港人才沒有這麼閒說反話來諷刺你，要笑你的話就會直接笑。」阿湯鼓勵我道：「我們再來一遍吧！這次要有自信，大聲一點。再失敗的話我會懲罰你啊！」

「可以先告訴我是什麼懲罰嗎？我再決定要不要故意說不好……」

「喂呀，認眞點！」

我剛剛被焦慮壓得喘不過氣來，伏在桌上逃避現實，竟不小心睡著了。在睡夢中，我竟回憶起跟阿湯試錄《海龜湯時間》的點滴。現在回想起來也覺得好笑，那個不到半小時的節目，我們最後竟然錄了兩個白天才完成。不過，正因爲那是試錄，我們可以不斷重來，每一次的錯誤等於一次改進的機會。在完成那次試錄後，我自覺對著鏡頭的表現大有進步，到正式直播時也不會太緊張。

我眞是個缺乏自信的人，總是要阿湯鼓勵和安撫。這段回憶在這個時間點出現，或許也是阿湯的心意，希望透過這個方法來激勵我。

此刻我重新抖擻精神，回過神來，再次看到那些ＶＩＰ會員在留言區嚷著要退款，才驚覺ＶＩＰ會員說不定掌握了重要線索。

海龜湯頻道設有收費ＶＩＰ會員制度，成爲ＶＩＰ後可優先參加線下活動、以優惠價格購買頻道內的精品，而且在每集《海龜湯時間》問題篇完結後，ＶＩＰ會員可以額外問一道問題（但不能公開答案）。這正是關鍵，說不定他們額外問的問題正好能引導出解答。

作爲最後的希望，我馬上打開Facebook的收件匣。不出所料，收件匣早已變成潘朵拉的盒子，撲面而來的大都是髒話。不過，我的心情現在不會再受它們影響，我只專注於找尋那些額外的問答。

我花了點時間才能把收件匣捲到較下的位置，停在比較接近第七十九集播出後不久的日子，開始發現到由ＶＩＰ傳送過來的問題。有很多問題是在阿湯不在之後才送達收件匣，訊息仍處於未讀未回覆的狀態。我再捲低一點，終於找到有幾道問題是已讀和已回覆的。由於這個收件匣只有我和阿湯能存取，而我在這段時間一直沒有勇氣打開它，所以這肯定是阿湯回覆的。

阿湯共回覆了五個問題，其中三個回答是「跟故事無關」，剩餘兩道問題我把它們抄在之前列印出來的問答表上，並緊接著之前的問題，標上題號十七和十八：

十七、在燉盅內可以看到的那種家禽是雞嗎？是。

十八、那種其他材料是鮑參翅肚之一嗎？是。

這兩位ＶＩＰ簡直是ＭＶＰ！但……說起來，到底鮑參翅肚是指什麼食物呢？

7

「Blu-blu-blu!《海龜湯時間》又來了!」

「大家好，我是阿海。」

「它是阿龜。」

「……」

「我們是海龜沒有湯!」

我正在進行《海龜湯時間》第八十集的直播。早前我已從阿湯的家中搬走所有器材，所以這次的直播是在我的房間內進行。

「在正式開始第八十集《海龜湯時間》前，我想先跟大家簡單交代一下關於這幾個星期停播的原因。因爲出現了無法控制的突發事情，我們被迫暫停直播，停播公告和道歉啓事都來不及準備，阿湯甚至至今仍無法參與節目，眞的很抱歉。」現階段我不想道出眞相，只好避談阿湯的不幸，先這樣說：「當蓋棺事定的一日到來後，我自會跟大家詳細說明和公告。這段時間，希望大家盡量忍耐一下，《海龜湯時間》亦暫時只會由我和阿龜主持。」

留言區由剛才開始就一直有大批留言湧上來，我用眼角餘光瞄到當中有仍忿忿不平的謾罵，也有表示全力支持我們的打氣字句，但可能是因爲已復播的關係，前者的聲勢已大不如前，這令我信心大增。我於是藉此強勢正式揭開今集節目的序幕：「大家久候了三個星期，事不宜遲，我們現在就開始《海龜湯時間》阿湯特別篇的解答篇吧！」

「Yeah！」我抓起阿龜做出高興跳起的動作，並替它配音。這種幼稚的事一直以來都是阿湯負責，但看來今後都要由我代勞了。

在節目的開端，我先重複上集的問題，並把那十六道有意思的問答整理在畫面上。由於至今仍沒有人猜到答案（或者是早前的不滿留言太多令我看不到），我於是在節目中一步步引導大家，從這十六道問題歸納成三個重要疑問：燉湯內看到的家禽是什麼、燉湯內看不到的另一種材料是什麼，以及這種材料爲何沒有出現在燉盅內。

節目直播至此，留言區終於出現了該湯品的正確名稱，而且有好些觀眾都給出相同的答案。這其實完全在我的預期之內，畢竟觀眾眾多，就算他們只是亂猜，也總會有人答對，更不要說我已把問題如此縮窄。先猜雞、鴨、鵝，再加一種材料，就成爲一道湯品。但我就不能這樣亂猜了，必須有根有據地推敲出足夠合理的答案，否則萬一將來有人發現我的答案錯了，就等於親自砸爛我和阿湯辛苦建立的《海龜湯時間》招牌。

話說當日我看到ＶＩＰ的第十七問把推測哪種家禽的範圍縮窄爲雞後，我還未有確切答案。事實上我本來就覺得在家中燉湯，雞的機會較大，只是不敢貿然把鴨和鵝的可能性拿掉。直到我看到第十八問的鮑參翅肚，我在Google內找到原來是指鮑魚、海參、魚翅和花膠（魚肚），馬上如醍醐灌頂，終於知道整件事的來龍去脈了。

「有好幾位觀眾猜對了。」我繼續主持節目道：「那個燉湯就是花膠燉雞湯！首兩個疑問都解決了，那到底爲什麼阿湯沒有在燉盅內看到花膠呢？」

「對了，爲什麼呢？」我拿起阿龜，扯高聲線說。

「觀眾iforeverlovemary後面一堆符號（iforeverlovemary:=3|3|3*~p_q~*）在留言區問，是因爲嫲嫲……什麼嘴嗎？」嘴前面那個字是饞，我不懂唸，但猜到是貪吃的意思，就換個說法：「不對，嫲嫲很疼阿湯，不是因爲偷吃而令燉盅內的花膠消失喔。」

「觀眾mongyuet問是阿湯的父母偷吃了嗎？也不對。」

「觀眾easteast113問，是因爲阿湯偏食，所以嫲嫲事先把花膠拿掉？阿龜，到底這是否正確呢？」

「正確！」阿龜在我操控下跳起歡呼。

「好，因爲已經相當接近眞相，接下來就由我公開整個故事的來龍去脈吧！」

不要怕，我鼓勵自己，這個答案應該就是阿湯本來準備好的，現在只是換了個方式，由我來代他宣布而已。我要相信自己的推理，相信阿湯挑選我做夥伴的眼光，相信我和阿湯的牽絆，也要相信這個由我們共同創造的節目可以繼續做下去。

我清了清喉嚨後，開始道出完整的解答：「阿湯自幼偏食不吃魚，父母都束手無策。愛惜阿湯的嫲嫲知道此事後，就在每次爲阿湯燉煮的雞湯內，加入花膠，希望他能藉此吸收到魚的營養。嫲嫲怕阿湯對跟魚有關的花膠也會感厭惡，所以會在湯燉好後把花膠拿走，只剩下清澈的雞湯和雞肉。阿湯長大後一直都不能複製出那個味道，就是因爲不知道嫲嫲在燉湯內加入了花膠。」

阿湯不吃魚這件事在他慫恿我蹺課陪他去看電影時已經提過，所以當我得知「鮑參翅肚」中的「肚」原來是指花膠，而問題十四也指出無法複製出那個味道是跟阿湯自己有關後，我馬上就聯想到是因爲他偏食，嫲嫲才會在燉湯時加入花膠而事後又要拿掉。

答案公布後，留言區出現新一波的留言——

「原來是這樣！」

「我也記得阿湯在節目中提過他不吃魚。」

「很溫馨，跟平日的駭人結局很不同。」

「嫲嫲很可愛！」

「這次的故事很有生活感，大愛！」

「別掐死阿龜啊！」

呃……我看到這個留言時，才驚覺自己爲了壓抑內心的激動，正無意識地用力捏著阿龜，畢竟觀眾的反應實在太令人鼓舞了。

我借勢裝作吃驚地鬆開手，然後用阿龜的聲線說：「呼！差點斷氣，但今次的問題眞的很精彩，令人喘不過氣來呀。」

「今集《海龜湯時間》阿湯特別篇之解答篇到此告一段落。下星期同樣時間我們繼續一起聽故事、猜猜謎、blu-blu-blu，下星期見！」

「下星期見！」阿龜說。

我按下停機鍵，直播正式結束。我的心臟仍跳得很快，對自己獨力完成了一集節目直播仍沒有太大的實在感。

我收拾著房間內的設備，憶起我和阿湯曾聚在一起研究產品目錄、選購各種工具、利用它們拍攝出七十九集《海龜湯時間》和幾十集其他節目。雖然一切俱往矣，但沒有過去的我們，就沒有今日的我。

阿湯，我總算完成了你的遺志。我相信你終必看到這集節目，看到我已經是可以獨當一面的阿海了。你在那邊應該可以安息吧？

現在充滿遺憾的反而是我，至今都沒有爲你多年來的照顧道謝，也沒有向你說出我的心意，你卻就這樣走了……

8

節目播出後，海龜湯的Facebook專頁也湧現留言和訊息，大致上和YouTube直播時相若，都是以好評爲主。有觀眾覺得雖然今集節目稍微嚴肅，缺少了昔日有阿湯時的幽默搞笑，卻有機會聽到我慢慢引領觀眾逐步走向答案，認爲對新加入的觀眾較親切。有觀眾附議，覺得可能我們的節目做久了，近期的問題開始變得太複雜，很多時候故事曲折得不大合理，需要用蠻力去不斷問問題。這次特別篇的問題雖然較簡單，卻有回歸海龜湯初心的感覺，能輕鬆地猜猜謎。

不過，比起觀眾的回饋，最令我意外的是我收到來自某人的訊息。我的心撲通撲通地跳著，心裡既感到欣慰，又氣得怒髮衝冠……

「阿海，你先聽我解釋，我……咳咳……我是有苦衷的。」

「……」

「阿海，對不起，我不是有心的，但……咳咳……」他愈急於辯解，就咳嗽得愈嚴重。我在視訊通話的螢幕上也看到他面容扭曲，好像快要把肺部都咳出來的樣子。

我動了惻隱，撇撇嘴說：「好了，你不要急，慢慢說吧。」

他喝了幾口水，呼吸好像順暢一點，靦腆地笑了，才慢慢解釋：「就如之前發給你的訊息所說，我上飛機不久就開始喉嚨痛和呼吸急促，之後更逐漸惡化，噁心、發冷、呼吸困難，結果我下機後就立刻被送到醫院，確診新冠肺炎，而且是重症，留院差不多一星期才漸漸恢復精神。你看我現在仍不時咳嗽，我不是故意失蹤啊！」

我並沒有被說服，「你說你一星期後開始有精神，那為什麼到現在超過三星期才找我？我不相信你有精神後，不會要你的父母拿手機或電子產品給你。」

「我是有拿到手機，但在我離開香港前，你罵我罵得很凶，而且因為住院拖延了一星期，我怕你會更生氣，一直不敢找你。直到我看到你一個人做節目，還做得有聲有色，很努力、很厲害的樣子，我才醒悟過來，不可以再逃避，不能讓你繼續獨自主持節目，於是鼓起勇氣聯絡你。」

沒錯，那是我跟阿湯認識以來，唯一吵過的架。他的父母決定移民去英國，而且走得很匆忙，說走就走。臨別前，他匆匆告訴我這件事，當時我很傷心，也很憤怒，怪他沒有盡力向父母爭取，讓他留在香港。他解釋他有嘗試過，無奈他的父母擔心他留下來會有危險，而他實際上亦未有能力一個人在香港生活，只得被他們牽著鼻子走。那次我們不歡而散，他也沒有交代上一集的答案。

阿湯嘗試繼續哄我：「但我已受到應有的報應啦，病得快死，你就原諒我吧。說起來，或許我是受到你的詛咒才會這麼嚴重。」

「關我什麼事？」我不解地反問。

「我只是移民去英國，你卻一直在咒我死，說什麼要完成我的遺志，讓我安息之類的。」

「慢著，遺志不是指遺留下來未實現的志願嗎？安息也不是安心休息嗎？」

「你搞什麼屁呀！來香港五年多還犯這種低級中文錯誤，幸好你只是寫在沒有人看的部落格上，而不是在節目裡這樣說，否則會嚇死觀眾，我之後也不知道應否回來主持節目啊！」

「是嗎，眞不好意思啊，又是我的爛中文惹的禍。但老實說，我眞的一度以爲你死了，或者裝死，以後不再理我和海龜湯頻道！」

「對不起……」阿湯慚愧地說。

其實我後來想，阿湯的父母走得這麼急，應該是出於政治原因，也是迫於無奈。回想起來，我當年也是跟隨著父母來港。雖然原因不同，但對還未有經濟能力的子女來說，也只有跟從一途吧。

我火氣稍退，但不想這麼快就放過阿湯，沒有明確地說原諒他，只把話題拉開：「不過，我才沒有你說得那麼厲害，節目中的謎題根本沒有完全解開。」

「你還有什麼是不知道的嗎？」阿湯問。

「嗯。你知道你嫲嫲燉的雞湯內還有花膠，就代表你最近喝過花膠燉雞湯。問題是，既然你不吃魚類，爲什麼還會喝花膠燉雞湯呢？」這正是我最初歸納出來的第四個疑問，可是我單靠那十八道問題無法推敲出答案，只好在節目中避而不談。

「哦，因爲我誤會了。」

「誤會了？」

「我以爲花膠是植物，是什麼花的分泌物，就好像樹膠、桃膠那類東西，所以誤吃了。」

機會難逢，我連忙嘲諷阿湯：「原來你的中文也不比我好很多啊！」

「這不是中文問題，是常識問題啦。」

「那就是沒常識的阿湯。」

「配上中文差的阿海，還有不會動的阿龜，就是海龜湯。」阿湯打趣過後，臉色忽然凝重起來，「對了，阿海，我想我開始明白你當年大學剛開學時的感受了。我現在感覺到很大的環境和語言壓力啊。」

「那你現在也應該明白，我當日是多麼感激你主動來找我去看電影吧？語言的事你不用太擔心，大學時你陪我練習粵語，現在是我報答你的時候，英語就包在我身上吧，但大前提是你不會再突然消失就好，哼！」我裝作仍有怒氣地說。

「那是意外啦！」阿湯好像很害怕我會再度生氣，著急起來，竟說：「說到底，我還未把你追到手，又怎會消失呢？」

「欸？」我不敢置信地問：「你說什麼？」

「既然不該說的都說了，我就說下去吧。」阿湯嚥了嚥口水，才道：「難道你認爲我當日約你去看電影，是隨便找個路人嗎？我的朋友有急事沒空，原本跟他去看電影的人照道理還可以去，又怎麼會讓出兩張票呢？」

「所以……」

「所以。」阿湯主動接我的話：「今後無論是練習英語，還是經營海龜湯頻道，都要請你繼續指教。阿龜的配音和扮演也要麻煩你了。待頻道收入再好一點，我們可以靠它安穩地生活時，再決定要在香港還是英國重逢，一起生活，好嗎？」

「那……」我有點不知所措，因爲我從不知道原來阿湯也對我有意思。我面紅耳赤，緊張至極。我不想這麼輕易就答應阿湯，但經過這次事件，明白沒有人能保證每一次的分別之後一定會重逢。我實在不想有遺憾，想了想，只好有點彆扭地回應：

「那……你要努力一點，我不會等太久啊……」

我和阿湯這次無奈地分隔兩地，反使我們獲得確認彼此心意的機會。也許，只要初心如一，即使遠隔重洋，我們還是會在一起的，對吧？

〈海龜湯〉完

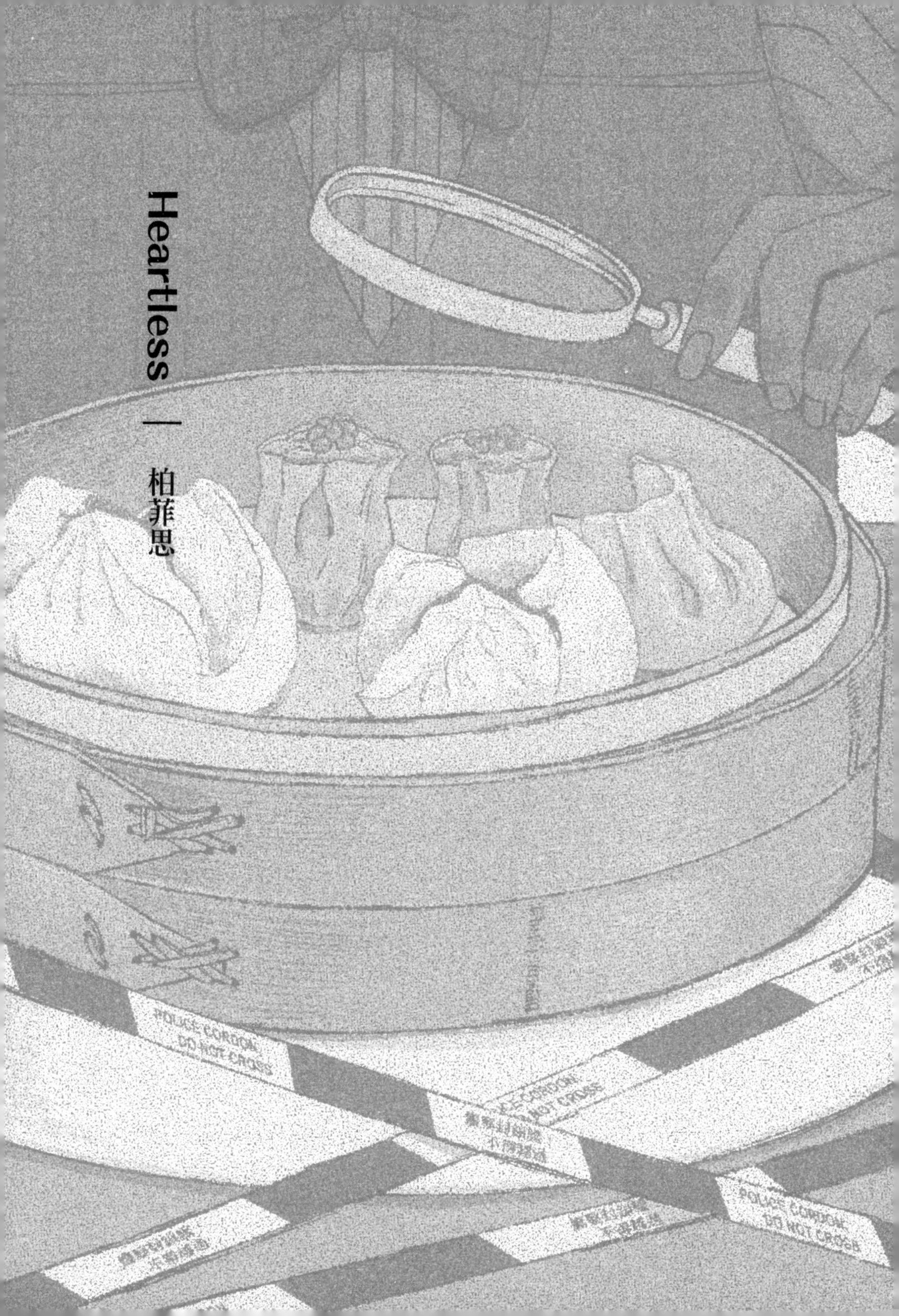
Heartless
柏菲思
POLICE CORDON
DO NOT CROSS

1

安裝在牆角的圓形廣角鏡，令現實世界物象畸變，一名身材腫脹的男子映照其中——他身穿訂做西裝、格子紋領帶、中分髮型、臉上有贅肉。雖肥胖但脂肪結實，肩膀橫而寬，手腳骨架很粗，像熬湯用的豬大骨。然而礙於易胖體質，加上長年累月日夜顛倒作息紊亂，無法鍛鍊出肌肉來。

胖男子默坐在以白色爲基調的房間裡，面向一張三角枱，靜候著什麼。兩手交扣置於胯上，一雙如線的細眼審視著周圍：牆上有一面平板電視、幾個固定的攝像頭、停在零點的電子時計，還有貼於當眼處的錄影會見室使用細則。

半晌，房門被打開，一名濃眉大眼的男人昂然直入，話沒講半句，便拉出椅子大馬金刀坐了下來。

胖男子定定地望著對面的男人，等待他的開場白。

「范智聰先生，是嗎？」男人的口氣似問非問，「不用自我介紹，你也知道我是什麼身分吧？」

范智聰面無表情地上下打量著，一眼看去男人年紀不大，卻還是有些身體部位能探出端倪，譬如說手背皮膚較粗糙、靜脈血管暴突，人中至下巴的一圈鬍子發青，均透露出其眞實年齡。

待對方看個夠後，童顏的男人才不徐不疾地說下去：「我負責這宗案件，你可以叫我劉Sir。」他展示一下證件，動態視力尚可的范智聰瞥見姓名那欄寫著「劉士杰」三字。

「我的律師還未到嗎？」范智聰聲線沉穩，有種知性的味道。

劉士杰收好證件，把挾在胳肢窩的文件夾扔到桌上。「沒那麼快啦，現在是下班時間到處都塞車，耐心等一等。」

「沒有律師在場，我拒絕錄口供。」

「瞧。」劉士杰對上方的攝像頭晃晃食指，「燈也沒亮，沒有在錄影呢，只不過想先跟你聊幾句，我保證不會把對話內容記錄下來。」

疑心重的范智聰當然不相信此番話術。

劉士杰蹺腳側身坐，重新拿起文件夾慢悠悠翻閱起來。「據我所知你是位外科醫生，應該不害怕看屍體吧？」不等對方回覆，他已抽出數枚事發現場的照片，一一陳列桌上。拍攝主體皆是一具面目猙獰的中年男性屍體，有些拉遠景，有些局部放大。「二十六號星期一清晨五時左右，這具冰鎮男屍出現在街市魚檔的不鏽鋼展示枱上，被碎冰掩埋著身軀，你看看相中的人是不是梁漢賢？」

范智聰堅守律師不到場絕不開腔的原則，抿著嘴巴，卻受本能誘使掃視那一幀幀照片。曾經那麼熟悉的人，如今變成沒有靈魂的死魚，躺平在冰冷的街市角落無人問津。想到這裡，突然泛起一股病態的亢奮，可擅於隱藏心聲的他並沒有把情感外露，依舊是一派冷靜。

見對方沒反應，劉士杰也不氣餒，繼續自說自話：「你們倆是中學同窗，相識數十載，不會認不出來吧。」他捧著文件夾查看資料，「按到場警員匯報，魚檔老闆原先準備開舖卻意外成了第一發現者，二十五號是每月街市清潔日，他白晝到檔位做深層清洗，當時尚未發現異樣。死者配戴的智能手錶內有路跑紀錄，我們沿路尋找目擊者，確認一人於星期日碰見過他。綜合各方講法，推算死亡時間介乎於二十五號二十三時至翌日凌晨四時之間。」說完一連串，劉士杰緩緩前傾，把單臂擱在桌面，問：「醫院說你那時候正在執勤，到深夜又做了一場幾小時的手術，之後回家休息，對不對？」

擺著撲克臉的范智聰如一泓平靜的湖水，水底下則萬般思潮翻滾。這兩天想必警方已掌握不少有用情報，才會把自己傳喚過來，若然對朋友的死表現得無動於衷，未免惹人懷疑。於是他揉揉眼睛，擦走額上的汗。

但，種種肢體動作看在劉士杰眼裡，不過是欲蓋彌彰罷了。

「說起來，你們真是交情匪淺啊！」話鋒一轉，劉士杰感歎說：「我問過梁漢賢的同事，他們大多知道死者會定期和舊同學聚餐，而且次次都大魚大肉，出席者名單上永遠不乏你的名字。還有，我們檢查了死者的手機，發現他跟你用通訊軟體聯繫過。」他搖頭，嘖道：「那陣子你在醫院內忙得不可開交，匆匆忙忙就把他打發掉，可惜世事難料，沒想到那已經是最後的對話機會。」

面對各種試探，范智聰仍舊沉得住氣，任由劉士杰自己演獨腳戲去。

「可你們的對話內容，怎麼這麼古怪呀？」思索片刻，劉士杰從嚴肅臉忽地破顏而笑，「不好意思啊，說一些有的沒的，你最關心的應該是梁漢賢的死因，畢竟警方對媒體下了限制不許披露案情細節。死者的胸廓被人用利刃剖開，弄了個窟窿，整顆心臟遭到移除。」他輕描淡寫地闡述如此驚人的情節。

突地，雕像似的范智聰嘴角不由自主抖動了一下，洞悉力強的劉士杰留意到他的表情變化。

「像這樣子。」劉士杰乘勝追擊，用手指模仿刀鋒在胸口正中央比劃，「精確無誤地將胸骨一分爲二，下刀乾淨俐落，旁邊的肺部絲毫無損，其他器官也沒有缺失，唯獨心臟卻哪裡也找不著。」

堅硬的貝殼總算破開一道裂縫，范智聰嘴唇微張，漏出點聲音。

「唔？看你的神情像是有話想說。」

頓覺自己破功了，范智聰搓搓下巴又平復下來，答道：「沒有……」

「你不覺得凶手很厲害嗎？完全不像是生手。」劉士杰把上臂架在椅子靠背，「法醫檢查了屍體，從傷口皮膚的收縮現象與出血狀況，判斷凶手是在死者生前切開胸口，即是所謂的『生劏』。我就奇怪了，一個人在有意識的情形下怎會任人魚肉，想必是陷入了不正常狀態。果不其然，在脖子附近找到針孔，化驗得知死者被注射了藥物，類似甲醛水溶液，而且濃度很高。」他挑眉，暗示道：「提及甲醛，不正正是醫院手術台上很常用的嘛。」

范智聰神色冷了幾分，目光停駐在劉士杰的臉上。

與此同時，會見室的門外傳來三下叩門聲。

「進來！」劉士杰目不轉睛地鎖定著前方，揚聲。

健壯的軍裝警員聞聲入內，不用正眼看人，筆直地走向劉士杰，在他耳畔交代了幾句話然後離場。

范智聰淡定地問：「是不是我的律師到了？請讓他進來。」

「別著急，不知道范先生有沒有閱讀新聞的習慣呢？」劉士杰答非所問，按自己的步調進行問話，並拿出手機，「近期有篇甚是轟動的報導，關於二十四號深夜在區內一處戶外停車場，發現了一樣奇妙的東西。」

聽狀，范智聰心下打了個突。

眼神凌厲的劉士杰，抱胸說下去：「當晚某位市民途經停車場，看見一個食物保鮮袋落在草叢中，上前察看，發現裡頭居然裝著一顆新鮮的心臟。」他把手機屏幕轉向對面，顯示血淋淋的心臟被封存在袋裡的照片，「那來歷不明的心臟被認爲是人類的，由於掉落位置是死角，攝像頭未能拍攝到現場，無法確認是誰遺下。經鑑證人員調查後在保鮮袋上找到數枚指紋，可材質本身皺褶太多，取不到完整清晰的樣本。加上指紋不是正面壓上去，而是擦邊，現存資料庫只保存了指腹的紋路，並未包含指頭兩側，便不能作進一步核實。方才你到警局來，我們要求你按捺整圈指頭作紀錄，比對過保鮮袋上殘留的指紋，結果兩者大致相同。」

「這頭剛剛撿到心臟，那頭就出現一具缺少心臟的屍體，天下間哪有如此巧合！因此我做了個大膽的假設，說不定那顆心臟是屬於梁漢賢的。」劉士杰俯身以氣場壓制對方，「可昨天死的人的心臟，掉落在前天的街頭任人撿拾，聽上去成理嗎？范先生能否解釋一下是怎麼回事？」

猶如聽到荒謬絕倫的笑話，范智聰用鼻子吭聲冷笑，打破沉默，「……是食物。」

「什麼意思？」

「就字面意思。」

聞言，劉士杰內心不禁掠過駭人的猜測，為取得確信，他窺視范智聰的眼睛，則看不透那雙深淵。人們無從得知鎮定的面容背後，深藏著鮮血淋漓的殺意，在最隱密的腦殼內想像可以是無道德、無下限的。即使此時此刻坐在法庭上，范智聰仍能一遍遍回播梁漢賢的死相，將謀殺狂想盡數化作實像，如菲林[1]顯影一樣。

2

頭部遭生生擰斷，汁液自斷面溢出流下指縫滑至手肘，一堆黏糊糊的內臟混淆不清填滿內部，大口啜乾、拋棄。銳利的指甲扎入脆弱的腹部剝開，肉身紅白分明，放進嘴巴吧嗒吧嗒咀嚼起來。忽而傳來撕裂音，循聲望去，一顆堅硬的頭殼蓋被強行揭開，褐黃色的濃稠物黏附在上下兩側。將軀體扳成兩半，塞入口腔猛吸，把肝胰臟和副性腺統統吞下，鬆口，拉出一絲唾液——

頓然覺得噁心，別過臉去，隨即有人把一塊油亮的東西遞到我眼前。

「哈，你看剝得多乾淨！」鄭少強對我露齒笑，「連尾巴也勾出來了，其他人通常都會在中間斷掉，厲不厲害？」他得意地搖搖竹籤，展示插在尖頭上的蜷曲田螺肉。

我端詳連接在田螺肉末端的泥黃色尾巴，想到是牠的生殖器和消化系統，不禁反胃。

1 菲林：即台灣的「底片」（flim）。

梁漢賢坐在圓形餐桌對面，吮著剝過白灼蝦的指頭，大喊：「怎麼不多吃點？這麼難得的一桌子，外面的人有錢也吃不了啦。」

猶如在附和梁漢賢的發言似地，一身潮牌的賴家暉，用最新型號的手機拍攝海鮮大餐，先讓眼睛大飽口福。

我以沉默作消極抵抗，連續灌下幾口啤酒。

坐在我右手邊的姚樂君，出於好意代爲解釋：「他茹素好久了，這些菜式不合胃口。」關於這件事，實情我對這群豬朋狗友交代過無數遍，但他們依舊是置若罔聞。

「哈哈。茹素？」不小心濺到醬汁，梁漢賢用抹手布擦拭腕上的智能手錶，「即使是和尚見到如此佳餚在前也不得不破戒吧，何況你又不是佛教徒。」

鄭少強喝多了兩杯，打岔說：「其實我心裡有佛，要不是戒不了口慾，早就皈依了！」言畢，他把螺厴拋到骨碟上。

我暗罵著，凝視那堆疊起來的貝殼殘骸，以及將一整碟辣炒大田螺吞吃入腹的鄭少強，強忍著莫名憤怒。彷彿探知到我的波動，姚樂君主動盛一碗熱呼呼的海帶湯遞上。

「……我沒有入佛教，只是不想造孽罷了。」我喝口湯，低語。

耳朵靈光的梁漢賢聽到，噗嗤一笑，「這句話出自你口中眞意外呀，平常你們不是最常找人開刀的嗎？」他向著我說。

此番話成功挑釁了我，不知從何時起，看見梁漢賢那張自以爲是的嘴臉，腦內便湧現出把他暴打一頓的念頭。

拍攝完大堆照片，賴家暉坐下來默默瀏覽相簿，準備上傳到社交平台羨煞旁人，對餐桌上的閒談興味索然。

陳朗峰正忙於用長柄杓挖出蟹蓋內的蟹黃，乍覺桌上氣氛不對勁，旋踵說：「我懂了，你是個純素主義者對不對？」

「什麼鬼？」梁漢賢邊吮蝦頭邊問。

「原先我也不瞭解，但最近公司旗下的西餐廳在爲素食人士設計餐牌，才略有研究。」

「吃素指不吃肉，海鮮不算是肉吧？」

「也有不吃活海鮮的。」

梁漢賢拍桌，「那放心啦，這些全是死海鮮！」

此話一出，登時爆發鬨堂大笑，姚樂君陪笑著瞄了我一眼。

「除了純素主義，還有個叫魚素主義，只吃魚不吃肉。」難得找對話題，陳朗峰趕緊賣弄知識。

「這個好！不如你改成魚素主義者，便能吃個痛快！」梁漢賢自以爲機智，豈知再次冒犯了我。

「你們就不能有一次聚會不吃海鮮嗎？」我衝口而出。

見我用眼神罵人，醉醺醺的鄭少強又插嘴：「哎喲，難道要一起去打齋？每個月就等這一頓飯，你不會讓我失望吧？」

「的確，老友聚會不吃海鮮，總感覺缺點什麼……」打完卡，賴家暉終於起筷，夾一片富彈力的象拔蚌刺身蘸芥末醬油。

「你們都錯怪了他，他是君子，和我們這些俗人不一樣，應該遠庖廚的。是誰提議，讓我們每次必須帶一種水產來參加聚餐？這不是在逼他沾污雙手嘛。」陳朗峰一副道貌岸然的樣子。

梁漢賢沒心沒肺地回道：「我是爲了好玩，沒想過得罪任何人。可如果他吃草和宗教無關，代表只是心魔作祟。你們沒聽說過犯食物敏感的人，多接觸致敏原，最終會不藥而癒的事嗎？壓根兒還是要一點點克服過來。再說，聚餐已經舉行了無數次，大家一直以來也乖乖挑選海鮮帶來，現時才想撇清關係未免太晚了。」

猶如被迫上賊船，我滿肚怒火則敢怒不敢言，爲鎮靜自己而轉移視線，可惜適得其反。眼前那尾清蒸石斑，沒記錯的話是瀕危物種，看上去不足一公斤，當是未成年的幼魚。天殺的。

「這魚只有巴掌大，還未成熟，怎麼就煮了呢？這樣下去海洋生物全被你們吃光了。」姚樂君語重心長地告誡他們，我吃了一驚，以爲他有讀心術看穿我的心思。

「一尾魚而已，用得著這麼誇張嗎？」陳朗峰挺胸道：「我平常很愛護生態，從不亂拋垃圾到海中，這一次半次吃個海鮮大餐算不了什麼吧。」

鄭少強吐沫星亂飛，「對，我還有捐款。天天工作那麼辛苦，也要犒勞自己呀。」

「關於這個，我向來抱有疑問。」梁漢賢頗具挑戰意味，直勾勾地盯著姚樂君說：「人們在討論環境時，總是把人類排除在外，認爲我們的行徑有意無意加害了大自然，可難道我們不是動物？爲何不把人的生活習性計算在內？若人比所謂一般動物更有靈性，也是一種特質，譬如豹子跑得快，魚可以在水中呼吸。那麼由人類的日常活動引致的連串影響，不也是自然的一部分？動物中有食肉、食草、食蜜、食細菌的，那是牠們的天性，沒有人會嘗試去逆轉。可當到了人類就會被說三道四，這樣做不對、那樣做也不對。眞好奇那些大義凜然的人，怎麼知道什麼對地球最好？生生滅滅自有安排，我看，出手干預自然法則的是他們才對。」

「有道理！」賴家暉粗暴地用槌子敲開蟹箝，「既然人類擁有捕捉海鮮的技能，當然有權利吃牠們。」然後把蟹肉往嘴裡一塞，咂嘴舔脣。

眞是滿口歪論，我心想。

「喂。」梁漢賢不大客氣地叫我，「你磨磨蹭蹭了這麼久，該不會是因爲不想付錢吧？眾所周知，此遊戲規則下最常吃虧的是你。說好的，投票選出誰帶來的海鮮最稀有、美味，六個人的帳單，排第一的免費，排最後的付最多，其餘按名次遞增。大家定下來的規矩，當初你沒有出面反對，現在可不能因爲自己是常敗者，願賭不服輸，就針對我們這些常勝軍啊。」

意料不到他忽然將矛頭直指向我，我一額頭汗，承受著眾人的目光。「我沒那個意思……」

「不是的話就開動吧，即使不吃還是要掏錢包的。」梁漢賢嘲笑道。

話音落下，各人的嘴巴不再談論事情，開始大吃特吃。我食慾全無，以飲酒作遮掩觀察眼前的暴食者，唯有藉一些不可告人的想像，才能勉強抑止內在的暴力衝動。

□

「這麼巧啊。」夜色中，我與站在街角的姚樂君恰恰碰上眼，當即喚道：「你工作不是很忙嘛，怎地出現在這種地方？」

依舊是衣著端莊的姚樂君，邁步走來，霓虹燈映在玻璃幕牆上，形成斑駁陸離的折射，於摩天大樓間對立的二人，猶如不可思議的對倒。

「今天難得休假，到處閒逛一下活絡筋骨。你呢？」姚樂君和善地回答，嗓音給人一種踏實的感覺。

「我剛從外面回來執拾[2]東西，完了便回家。」

「既然碰見，不如到酒吧坐坐？」

我二話不說回好。

夜意漫流的威士忌酒吧內，零零星星坐了幾枱客人，我和姚樂君在暗角的小桌，聆聽著縈繞耳畔的爵士音樂。

「伯母身體還好嗎？」我問。

「有心，她很健康。」

或許是工作太疲累，我扶住酒杯不由傷春悲秋起來。「除了每月聚會，許久沒像這樣跟老同學喝一杯。學生時期總是大伙兒聚在一起，到處串門打遊戲，後來上大學又出了社會便各有各忙，回想起來大家都改變了很多……」

「是改變了嗎？」姚樂君的聲音小得幾乎被音樂蓋過。

我用被酒精醺迷糊的腦袋，回憶著上個月聚餐時那些零碎的片段，驀地激起體內某種無法表述的躁動。沉吟半晌，我決絕地說：「沒有，也許從頭到尾我都不了解他們……對了，上次的事謝啦。」

2 執拾：在粵語中指的是「收拾」。

「沒事，看你當時的眼神像要活剮梁漢賢似的，忍不住出手。」姚樂君跟我交換了眼色，回以微笑問：「我誤會了？」

我滾動一下喉結，算是默認了。如今聽見那個誰的名字，甚至有條件性反應。

姚樂君意會地接下去，「有件事必須先跟你坦白，其實我也持齋。」他解開襯衫第一顆鈕釦，從領口扯出一枚玉雕佛牌，「也不是很正式的東西，大概有七、八年了，一直找不到機會告訴你。」

難怪進來的時候，他只點了青檸梳打，並沒有沾酒。我理清思路，所以說這段日子裡梁漢賢不只逼迫了我，還誘使姚樂君破戒。

「這是不對的……」我嘴上反覆唸著。

「除了定期和他們吃的那頓飯，其他時間我都嚴守戒律。」

「可是，爲什麼？」

「該由我來問吧，你爲何不拒絕出席聚餐？」姚樂君以狹長的眼睛斜睨著我。

面對這質問，我竟一時之間答不上來。交往了數十年的朋友漸漸發展成有毒關係，該如何訣別？實屬找不到合適的脫離契機。

「兩者怎可以相提並論，你那是信仰，而我只是——」

「只是什麼？」姚樂君語氣柔和問。

我欲語還休，敏銳的姚樂君又一次讀懂我的臉色，沒再追問，靜靜地聽了一會兒音樂。

沉澱了一下，我戳著杯中快融化的冰塊說：「有沒有聽過『活締』？」姚樂君搖首，「那是保持魚類鮮度的屠宰方法，把一根鋼支刺入魚腦，沿著脊椎直插到底，切斷所有神經，這樣就能阻止硬化，保留魚肉彈性。聽上去很簡單，實際操作起來卻不容易，光插入一次是無法徹底中斷的，必須重複戳刺，期間牠會掙扎，更會出現痙攣。據說那是最人道的宰魚方法，身體抽搐不過是脊髓反射，可誰知道牠有沒有恐懼？有沒有痛楚？」

我們不約而同將目光投向吧枱，調酒師正用碎冰錐鑿冰塊。

「但凡見過那畫面的人應該也吃不下去吧。」我自謔地笑，「當然，這不是我開始茹素的唯一原因，其餘的怎麼說……屬於童年陰影。」

自覺太囉嗦，我闔上嘴巴，卻不期然回想起兒時跟父母去吃自助餐，目睹躺在碎冰裡的原隻龍蝦感到可憐沒敢下口，豈料被狠狠打罵了一頓。如惡夢重現，我臉紅脖子粗，趕緊拆掉領帶深呼吸。之所以憤怒全因覺得不公平，為何被吃的一方永遠是牠們？可我從不輕易對外人表明心跡，如此憐憫食用生物的想法，有時就連自己也認為荒唐，即使告訴別人亦只有被取笑消遣的分兒。

「離開了水，魚有何能力反抗？」猶如看透我的心，姚樂君喃語，「人類大多關心與自身形態相近的動物，對於沒有表情肌的其他生物，很難產生同情。」

我細細咀嚼話裡的意思，垂下眼皮。

他續道：「以前我一度以爲大家聚會是爲了聯繫感情，後來發覺吃吃喝喝才是重點，深海、野生，愈罕見愈要吃。只有藉由昂貴的食材，方可證明自己的社會地位，因此根本不在乎什麼海洋生態。哪怕是有血有肉的生命，對某些人而言，僅是用作提升優越感的工具罷了。」

我心血來潮道：「……我是認爲，人們不應該覺得自己有絕對合理性，去傷害地球上另外一種生物。」

姚樂君深以爲然，莞爾道：「我理解。」

我胸中一熱，以期盼的眼光注視著他的側臉。

「你知道嗎？每當看見梁漢賢我總會想起一個人，一個職場上的前輩。」姚樂君摸著自己長繭脫皮的手，隨意說著：「他告訴我實習生必須每週工作八十小時以上，睡在職場不得回家，除了職務範圍內的事情還要積極當跑腿、做文書，一刻也不可以停下來。他一直試圖說服我這很正常，直至我病倒了才明白，那不過是他爲了方便予取予求所使用的說詞而已。在那種人眼中剝削是天經地義的，對此，他們絲毫沒有罪疚感。」

大概是喝上頭了，我哀其不幸怒其不爭，大力晃動酒杯，內心翻起一道漩渦——錯亂裡，我看見遭五馬分屍的螃蟹、被剁碎的魚身；狼吞虎嚥、滿嘴是油的醜陋人類；閃回兒時遭父母痛罵、含淚吞嚥腥羶之物的自己；又閃過圓形餐桌上梁漢賢嘲諷我吃草，侮辱我是常敗者，那自以爲是的態度……各種畫面穿插交替，在無知無覺下，我已陷入熊熊怒火之中。

吊在頭頂的水晶燈璀璨炫目，姚樂君仰望著天花板，眼神忽明忽暗。「或者他們認定剝削與被剝削者的關係是單向的、無法逆轉的，我卻經常想像，假若有人能打破定規呢？不再是人吃魚，而是魚吃人，用人類對待魚類的方法反過來對付他們，那該多有趣啊。」

瞬間，我渾身戰慄，被一種前所未有的高昂情緒支配。

姚樂君洞察到我眼白滿布紅絲，問：「怎麼了？」

我猛然抓住他的臂膀，連發問的聲音亦在顫抖，「……可以詳細說說嗎？」

「說什麼？」

「我想知道，你的想像……」

我們心有靈犀般四目交投，用不著數秒，姚樂君已領悟到字裡行間的意思，彎起笑眼答：「當然可以呀。」

□

自那天起，我滿腦子都是手刃梁漢賢的念頭，無論是工作抑或洗澡都在反覆琢磨，彷彿有燒不盡的燃料驅動著我。馬不停蹄、四處奔走做場勘，選定了一處街市，該處已被列入政府拆卸規劃中，再過幾年就要關閉，主因是區內需求降低以及疫情影響致人流減少。因缺乏完善監控系統，不時發生失竊案，有議員曾建議安裝閉路電視，但最終不了了之。巡視過數遍，場地空置率甚高，裝成街坊到各攤檔買東西後把目標收窄，再具體擬出日程。爲求萬無一失，我一有空便蹲在家中，利用運動心像做排練，確保記憶的步驟沒有出錯。

今月清潔日定在二十五號，如無意外街市會清場，檔主亦因清潔日不用開店，二十四號便早早回去休息，沒有比這更合適的時機了。梁漢賢的辦公室與我的工作場地距離不算遠，爲了不留下痕跡，提前七天到附近偶遇他，口頭傳達了約定時間和地點。他見我如此低姿態，不疑有詐，很爽快答應了。像他那般藉踐踏別人獲取成功感的傢伙，以爲擊垮了而我洋洋自得，殊不知這是在演戲，只是引他上鉤的誘餌罷了。

計畫將如期進行，約定的半小時前我已準備就緒，但沒有在現場周邊徘徊，而是坐在一處公園長椅上待機，省得惹人注目。我靜坐著，心境異常平和，彷彿感到某種宿命，往昔身受的種種屈辱正是爲了成就今天。瞅瞅手機屏幕，差不多到整點，我步行至街市從側門竄進去。

時間剛剛好，梁漢賢站在街市走道上，對將要降臨頭上的厄運懵然不知，東張西望，全然沒為意我走近。

「嘩。」梁漢賢轉過身，與近距離的我面碰面，「在背後怎麼不出聲？」他吃驚道。

「我剛到……」我輕聲細語，故作受欺壓的弱態。

「半夜三更叫我過來，真的能碰見你說的那位漁夫嗎？」

「不是漁夫，是他釣上來的海鮮。」

「認真的？」梁漢賢一臉狐疑問：「還以為你找到稀有海鮮的門路會留給自己，讓給我對你有什麼好處？」

「至少你的票不會落在別人手裡。」我低頭說話顯得特別卑微，「我不想再排最尾。」

「原來是為了面子，若是如此，你跟姚樂君互投一票不就好了？」

「他為人太老實，不肯作弊。」

費了一番唇舌終於取得信賴，梁漢賢涼薄地笑了笑，「會不會投給你我可不敢保證，得先看看物件。」

「沒問題。」我背對他在前領路，霎時間血脈賁張，一想到幻想即將化為現實，心跳聲便洶湧澎湃了起來。

一前一後地來到魚檔，素來用以展示海產的不鏽鋼展示枱上，放著一個長方形發泡膠箱，由於蓋上蓋子，看不清裡面裝了什麼。

「喏，就在這裡。」我讓開了身，「待會兒打開時千萬要小心，牠可能會突然蹦出來。」

梁漢賢一如往常拿我當笑柄，「大驚小怪，什麼海鮮沒看過，用得著這麼緊張嗎？你啊，要多多見世面才行。」

我佯裝得畏畏縮縮地又退後，雙手插進口袋。梁漢賢萬萬沒想到我別有用心，逕自上前查看。嘴上說得硬，剛被提醒過數遍，令他對箱中物提高了警惕。掀開蓋子，裡面堆滿白茫茫的碎冰，乍看一眼沒找到目標，俯身探了好一陣還是無果——

趁其不備，我立馬抓住他的後腦勺往下壓，他一頭栽進箱裡，滿臉滿嘴盡是冰，嚇得呼吸驟止。我按照腦內排演，左手箝制他，右手掏出針筒，快而準將針口刺入頸動脈。他顯然感覺有異物貫穿，極力頑抗，害我花上九牛二虎之力才能壓制住他。

漸漸，藥物發揮效力，梁漢賢像篩子般抖個不停。我放開按著頭顱的手，他便自展示枱邊沿滑落地面，猶如癲癇發作控制不住自己。彎身把人翻過來，他臉朝天，一雙圓睜的眸子充滿疑惑與恐慌，看那副模樣大概猜不到我如此心狠手辣，早就布局好一切。

我居高臨下觀察著他，幽幽地說：「發抖什麼？生下來不就是爲了被吃嗎？還是說，你也有求生慾？」我沉著臉，「不⋯⋯一定是條件反射，像你這樣的東西怎麼可能有感覺。」

我們相互凝視，他嚅動著嘴巴發出斷斷續續、不成句子的音節。我無心揣測他的意思，調整一下膠手套，揪起了他的衣領拽到不鏽鋼枱上。他橫躺著，全身肌肉微弱抽動，像極了剛出水的魚，而我則是殺魚的屠夫。

宛若透過濾鏡看世界，眼前的是魚，非人。我面不改容扒開他的衣服，拿刀自乳首下往胳肢窩劃開側胸，然後換成大剪刀擴張傷口，把手伸進皮下摸出第五、六節肋骨，接著順弧度剪一個口，再強行夾斷肋骨。一聲清脆的破裂音響起，比想像更逼真的場面，令我起了雞皮疙瘩。掰開破洞，推走礙事的左肺後，找到一塊帶節奏跳動的紅肉，裹在外面的是心包膜，將它剖開，一顆活生生的心臟就捧在掌心，我毫不猶豫割除了它！

轉瞬間，梁漢賢已無生命跡象，口徒然張開，與死魚沒有區別。

駭人的快感襲擊著我，昏頭轉向了一會，剎時理智覺醒，眼睛隨之恢復了清明。我把新鮮心臟放進食物保鮮袋，扛起梁漢賢的屍體移至冷藏櫃裡保存。臨走前，不忘從他身上奪走智能手錶和手機。

翌日，我依計畫行事，戴口罩到梁漢賢慣常跑步的路段奔一圈，途中找了個像樣的人，聊了幾句製造目擊者。幸虧智能手錶並未設置密碼，如此一來便可儲存路跑紀錄，偽造他仍在人世的假象。

二十六號凌晨，我返回街市，從冷藏櫃取出凍得僵直的梁漢賢，重新安置到不鏽鋼枱上。隨後用他的指紋打開手機，傳一通訊息，再放回持有人的褲袋內，並藉魚檔設置的碎冰機製作冰粒掩蓋屍體。完成後，我挪開幾步，以廣角欣賞那冷色調的景象，如同作了一場冗長的夢。經歷短暫的沉浸，我原路折返，走在暖色調的路燈下，留下死氣沉沉的軀殼在冰冷的一角待人發掘。

3

冷森森的會見室內，兩名男子坐在三角枱上對望，時間彷彿靜止了流動，電子時計的數字仍然停留在零點。

范智聰吐露出寥寥數語後，再次保持緘默。得不到解答，問題便是無解。劉士杰盤算了一下，決定換個辦法。

「說實話，到達現場時真的嚇了一跳，沒想到死者居然像海鮮般被冰在魚檔，電視劇裡的偵探看見會如何形容……噢，對，像藝術品。」劉士杰五指輪流敲打桌面，氣定神閒說：「那時我想起犯罪學的課堂曾經提起，一些兇手會用特別的方式擺放屍體以示象徵意義。正因如此，會導致我們把注意力放在猜想背後的意義，將冰粒視為突顯儀式感的工具。直觀來說，冷凍屍體是為了延緩腐爛，擾亂死亡時間的判斷。可以說是坊間的一種迷信吧，認爲能輕易誤導調查，可惜事與願違，許多時候反倒提供了不少線索。」

劉士杰端視著死者的照片，淡淡道：「屍體被存放在低溫環境裡，雖能抑制腐爛進程，可一旦解凍了便會加速分解，甚至比正常室溫下保存的快好幾倍。梁漢賢被發現時，胴體在半融化的冰塊掩蓋下，頭部是外露的。起初整體腐化並沒多大差異，可隨著時間過去，死者的臉皮腐爛速度加劇。若他打從最初就被擺在枱上，理應是身體先腐爛。可見他死後並非馬上被冰塊埋沒半身，而是整個人先被冷藏。加上區內戶外停車場發現的那顆心臟，我們有理由懷疑，按照目擊者的口供所推斷的死亡時間不完全正確。死者極有可能更早以前已經遇害，具體時間不確定，但應該不會超過街市清潔日前後，因不利於犯案。」

膀大腰圓的范智聰塞在椅上，全程噤聲聆聽著，不爲所動。

「只是，假如我的推理沒有錯，那就和證詞產生矛盾了。」劉士杰擱下照片，有條有理地分析下去：「賣海鮮的地方設置冷藏庫不足爲奇，但根據魚檔店主的講法，他二十五號曾經到店內搞清潔，若果屍體被藏在那兒不可能沒察覺。不單是店內，外判清潔工也在街市做深層消毒。從屍斑可知，死者斷氣後一直保持平躺狀態，換言之，必須存放在一個寬敞且有製冷功能的空間。所以若要掩人耳目，自街市外面運來屍體的可能性很低。那麼，存放地點到底在哪裡？」

劉士杰自問自答：「幸好，死者又提供了新線索，法醫居然在遺體身上嗅到豬的味道。腐臭混合豬臭，你說噁不噁心？我就想通了，沒準凶手是把死者藏到別的檔位去。由於檔位內部屬於私人範圍，食環署規定由店主自行清洗，清潔工只會打掃公共空間。循這條線索重新調查街市，找到一間設有臥式商用冷藏櫃的肉檔，那是被警告過兩次的違規戶，問話後得知檔主確實是偷懶了，當天沒有去街市。」

范智聰閉口不言，半瞇眼，精神顯然比先前緊繃了些。

「乍看無懈可擊的計畫，細看則破綻重重。我想凶手本想矇混過關，用海鮮的表象糊弄警方，讓搜證限制在魚檔之內，忽略貌似不相干的肉檔，不料屍體沾染上氣味出賣了他。」劉士杰展現一閃即逝的笑意，「這點除了揭露凶手城府深以外，還透露了另一個訊息，那就是他的行凶非常有計畫性。像那隻智能手錶裡的路跑紀錄，想必是用來僞造梁漢賢在世的表象，不過聰明反被聰明誤，跑步時長、心率，與死者平常的數據不一致。另外，凶手挑選的肉檔有不良衛生紀錄，要摸清這件事必須作實地視察。將犯案日子定在清潔日，也顯示出他非常狡猾，一些證據例如血跡會因清掃而消失，繼而妨礙偵查。」

「還有，殺人方式亦是精心設計過的。凶手使用的水溶液，甲醛濃度達30%以上，因政府早年實施了規管，市面上不會流通，必須透過特殊管道入手。不只如此，無論是針筒刺入頸動脈乃至開刀的手法也過分專業，不是醫療從業員以外的人可以操作，除非……凶手是個受過醫學訓練的人。」

聽罷，范智聰眼中閃過森寒的光芒。

看見那副形相，劉士杰心中有了把握，頓時氣焰高漲起來，「早前我描述梁漢賢的死狀，故意設了個圈套，你立刻反應過來，因為你知道確切的剖心方法並非如我所講。凶手下刀的地方不是胸骨，而是左胸肋骨，那是一種特殊手法叫左前外側開胸術（Left Anterolateral Thoracotomy）。若凶手是普通人，想取心臟時，由於知識不足，傾向直接剖開正中心，唯獨有外科經驗的人才會採取這種切開法。」他一眨不眨看著對方，「剖析凶手的特徵後，眞相便慢慢浮面了。那通發自死者手機的訊息亦是由你寄出，目的是製造不在場證據，對吧？」

聽了這長篇大論，久未發言的范智聰忽然有所悟，緩緩開了口：「從進門那一刻起你已斷定我是凶手？」他將語尾音調提高，硬把話說成疑問句，「可凶手布置屍體的時間我正在做手術，院方可以證明。」

劉士杰努努嘴否定他的說法：「歷時數小時的手術，主刀醫生不需要每分每秒都在場，前前後後有數名助手協力，到重要步驟才由醫生執刀的情況很常見。從你工作的醫院步行至案發現場只需十多分鐘，若是跑起來更快，看準時機的話絕對有充裕時間往返——」

咯咯！咯咯咯！

倏地，門扉傳來密集式的叩門聲。說到半路被打斷，劉士杰不是味兒，翻了個白眼，不情不願地起身開門去。一名高大威猛、三白眼的便衣青年堵在門口，急不可耐地張張嘴，想要對他傳達什麼。

「臭小子眞會挑時間。」劉士杰七竅生煙地把人往外推，順勢回手帶上門，「眼瞎嗎，看不見我在忙？」

「他認罪了！」身爲後輩的謝思羽，緊張兮兮朝他喊道。

劉士杰誤解他的意思，指一指會見室說：「快了，他會認的……」

「是李展濤。」

「誰？」劉士杰一激靈，陡然色變，「你說，梁漢賢那個酒肉朋友？」

「嗯，犯罪經過與你設想的一模一樣。」

劉士杰一時間接不上話來，雙手撐腰，遙望走廊盡頭另一間會見室，但見兩、三名警員聚在門前熱切討論房間裡的嫌疑犯。「別開玩笑，怎麼可能……你確定？」

謝思羽頷首。

「如何逼他招供？」劉士杰急問。

「他心理質素不大好，也許是被帶進警局感到害怕了吧，唬弄一下說漏嘴就全都招了。」謝思羽戳平板電腦看口供複本，若無其事地說明著，「二十五號深夜至二十六號清晨，李展濤安排應酬，約客戶到離街市不遠的餐廳吃飯，灌醉對方後用叫車作藉口離開，返回現場搬出屍體，再回頭帶客戶登車。」

劉士杰有點語塞，斟酌片刻再說：「不會是替人頂罪吧？」

「可他說出了許多只有凶手才知道的細節，包括開胸方式。凶器可能保管在他家裡，我們準備搜屋。」

「他就是個保險經紀，有何能耐構思出這樣的殺人方法？」

「照他的自白，該是在網上研究了不少，最近那種影片和論文四處都是，自學的人多得很，只是他吸收的不是外語或彈鋼琴，而是外科方面的資訊。」謝思羽打開影片分享網站，輸入關鍵字，用搜索結果作爲參考，向下滑動屏幕，當眞有醫學解剖影像和手術紀錄片源源不絕湧出。

「媽的……」劉士杰苦思冥想，搔著亂糟糟的頭毛，拚命想擠出點什麼來，「那甲醛呢，是從哪裡入手的？總要有人提供給他啊。」

「他說是就地取材。」

「瞎說什麼！」劉士杰怒斥。

謝思羽語氣堅定，「眞沒撒謊，那液體又名福爾馬林，一些魚販會拿來浸泡海鮮防腐，把死魚當鮮魚賣。當然，未經官方批准持有該類管制藥品，以及在食物上使用也是違法的。」

劉士杰做一個停下的手勢，「等等，意思指李展濤調查了那間魚檔，知道檔主使用福爾馬林泡魚，所以直接取用？」

「大概是這個意思，檔主或許把藥品關連的東西藏起來了，審問一下很快有答案。」謝思羽順著思路說：「也就是說，姚樂君不是兇手。」

劉士杰怔了怔，「姚樂君？」

謝思羽傻乎乎地回話：「呃……不對，是范智聰。方才和李展濤落口供時，他一直叫錯，害我被洗腦啦。」

劉士杰無言給他一個視線壓力。

「那是他的舊名字，因為父母離異改姓，後來又信佛教所以改了法名。」謝思羽一臉尷尬地哈腰，「嘻，不好意思……」

情報量太大要消化一下，劉士杰掐掐眉心，愣了半晌，嘆口氣，轉身把右手壓在會見室的門柄上，驀地靈光一閃：范智聰真的跟這宗案件毫無關係嗎？

再次踏入會見室時，內裡已是截然不同的景象。范智聰坐姿弛然，往後一仰，吊起雙眼望著進門的劉士杰，似乎對他們倆在門外議論過什麼心裡有數。

劉士杰沉靜道：「你委託的律師到了，我已叫同事請他進——」

「很遺憾，從進來到現在，你對我的偏見一直沒有消解。」范智聰截斷他的話，裝模作樣地皺一皺眉頭，「梁漢賢生前是我的好友，不介意的話，請容許我身為醫生提供一些專業意見。」

實在是太唐突了，劉士杰感到莫名其妙，一臉愕然，摸不清這態度轉變的原因。然而，他仍抑壓自己的脾氣，整理衣襟坐回椅上，聽對方說些什麼。

「輕輕反思了一下，或許是我的微表情引起你的疑心。關於剖心，我是因爲想不明白，身體才下意識反應。」范智聰一反常態，侃侃而談，甚至不在意是否有律師在場，「你說凶手把胸骨切開，那塊骨頭特別硬，於是我思索他用什麼工具？手術室一般用電刀、骨鋸之類，可體積不小、動靜大還需要電力；原始一點有利布舍胸骨刀（Lebsche knife），但力度不易掌握，稍一施力不均勻就會偏差，如果凶手用它，我想他的技術比一些資深醫生還要好。後來你更正說是側胸，我便懂了。只要把握好位置還有夠膽量，新手用類似骨剪的道具切斷肋骨不難，縱使多少有點生疏，基本操作仍是做得到。何況，這不是爲了救人，而是以摘除內臟爲目的，更加不需要顧慮太多。」

劉士杰直視著范智聰，他講話時面部表情僵硬，給人毛骨悚然的印象。

「停車場上撿到的心臟爲何有你的指紋？」

「不是心臟，是食物保鮮袋。」范智聰糾正他，「只要袋上有我的指紋就一定是我的嗎？說不定有人想嫁禍……」

劉士杰耐性不多，扳一下手指關節示意。

范智聰坦然道：「我承認那顆心臟是我的，只是不慎掉到地上了，可你們急於破案，根本沒有充足時間好好驗證，相信過不了多久便會有人通知你，上面不含任何人類基因。」

「那不是人的心臟？」

「人類心臟長期短缺，爲了學術研究我們不時會使用豬心臟，兩者結構和外觀非常相近，外行人一眼分辨不了。」

「所以，豬心臟是解剖用的？」

「除了解剖還有不少用途，比方說，餵魚。」

劉士杰若有所思，腦內飛快掠過一行文字——「有空嗎？什麼時候方便上你家餵魚？」

范智聰不緊不慢地接下去，「動物心臟對某些魚種來說，是一種高營養價值的糧食，最有名的是牛心，也有豬心、雞心，有時候我會買來餵我家的龍吐珠（亞洲龍魚）。」

「這件事你有跟別人提起過嗎？」

「有。」范智聰帶些傲慢地抬起下巴，說：「我跟那個人說，魚對人有很多功用，可作魚片食用，骨頭又能熬湯。相反，人的身體對魚類毫無用處，除了心臟。」

劉士杰眼角微微跳動，揣摩著。那則文字訊息，難道是李展濤透過死者手機傳遞給范智聰的信號？

「梁漢賢的心臟到底在哪裡？」

「這一點要問問凶手本人，幸運的話大概在他家雪櫃能夠找到，不幸運的話可能已經在海魚的胃裡。」

「你了解得挺通透的。」

「純屬推測。」范智聰一字一頓說。

劉士杰百思不得其解，李展濤認罪了，案件已偵破，事情亦告一段落，范智聰特意留下來說這番話的意圖爲何？讓大腦高速運轉起來，倏地恍然大悟，興許他是故意在警方面前炫耀自己的殺人設計，藉此宣告勝利。一念及此，霎時間一陣心寒。

機敏的范智聰從眉眼猜透對方的心理活動，則看破不說破。「劉Sir聽過光目女的故事嗎？」他突然沒頭沒尾提起。

劉士杰不明所以地用眼尾打量他。

「我向來很喜歡這種小故事，是佛家經典。」范智聰目光如炬，語調全無抑揚頓挫，「光目女設食供養羅漢，求祂入定看看亡母投生何處，結果發現她在惡道中受極大苦，全因生前好食魚鱉，殺子無數，唯有發願保母親來世壽命百年。聽上去眞是個感天動地的故事……」他頓了頓，才意有所指地續道：「可獲得神明救贖之前，還是得先下地獄啊……」

這話中有話的，在胡言亂語些什麼？劉士杰憋得臉色極度難看，在桌下捏拳頭，心想：這傢伙定是教唆李展濤殺人，但目前沒有足夠證據，奈何不了他。

此時，會見室的門第三度被打開，軍裝警員攜著律師前來。

劉士杰見機起立，正打算離開，忽爾看見范智聰掏出領口裡的佛牌，捧在手心把玩。那佛像開臉慈祥，劉士杰嘴角禁不住扯出一抹冷笑，脫口說：「這就是你的救贖？」

范智聰不覺一怔，回視著他。劉士杰輕蔑地瞟了他一眼，遂轉身走出不見天日的會見室。

〈Heartless〉完

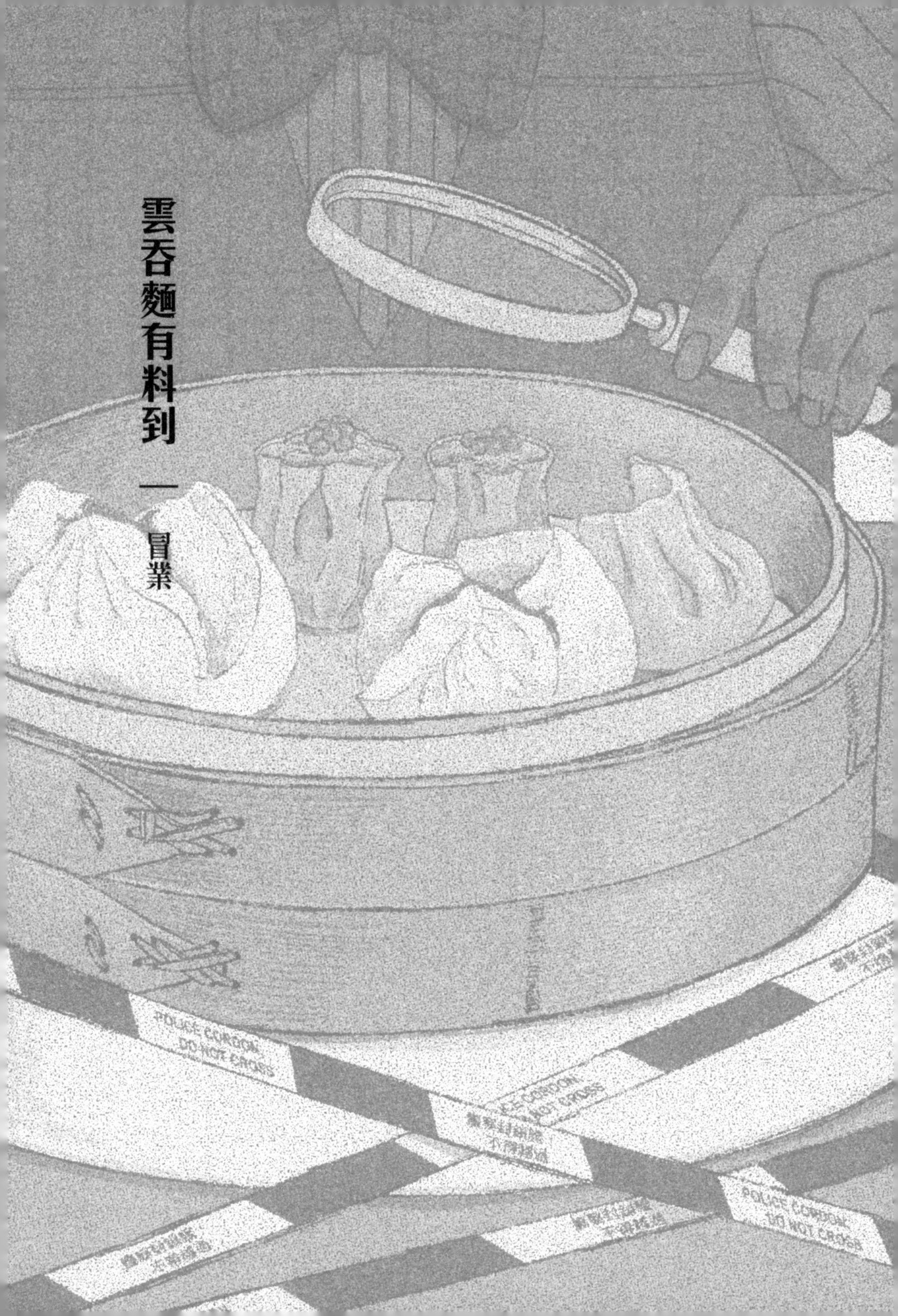
雲吞麵有料到
——
冒業
POLICE CORDON
DO NOT CROSS
POLICE CORDON
DO NOT CROSS

1

今日是星期四，所以我們四人的午餐是來記麵家[1]出品的雲吞麵。

下午十二點半。落堂鐘聲一響，我、鍾婉霞（霞姨）和陳綺靜（三毛）就已經從書包取出錢包和手機，在座位上蓄勢待發。

出了名抵受不住飢餓的Miss Wong立即宣布下課。她一步出門口才過了兩秒，我們便有如田徑選手衝了出去。

我不斷踢著裙腳，穿過還未開始出現人群的走廊抵達樓梯，急步跳下無數梯級，跑出聖保祿書院已經敞開的後門，最終在亮起紅燈的斑馬線前方停下，眺望馬路對面的斜坡底下那些任君選擇的餐廳。新冠肺炎疫情畫上句號，中學全面恢復全日制，午膳時間可以隨意出外吃，最近更可以不戴口罩了。可喜可賀！

我回頭一看，半個人影都沒有。

1 作者註：來自譚劍的科幻小説《人形軟體》的虛構雲吞麵店，其後出現於陳浩基的推理小説《網內人》以及譚劍收錄於《偵探冰室．貓》的短篇小説〈西營盤的金被銀床〉。特此鳴謝譚劍授權以來記爲故事舞台，讓筆者能一起拓展「雲吞麵宇宙」。

她們怎麼這麼慢？枉我如此拚命奔馳，剛才大概刷新了我從5C班房[2]跑來這裡的最快紀錄。

交通燈已經轉綠，但我還要等人，只好繼續留在原地，眼睜睜看著它再度轉紅。

「好餓啊～」

每當肚子餓，我總是忍不住打開手機查找和食物有關的資訊。儘管每次都反而愈看愈餓，但就是改不了習慣。

「Siri，搜尋『西營盤來記麵家』，讀出第一個結果。」

這是我那位已經移民英國的軟體工程師哥哥，對我的iPhone施了完全聽不懂的科技魔法後新增的功能。身爲一出生已活在網路短片世界當中的零零後，我無法用眼睛看太長的文字，只想用耳朵聽，於是請求哥哥幫我設定好手機。

Siri以一道溫柔的女嗓音唸出以下文字：

歡迎光臨來記麵家

西營盤老牌雲吞麵店，只此一家

首頁、關於來記、最新消息、傳媒報導、聯絡我們

傳媒報導

老麵店玩轉元宇宙，疫情下成功翻身

〔本報訊〕來記麵家是位於西環電車路的雲吞麵店，爲一幢五層高唐樓[3]的地舖。來記由寧氏在五十年代創店，現在做雲吞麵已來到第三代，目前由第二代老闆及其兒子兩人共同經營。

踏入二千年代，跨國連鎖飲食集團在港鐵的港島線西延即將通車之際大舉進軍西環，令來記一度經營困難，更謠傳有地產商曾向來記招手，意圖收購唐樓和麵家。然而兩父子立場堅定，以自己的力量努力扭轉困局。兒子志健更爲此報名參加眞人騷[4]《拯救老店愛作戰》，精通電腦的他亦加強在網路上宣傳，爲來記設立精美官方網頁。

相當幸運地，上天有一日忽然送來大禮。日本著名模特兒黑澤武登門自薦成爲來記的服務員，對來記的雲吞麵更是讚不絕口。黑澤武還和兩父子一起埋首研究雲吞麵的新製法，最終取得重大成果。該事跡被香港、日本、台灣等地傳媒大肆報導，令來記聲名大噪，吸引香港和亞洲各地的食客。日本記者和食家親身光顧之後的好評更令

2 班房：在粵語中指的是「教室」。

3 唐樓：在香港爲中式外觀的建築。通常樓層不高，且沒有電梯。

4 眞人騷：即台灣的「眞人秀」。

來記知名度蒸蒸日上，老店外面曾有一段時間天天出現人龍。

新冠肺炎病毒過去三年肆虐全球，香港政府「封關」限制旅客出入境、頒布限聚令和禁止晚市堂食。市民避免出外，也少了慕名而來的海外遊客，來記生意大受影響，只能靠外賣幫補收入。志健於是更積極地想盡辦法在網路拉客，他用Minecraft創建了「來記麵家元宇宙」小遊戲。後來志健和其他小店聯合起來，將遊戲擴大至「雲吞麵元宇宙」，讓玩家即使留在家中都可以在虛擬空間逛街，並藉此認識更多香港的隱世雲吞麵老店，還可參加裡面不定期舉辦的交流活動和獲得推廣優惠。元宇宙在社交平台群組「香港雲吞與雲吞麵關注組」引起極大迴響，更引來各大傳媒和飲食You-Tuber爭相報導。志健的努力令來記的外賣訂單大幅增加，令超過七十年的老字號成功熬過疫情。

「鱸魚！」

Siri才剛讀完網站文字，霞姨和三毛她們就追上來了。

「妳們兩個怎麼這麼慢？」

「抱歉抱歉，剛剛有小石子進鞋，跑起來實在太不舒服，所以中途停下來清走。」霞姨吐出舌頭。

「三毛呢？」

「……也一樣。」她開口前先頓了一下，再簡短應道。

「真巧，怎麼兩人同時有異物進鞋？」我說，「該不會是坐在後面的人丟石子進妳們鞋內吧？妳們兩個麻甩佬[5]都不時脫鞋盤腿坐在椅子上，確實會讓人有機可乘。」

「盧樂兒小朋友，妳怎麼特地留意別人上堂的坐姿？難道妳就是凶手!?」

霞姨裝出一副咄咄逼人的樣子朝我逼近，我沒好氣地推開她的臉。

「大偵探鍾婉霞妳少含血噴人，我的確坐在妳們後面，但才沒這麼無聊。就算有凶手那也一定是天姐。」

「啊……確實很像天姐會做的事，況且她是坐最後排的。」

「不過鱸魚的瞄準能力很不錯。」三毛忽然說，「上週才在冒險樂園玩擲彩虹[6]贏過紅獎。」

5 麻甩佬：在粵語中指粗魯的人，多用以形容男性。

6 擲彩虹：爲香港知名室內遊戲遊樂園「美國冒險樂園」中的一種遊戲，玩家要將硬幣投擲到彩虹圖案上，落在指定位置便可以獲得分數。

「那次只是剛好。三毛妳才是，明明每次都至少穩拿紅獎，甚至有一次是拿藍大獎。」

「三毛是St. Paul第一擲硬幣高手。」霞姨用力點頭，說道：「她進出美國冒險樂園的次數已經多得會被職員認出。有一次和她去玩時那個阿姐一見到三毛便面有難色，大概是心想今次又要虧本了吧。畢竟三毛光是今年拿過的獎品已經足夠分給全班了，大癲[7]！」

「嘻～」

美國冒險樂園發燒友自豪地朝我們舉出「V」字手勢。

「對了，妳們記得爲什麼三毛叫三毛嗎？」

我忽然想起好像從不知道她綽號的起源。

「因爲她在和人相熟之前總是無口、無心、無表情啊，所以有人叫她『三無』。之後有次不記得是誰發訊息時打錯成『毛』字，於是便成了作家『三毛』。這就跟『吃好東西』少了個『東』字變成『吃好西』一樣，超級低能！」霞姨回答。

「原來如此。」

託大偵探的福，我終於解開了這個好奇已久的宇宙奧祕。

「啊，綠燈了。快點，時間無多了。」我督促著兩人加快腳步，「否則那隻餓鬼會殺了我們。」

2

我們需要從位於山腳的聖保祿書院下山走到德輔道西前往來記，用膳過後再徒步爬上斜坡回校，因此三毛總是將去來記吃午餐的行動稱爲「魔戒遠征隊」。

不過下山時倒很輕鬆，甚至有點爽，每走一步都像在玩一次笨豬跳[8]。

很快，我們三人便來到熱鬧繁華、駛過的電車不時響起「叮叮」聲的德輔道西，走向目標的雲吞麵店。西營盤在港鐵通車之後新式高樓林立，只有五層高的舊式唐樓和底下掛著樸素招牌的來記反而別有一番景致。

「阿怡，這是妳要的『行街』[9]。例牌大蓉加青扣底湯另上，油菜走油[10]。」

「謝謝老闆。」

「阿健、老林，我先去吃個飯了。」

---

7 大癲：香港流行用語，意指非常誇張。

8 笨豬跳：即台灣的「高空彈跳」（Bungee Jumping）。

9 行街：即台灣的「外帶」。

「收到！」

「收到！」

店內傳出交談聲。一名看起來很老實的女子提著裝有外賣盒的膠袋踏出店門，與方向相反的我們擦身而過。

「這位姐姐的外賣要求真是講究。」霞姨回頭盯著那名女子遠去的背影嘀咕道。

「我猜是幫男人買的，而且是對什麼都吹毛求疵的麻煩男人。」我說。

「我也這麼覺得。」三毛點頭，「她對這男人死心塌地，買過很多次相同的外賣，多到變成例牌。」

「小姐幾多位？」

一名樓面走出來開口詢問忙著講八卦的我們，他正是最近常常上報的來記少東家寧志健。大概因爲是年輕男生，他沒有像上了年紀的侍應那樣稱呼我們「靚女」或者「小妹妹」。

「四位。」

以防對方聽錯，霞姨豎起四隻手指示意。

「嗯……四位是吧。這邊請。」

寧志健一臉狐疑地將眼前三名女學生帶到一張四人桌。食桌旁邊的牆壁正懸掛著一副相框，裡面是當年報導黑澤武在來記工作的剪報。

「兩碗細蓉、一碗大蓉、一份蝦子撈。」

我一坐下來便趁著寧志健尚未走開，馬上按照先前三個星期叫慣的菜式去點餐。

「好的。」寧志健掏出手機，打開連接POS（Point of Sale）餐飲系統的應用程式，問道：「學生餐還送免費汽水，想喝什麼？」

「四罐Coke Zero。」我同樣做出習慣性的回答。

「不好意思，大蓉轉蝦子撈，飲品一罐轉原味可樂。」三毛忽然插話。

「沒問題。我從頭講一次：四個餐，分別是兩碗細蓉、兩份蝦子撈麵，飲品三罐Zero和一罐原味。」寧志健看著手機屏幕小心翼翼地說。

我望向三毛，用眼神委派這個中途更改點餐的人負責確認是否無誤。

「是的。」她點頭示意。

「好的，請稍等。」

---

10 例牌大蓉加青扣底湯另上，油菜走油：此句用詞皆爲香港慣用的餐飲業術語。「例牌」指的是照慣例；「大蓉」指的是大碗雲吞麵（小碗雲吞麵則叫「細蓉」）；「加青」指的是加蔥花；「扣底」指麵的份量要減少；「湯另上」指的是湯要與麵分開，用另一個碗來裝；「油菜走油」則指燙青菜時不要加食用油。

寧志健把手機放回口袋，轉身走向另一張桌子收拾客人用餐完畢的食具。

「三毛妳不叫大蓉眞的夠吃嗎？蝦子撈沒什麼肉啊。」霞姨一臉訝異地問。

我也同樣驚訝，出了名貪吃的三毛午餐居然主動要求減量。

「只想轉轉口味，今天沒什麼胃口，有可樂應該可以撐到放學。」

三毛別開視線隨口說道，看起來有些心不在焉。

「我先上個廁所。」

她站起身，朝廚房旁邊的洗手間入口走去。一般而言，女生都會想避免使用餐廳的洗手間。不過來記的洗手間有經過翻新，且衛生情況相當不錯，潔淨程度不輸新建商場的洗手間，因而博得不少女食客的好感。

「三毛該不會是那個來吧？特地叫原味可樂是想補充糖分？」我不禁低聲問道。

「不會啦，她上星期才來完，頂多是早上喝了加冰凍飲肚子不舒服。而且三毛上個月才『陽過』[11]，說不定身子還未調理好，仍有長期症狀。」

霞姨繼續發揮她那過剩的觀察力。

「比起這個。」她湊得更近，音量也壓得更低，並綻放出賊賊的笑意，「妳有見到他剛剛的表情嗎？他明顯發現不對勁了。」

「都已經第四次，還沒發現就未免太笨。」我說道，「妳猜他何時才會忍不住開口問我們？」

「說不定今天就會了。要賭嗎？」

「妳賭今次？那我賭下次。輸一方請贏一方吃麥旋風。」

「我要Oreo原味，新出的香芋麻糬味好難吃。」

「我也要。嚴禁走數[12]，否則皇天擊殺[13]。」

於是，在等三毛回來和麵來到的這段時間，我們兩人便私自勾小指定下這場賭局。

廚房傳出悅耳的敲擊聲。這源自來記一位煮麵師傅的個人習慣，最終成了整間麵店的普遍做法。師傅將麵餅放到撈杓下鍋、用筷子攪鬆麵條之後，會用筷子往撈杓敲兩下。不論食客還是樓面，聽到這聲響便知道很快會有麵端上桌。

一分鐘後，兩碟各附上一碗湯的蝦子撈麵和兩碗雲吞麵便一併出現。我動身將其中一份蝦子撈麵餐置於唯一空無一人的位子前方，並不忘加上一對筷子和一隻湯匙。

---

11 陽過：即新冠病毒檢測曾經呈陽性，現在已康復，發音與金庸武俠小說《神鵰俠侶》主角楊過相同。

12 走數：在粵語中指的是逃跑、違背承諾。

13 皇天擊殺：在香港有「等天來收」之意。

一切都準備就緒，早就餓到肚子快扁的我、霞姨和剛剛返回座位的三毛都迫不及待大快朵頤。

可是不消一會，我就停止繼續進食了。

一口氣吃光了麵，我在底部仍留有雲吞的湯裡面發現閃閃生光的異物，不禁眉頭一皺，舉筷鑽進湯中將它挾出來。

一只鑲著透明石頭的銀色戒指。

3

「爲什麼會出現在這裡？」

我不禁低聲驚呼。其餘兩人聞言隨即停下筷子抬起頭，一眼瞥見我筷子上的東西更不約而同地睜大眼。

「鱸魚……這是！」霞姨嘴巴張成一個圓洞。

「訂婚戒？」三毛低喃道。

「嗯……在我的麵裡出現。」

雖說出外吃飯意外被「加料」是人生必經的遭遇，可是會添上一只訂婚戒指簡直聞所未聞。這「加料」極度「有料到」。

「鱸魚！」霞姨抓住我的手，雙眼彷彿要發射出鐳射光一般閃亮，「這是一宗沒有落毒的毒殺案！」

「妳在胡說什麼？毒殺？我被毒殺了？」

「對，但妳沒死。妳之所以沒死，是因爲凶手落的不是毒，而是這只戒指，因此是沒有落毒的毒殺案。」

「那就不是毒殺案啦。」

我聽得一頭霧水。

「鱸魚，妳現在靜心下來，試試想像另一個多重宇宙。在這個宇宙中，我和妳跟三毛同樣在今日來到來記吃麵。與此同時，有個不知名的凶手就像我們這個宇宙一樣，偷偷地把東西混進妳的麵中。可是他不是加入一只戒指，而是出了名殺人於無形、無色無味的氰化鉀！他加入氰化鉀的量就跟這只戒指差不多，而那絕對是致死量！」霞姨閉上眼，做出有如祈禱的姿勢，「好了，鱸魚，妳現在可以慢慢張開眼。回答我，剛才發生在另一個宇宙的是不是謀殺案？」

「張開妳個頭，剛才有閉上眼的只有妳自己，我一直都張著。」我把筷子上的戒指安置在碗下面的底碟邊，「但我懂妳的意思了。總之無論一個人是在落毒，還是在藏戒指，其實都可能運用同一種手法幫雲吞麵『加料』對吧？」

「對對對！目的不同但犯案詭計相同，那事件的性質也是相同的。我有個很喜歡的YouTuber推理作家M，先前買過他的小說來讀，當中有一段我印象特別深刻：『「犯罪手法」是一道函數，「謀殺對象」是輸入值。重要的是函數本身，而不是輸入值。』[14]」

「所以我只不過是毫不重要的input？霞姨妳眞是傷透了我的心，嗚嗚嗚。」

霞姨是推理作家M的影片迷，更因此開始讀推理小說。在她的大力推介下，我也看過M一些奇案分析影片，確實頗具趣味性，很適合用來打發時間。不過，M好像自從兩年前發布一段關於封區大樓屍體發現案的影片後就下落不明，再也沒有新影片，甚至沒發表新書[15]。

「大偵探鍾婉霞，妳打算怎樣調查這宗毒殺案？」身爲事件的「死者」——我問道。說不定在她眼中，我現在只是一具「會說話的屍體」。

「先看看ＡＩ怎麼說。」

霞姨拿出手機，打開OpenAI的ChatGPT頁面輸入以下問題：

> 如果我在雲吞麵中發現一只訂婚戒指，有什麼可能的原因？

ChatGPT很快有回應，我們三人一起湊近手機仔細閱讀：

> 如果你在雲吞麵中發現了一只訂婚戒指，這很可能是一個意外事件。有幾種可能的原因：

一、雲吞麵製作過程中的意外：在雲吞麵的製作過程中，有可能不小心將戒指遺失在麵條或雲吞中，並且在後續的烹飪過程中被煮熟了。

二、餐廳或食品加工廠的管理問題：在餐廳或食品加工廠的管理上，有可能發生疏忽或不當操作，導致戒指被遺失在食物中。

三、惡作劇或惡意行爲：在一些情況下，人們可能會故意在食物中添加物品，如戒指或其他物品，以引起注意或製造麻煩。

如果你在食物中發現了不應該出現的物品，建議你停止食用該食物，將其保存，並與相關當局聯繫以進行進一步調查。

「雖然整體而言滿有道理……但爲什麼戒指會被煮熟？況且第三種可能的原因根本不是意外吧。ＡＩ想要統治人類還有很長的路要走呢。」

她莫名其妙地假定ＡＩ必然想統治人類，眞是危險的女人。

14 作者註：拙作〈古典力學的象徵謀殺〉曾出現完全相同的對白，但純屬巧合。筆者與推理作家M沒有任何交集。

15 作者註：詳見〈東方之珠謀殺案〉，收錄於《偵探冰室・疫》。

「雲吞麵製作過程或者食品加工過程是關鍵。」三毛一臉認眞地說，「戒指應該是在其中一個環節混進麵裡。」

「華生三毛所言甚是。」霞姨已經完全進入偵探解謎模式，「那我繼續追問ChatGPT關於雲吞麵製作過程和加工的細節。」

「三位不好意思……」

當霞姨正要向ChatGPT輸入新的問題，寧志健便走了過來。

「其實，不同雲吞麵店的製作方法都有差異，ＡＩ不可能準確回答。如果大家想詳細了解本店的製作過程，大可以直接開口問，我隨時都樂意講解。」

「呃……你全都聽到了？」

寧志健面露苦笑。

「剛剛聽到『加料』和『落毒案』之類的說話，身爲本店員工實在很難不在意。幸好沒有被家父聽到，他相當重視雲吞麵的質素。從前有古惑仔聲稱吃到我們的雲吞之後拉肚子，要求收取以賠償爲名義的保護費，隨後更不斷前來搗亂，打破店裡很多東西。於是往後每當有客人對本店的麵有類似的說法都會令他非常緊張。」

「啊哈哈哈……眞的很不好意思。」霞姨將臉埋進十指之中，恨不得找個地洞鑽進去，「救命啊我好想死……」

「眞的很抱歉，這笨蛋一牽扯到疑案謎團就會發瘋。」我鄭重地低下頭來。

「沒關係，其實我對於戒指如何出現在麵裡也相當好奇，說不定本店確實有工序不夠小心，所以也想協助妳們破解這個謎團。」

「眞的？」霞姨喜出望外地抬起頭來。

天啊，寧志健的脾性眞的超好，我們連續作弄他四星期簡直罪該萬死！

「不過在這之前有件事想拜託各位。」

寧志健望向我們的桌子。

「希望妳們先用完餐。麵條泡太久口感會變差，而來記絕不希望讓客人吃到難吃的雲呑麵。」

4

我們火速清空了一份蝦子撈麵和兩碗雲呑麵，再請寧志健將剩下的一份撈麵和附湯放入外賣盒之後，他便向我們提供一份詳盡的雲呑麵成分及製作順序清單：

一、碗：洗好後疊放在廚房，先拿最頂的一個來用。

二、韭黃：最早用小菜夾撒在碗底。

三、麻油：用茶匙加少量在碗底。

四、雲吞：餡料是鮮蝦和豬肉加上調味，再用雲吞皮包好。鮮蝦和豬肉在早上採購，雲吞皮則從第三街的老牌麵廠運送過來。調味製作一次能用很久，不夠用才會再製作。每天開店前會預先包好一定分量的雲吞放在廚房，用撈杓下鍋煮好之後倒入碗。

五、麵：麵廠會將捆成一份份的麵餅連同雲吞皮一同運送過來，送達後會在店內進行「走鹼」程序。早上會將一批已經「走鹼」的麵餅放在廚房，放上撈杓下鍋加熱、用筷子攪鬆之後倒入碗。

六、湯頭：用燒好的大地魚、蝦籽、豬骨等作湯底，在加入雲吞和麵之後用湯杓舀入碗。

七、蔥花：最後用小菜夾撒在麵的表面。

「至於雲吞和麵是一起下鍋還是分開下鍋則視乎訂單。現在負責煮麵的林師傅習慣將同款食品以批量去煮。妳們叫了兩碗細蓉和兩份蝦子撈麵，師傅會先煮八粒雲吞，再煮包括蝦子撈麵在內的四個麵餅。」寧志健補充道。

「非常感激！」取得極其重要的線索令霞姨興奮難當，「另外失禮請教一下，林師傅是否已成家立室？」

「林師傅——我們叫他老林，已經有十二年的美滿婚姻生活，因此我絕對相信戒指不會是來自於他。」

「明白，謝謝寧先生。」

「妳們要加油啊。」

寧志健說完後便開始去忙其他樓面工作。

「霞姨，餘下時間不多。」三毛說，「回校至少要七分鐘，而我們更要提早十五分鐘到班房。現在是十二點五十五分，最長只能再逗留十三分鐘。」

「所以如果在十三分鐘內無法找出眞相也必須起行對吧？好，我就接下這個『限時推理』的挑戰！好緊張啊～」

她做好熱身動作，旋即展開案情分析。

「首先，落入麵中的是一只訂婚戒指。來記麵家的煮麵師傅和樓面都是男人，而此戒指的大小很難讓男性戴上，因此可以剔除有人在製麵過程中不小心從手上脫落、混入食物中的可能性。」

我和三毛點頭表示同意。

「接下來，在麵裡放入訂婚戒指的行爲有兩種：蓄意和非蓄意。前者除了用什麼方法把戒指混入雲吞麵，即howdunit，還要找出爲什麼這樣做的動機，即是whydunit；後者則純粹是意外，只需要處理howdunit。」

霞姨小心翼翼地拿起戒指仔細端詳。

「我比較傾向是非蓄意，如此貴重的東西實在很難想像有人會隨意丟棄在食物裡，除非是求婚失敗、心被傷透的一時衝動。」

「可是霞姨，這戒指沒有很貴重啊。」我說。

「不貴重？爲什麼？」

「我早就覺得這款戒指好像在哪裡見過，在網上查找一下就發現果眞如此。」

我掏出手機打開英國購物網站ＡＳＤＡ的商品頁面，舉至兩人的鼻子底下。

「這個之前中文傳媒也有報導。」

兩人先瞇起眼觀看手機上的內容，接著幾乎同時睜大眼睛。

「……只賣一英磅!?即是大約……大約……大約港幣十元!?好便宜！」

「據說因爲烏克蘭戰爭和疫情……等等各種因素，詳細我既不清楚也不大記得了，總之英國近年經濟陷入不景氣同時物價騰貴，於是有人想到推出平價訂婚戒指供想要求婚的男性使用。因爲去年很受歡迎，今年情人節再次推出了四萬只。」

「所以鑲在上面的不是天然鑽石？」三毛顯得有些失望。

「當然不是。」

「鱸魚……」霞姨伸手搭住我的肩膀，「立下大功了！妳的發現令案情徹底翻案！」

我抬臂拂開她的手。

「那就別浪費時間，快點解開眞相吧。大偵探，我們只剩下十分鐘左右。」

「也是呢。」

霞姨清了清喉嚨，隨手把戒指丟在桌面上。自從知道眼前的只是便宜貨，她對待戒指的方式和剛才簡直判若兩人，眞是個見風轉舵的傢伙，明明平價戒指也可能是一番心意啊。

「多虧鱸魚的發現，現在蓄意和非蓄意兩者的機率變得差不多。區區用十元買回來的戒指大部分人都懶得細心看管，一不小心便會遺失；用它來求婚亦有可能會觸怒女方，無論求婚方還是被求婚方都大有可能隨手將其丟棄。單從犯案動機作為切入點暫時已行不通，我們先回去審視寧先生提供的成分清單，用消去法將不可能混入戒指的環節剔除。」

霞姨在手機打開儲存了清單的備忘錄程式。

「既然煮麵的林師傅本人沒有嫌疑，那凶手還得跨越一道巨大障礙，就是必須在不被林師傅發現的情況下將戒指混入麵中。如此一來，最早的空碗、以及最先加在碗底的韭黃和麻油都可以剔除，這三個階段都太容易被林師傅發現碗內有異物。」

霞姨在清單的前三項（碗、韭黃和麻油）都加上「不可能」的備註。

「接下來是雲吞。有兩種可能性：戒指混入雲吞堆中被一起下鍋，再一同倒入碗，或者是在煮好的雲吞被倒入碗之後，凶手才把戒指放入碗。第一種我覺得不大可能，林師傅在下鍋期間會仔細觀察撈杓上的雲吞，如果戒指在裡面一定會被發現。至於第二種可能性目前難以判斷，當碗中已經有雲吞，很難說林師傅能否看出裡面尚有混入別的東西，暫時假定有可能。」

霞姨在第四項（雲吞）後面加上「事後有可能」。

「麵的情況和雲吞類似，如果戒指藏在麵餅中，林師傅在下鍋時攪鬆麵條後便會發現，但當麵倒入碗之後，麵條之間有大量空隙可以藏戒指而不被發現。所以加入麵之後戒指才出現的可能性是存在的。」

霞姨在第五項（麵）後面加上「事後有可能」。

「湯亦同樣，戒指材質是金屬，密度很高，掉落到湯鍋中會沉底，即使眞的被湯杓撈起也很容易被發現。不過已加湯的雲吞麵更難發現有異物，蔥花的情況也同理。」

霞姨在第六和第七項（湯頭和蔥花）後面加上「事後有可能」。

「目前結論：雲吞、麵、湯頭和蔥花都是『事後有可能』加入戒指的環節。」中學生偵探猛然抬頭，「呀……差點忘了個重要問題。鱸魚，妳還記得當初是在什麼位置發現戒指嗎？」

「是在雲吞上面。」

「即是麵的底下、雲吞上面。非常好，跟我剛剛的結論一致。」霞姨滿意地點頭，「來記採用『金魚尾雲吞』，每粒雲吞的面積都很大，四粒雲吞堆起來幾乎完全掩蓋碗底。當戒指被放入麵中，即使穿過麵條仍有很大機會停留在雲吞堆上。換句話說，戒指只可能是在雲吞、麵、湯頭和蔥花四個環節之一出現。」

「霞姨。」

三毛還是老樣子，開口總是突如其來，這次她還壓低了聲線。

「最有可能是凶手的人就是在麵煮好後，負責上菜的樓面寧志健。他有完美的時機可以神不知鬼不覺地將戒指放入麵裡。」

5

「三毛，這不合理。」我馬上反駁，「假設寧先生是凶手，他不可能協助我們，那份清單怎麼看都不像僞造；加上他沒必要特地幫林師傅洗清嫌疑，直接嫁禍給林師傅不是更好嗎？」

即使我覺得自己講得很有道理，三毛仍是不罷休：

「也許他正跟我們玩一個小遊戲，看看我們能否發現他本人就是始作俑者，因此沒必要嫁禍於他人，令我們繞一點遠路再發現眞相才是用意所在。」

「先當眞的是這樣，這小遊戲的最終目的是什麼？」

「向鱸魚示愛。」

「——」

「——」

現場氣氛瞬間凍結了。

「No No No，怎可能！把訂婚戒指放入香檳杯也算了，放入雲吞麵肯定是腦子有問題！寧先生是心智正常的人，他絕不可能這樣做。」

拜託這千萬不要是正確答案，我會被殺的！

「噗……！」霞姨用力掩住嘴巴，肩膀上下抖動。

「不准笑！」

我一拳打向霞姨腹部，但她還是沒止住那令人不爽的笑聲。

「妳……打我也沒用，我早就……笑到肚痛了。哈哈哈哈！三毛的語出驚人果然不會令人失望！啊……不行，我要死了……好辛苦……」

「那快點去死！死八婆！」

霞姨不斷深呼吸，總算平復下來。

「確實如三毛所說，在整間來記裡面，寧先生是最有條件犯案。不過，三毛提出的動機就完全說不通了。」她一邊按著胸口一邊說，「妳們試回想一下，當寧先生把四個麵餐拿過來的時候，是誰分派它們的？」

我努力回想當時的畫面。

「……好像是我。」

「正確，是鱸魚自己。而雲呑麵有兩碗，一碗我的一碗鱸魚的，寧先生不會知道藏著戒指的麵最終是誰拿到。所以寧先生把戒指放進麵裡的目的是爲了向鱸魚傳達愛意的假說並不成立，除非他是個對任何女生都想去示愛、因而完全不在乎戒指給了哪個女生的渣男。如果是毒殺案，這就等同隨機殺人了。」

這大概是我人生第一次覺得霞姨的偵探解謎狂熱有派上用場。

好險，我差點就被殺了。一想起那頭坐在我後面的惡魔，體溫就頓時下降了好幾度。好可怕！

「不過三毛的推理很有啓發性。我一直都只顧著研究戒指是怎麼混進麵裡，而忽略了最終誰會拿到那碗的問題。嗯……」

「……原來是這樣。」

霞姨上半身往後一靠，抬頭凝視著麵店的天花板發呆。

她不知道在模仿哪部作品的名偵探般揚起嘴角，展露出已經知悉一切的笑容。

「有想法就快說，別再裝模作樣。」我打開手機屏幕瞥了一眼時間，「妳還有七分鐘。」

「好啦，我不賣關子了。」

她不滿地咕嘟道，重新正襟危坐。

「將戒指混入雲吞麵的凶手……就是妳——三毛陳綺靜！」

6

「是我沒錯。」

三毛很乾脆就承認了。

「怎麼一下子就認罪!?」

霞姨顯得相當掃興。

「好歹也反駁一下啦！像是『妳憑什麼這樣想』、『不要毫無根據地誣捏我』之類！」

「畢竟我們沒時間。」

「……眞是正當到讓人生氣的理由。哼，不好玩！」

霞姨有如洩了氣的皮球般癱軟在桌上。

「好啦好啦。」我試著安撫她，「反正還有六分鐘，就說說妳怎麼發現三毛是凶手。」

「唉，好吧。」她頂著一張毫無幹勁的臉重新坐好，「剛才提到，兩碗雲吞麵來到之後分發麵的人是鱸魚妳，因此凶手事前不會知道『加料』的麵將會是誰拿到。可是如果反過來呢？凶手也許對最終誰拿到戒指其實根本不在乎，只需要確保自己絕對不會拿到就可以了。」

「只想自己不會拿到……所以三毛才改要蝦子撈麵而不要大蓉？」

「對，只要自己不是叫雲吞麵，那她就絕對不怕吃到有戒指的麵了。」

「可是光靠這點來斷定三毛是凶手未免太薄弱。何況她怎麼將戒指混入麵裡？寧先生把四個麵餐送來這裡之前她就已經從洗手間回來，完全沒行凶機會吧。」

三毛正想開口，霞姨隨即舉手制止了她。

「三毛求求妳先安靜，不要直接講出答案。拜託不要再破壞我的興致！」她一臉哀求，「先聽聽我的推理好不好？Please！」

「……好。」

於是準備自白的凶手乖乖閉嘴。

「這麼說來，妳剛剛才叫三毛作華生，凶手是助手算不算犯規？」

「鱸魚，這種時候就別吐槽，時間無多了。」霞姨沒好氣地說，「言歸正傳，三毛正是在去洗手間的時候犯案。」

「可是根據妳的整理，戒指只能是加雲吞、加麵、加湯或撒蔥花這四個環節之後，或者在最後上菜期間混入麵中。三毛總不可能大剌剌走入廚房把戒指丟進碗內，這會被林師傅發現。而當寧先生送麵過來時爲免有麵湯淌出來，必定從頭到尾都緊盯著麵不放，同樣沒有可以加入戒指的時機。」

對此，霞姨露出別有深意的微笑。

「鱸魚，妳還記得三毛的稱號嗎？」

「不就是三毛？陳綺靜才是眞名吧。」

「是St. Paul第一擲硬幣高手啦！她是離遠用丟的！」

「只有妳一人叫過一次的算不上稱號吧……啊，原來如此，洗手間就在廚房入口旁邊，以三毛的瞄準能力確實是有可能從那裡瞄準麵碗並完美地丟進去，而且過程需時不到四秒。」我雙手抱胸，「最後一個問題：三毛如何確保她丟出戒指的時候，碗中已經有雲吞甚至有麵，即已經是林師傅難以發現內有異物的狀態？」

「妳認得這聲音嗎？」

霞姨用筷子敲了空空如也的麵碗兩下。

「……這是來記的標誌！當煮麵師傅即將煮好麵條，他們都會用筷子敲撈杓兩下，作爲麵快好了的信號！」[16]

「正確。當林師傅用筷子敲擊撈杓，待在洗手間裡的三毛便知道要展開行動，馬上打開門，瞄準其中一碗麵把戒指拋出去，讓戒指成功落入麵裡，最後若無其事地返回座位。」

霞姨望向默默地聆聽的三毛。

「來，凶手請評分！」

啪啪啪啪——三毛就像某國元首的meme圖一樣面無表情地拍著手，完全達不到任何褒獎效果。

「完全正確。」

「三毛，妳剛才主張寧先生是凶手，目的是擾亂調查方向？」我問。

「對。」

「那又爲什麼承認得那麼乾脆？」

「因爲沒時間了。」

「……妳簡直是史上最快認輸的凶手。」我按住臉說，「爲什麼要把戒指丟進雲吞麵裡？」

「鱸魚等等。三毛，戒指是妳自己的嗎？還是從哪裡得到的？」

「鞋裡的異物。」三毛老實回答，「就在剛落堂準備出外吃午飯時，我感覺到鞋

16 作者註：這並非新增的設定，詳見《人形軟體》。

子裡有硬物，拿出來便發現是這只戒指。不過鱸魚妳放心，戒指拋入麵裡之前有在洗手間加梘液[17]清洗過。」

「眞是謝謝妳的貼心……」

「那爲什麼要丟進雲吞麵裡？」霞姨托著腮問道。

「我純粹是收到訊息指示要這樣做，要我隱瞞自己是凶手也同樣是來自那個人的指示。」

「啊……那個人啊。」我慨歎道。

「嗯……果然是那個人呢。」霞姨同樣慨歎道。

唯有是來自那個人的指示，三毛才會無論內容多麼古靈精怪都會乖乖照辦。

「或許也是她把戒指塞進我的鞋裡，但我不肯定。」

「三毛，這就不對了。」

霞姨目光忽然變得銳利，還轉向了我。

「將戒指放入妳鞋中的人是鱸魚。」

7

看來我眞的低估了鍾婉霞，她居然這麼快就發現。

「爲什麼這樣說？」

然而身爲凶手，循例也得詢問偵探自己是哪裡露出破綻。

「我早就知道。只是我一直不肯定妳是不是自己把戒指放入麵中假扮受害者，所以才靜觀其變。既然已經知道『落毒者』是三毛，那始作俑者肯定是妳了。」

「妳如何判斷戒指來自我？」

「當我們在討論誰會捨得丟棄如此貴重的物品時，妳馬上指出它只是賣一英磅的平價戒指。一般來說，誰能一下子辨認出戒指的款式？它既沒有裝在標示著牌子的戒指盒內，而石頭雖然有分美醜，但其眞僞不用放大鏡仔細檢查是無法清楚確定的。唯一可能性就是妳打從一開始就知道它從哪裡來。」

「也可能我剛好不久之前讀到附有戒指圖片的相關報導，所以很快就認出來了。」

「鱸魚妳平常根本不讀新聞，只會叫Siri讀出來，這樣是不會看到任何圖片。」霞姨反駁，「第二個奇怪的地方，是當知道三毛就是凶手之後，妳第一時間不是想知道

17 梘液：「梘」是台灣的「肥皂」，故梘液即爲台灣的「肥皂液」、「洗手液」。

戒指從哪裡來，而是直接問她為什麼把它丟進雲吞麵，彷彿妳已經知道它的來歷，只想知道三毛為何這樣對待自己送出的東西。」

「這比第一個理據還薄弱呢。」

「的確，可是還有第三個。」相比起剛才指控三毛為「落毒者」，霞姨如今倒顯得很平靜，「還記得最初發現麵裡有戒指時，妳第一個反應是什麼嗎？」

「是很驚訝。」

「的確是驚訝，但妳還說了一句話：『為什麼會出現在這裡』。妳吃驚的不是有戒指冒出來，而是戒指居然從妳眼前的麵中重新冒出來。基於這三個奇怪之處，我很早就認定戒指來自於妳。」

哎呀，這下無從反駁呢。

「鱸魚，霞姨說的都是真的？」三毛天真無邪地問道。

「看來繼續裝傻也沒意思了。」我攤開雙手，「對，戒指是我買的，我拜託移民英國的哥哥透過ＡＳＤＡ的網站買下來再寄給我。」

「妳這未成年少女買訂婚戒指回來幹什麼？辦一人婚禮嗎？」

「誰規定一定只能用作訂婚戒指？當成閨密戒指不行嗎？」

我亮出右手，小指上面戴著和桌上那只一模一樣的戒指。

「這是給我的閨密戒指……」

三毛用雙手將桌上的戒指收到懷裡，有如寶物一般呵護著它。

「爲什麼明明是要送出的閨密戒指，最終卻把它丟進鞋裡吸收人家的腳臭味？」

霞姨瞇起眼瞪著我。

「呃……我今早上堂時就在思考應該用什麼方式送出去，總覺得太普通的方式一點也不好玩，聖誕老人不也是會將禮物偷偷放入襪子裡嗎？然後想到之前在冒險樂園玩擲彩虹，想順便練習投擲的瞄準能力所以……好痛！」

霞姨一記手刀砍中我的頭頂。

「我那時就說妳是凶手！而妳還要裝傻，說什麼自己才沒那麼無聊，原來妳眞的超無聊好不好！剛才也是，既然戒指原本是從妳而來、又知道它是屬於三毛的，那只要老實講出來就好，現在害我浪費了那麼多時間！」

「……我是因爲不肯定戒指是不是三毛的才靜觀其變！而且霞姨妳也沒資格說我！」

我按住隱隱作痛的頭頂吼回去。

「妳知道戒指從我而來又不直講，而三毛是把戒指丟進麵中的凶手但她又不講。這裡所有人，都各自擁有一塊只要加起來就能重組出完整眞相的拼圖，卻沒有人願意坦誠相對，令原本只要二十秒就能破解的謎團花了差不多十分鐘！這裡沒有一個人是無辜的！」

「……嗯，這也是啦。」

霞姨的態度軟化下來。

「何況我終於能享受到破解眞實『毒殺案』的樂趣。不過呢……」

她整個人傾前湊近了過來，露出燦爛的笑容。

「盧樂兒小朋友，快從實招來。妳有送閨密戒指給三毛，但爲什麼·沒·有·我·的·份·呢？難道……我不是妳的好姐妹嗎？嗯？」

據說黑猩猩生氣的時候是會笑，而這女人亦正笑著。

「妳冷靜點，我有送啊。就跟三毛一樣，我瞄準妳的鞋子丟進去了。」

「咦？」

眼前的女人僵住了。

「霞姨，妳不是說有清走鞋內的小石子嗎？難道妳沒仔細看清楚它是什麼便隨手丟走了？」三毛一臉純眞地問。

「——」

「——」

「——」

面色慘白的霞姨默默站起身，一刹那間便從我們眼前消失。她筆直地衝出麵店，試圖回校尋找那只不確定是否還在的閨密戒指。

剛才的速度大概能創下學校的百米飛人紀錄了。

8

「妳先走。我去埋單和拿外賣。」

「謝謝。那我去幫霞姨的忙了。」三毛正想離去，接著像是想起什麼似地回過頭來，「鱸魚，謝謝妳這個，我好高興。」

她手心中捧著剛沖洗完並用紙巾包住的戒指，露出淡淡的笑容。

「小意思，記得在學校不要戴，出去玩的時候才戴啊。」

「嗯。」

她以小跑走出麵店，欲追上早已不見蹤影的中學生偵探。

我提起外賣膠袋，起身往收銀處走去。寧志健見狀便走過來，操作連接電子支付系統和收銀機的平板電腦開始結帳。

「剛才很吵眞的不好意思。」

「不會，知道不是我們的煮麵過程出問題我就放心了。」他說，然後向前傾並壓低嗓音，「其實我有件事想請教。」

噢，要來的終於要來。可惡，我要輸給霞姨一杯麥旋風了。

「妳們過去四星期都有光顧本店，總是聲稱四位卻一直以來都只有三人。妳們每次都一定多叫一個蝦子撈麵餐，還很正式地將它安置在唯一的空位並放上筷子和湯匙，離去時又總會將這個麵打包帶走。恕我直言，這實在很像……拜神用的食品或台灣的拜飯？可是拜飯通常不用麵類。總之，我實在很好奇。」

「那你有沒有想過，引起你注意正是目的所在呢？」

一名身穿和我同款校服的高眺女生突然現身。

「天姐……妳怎麼在？」

我沒想過她會驟然登場。畢竟，她——劉曉彤（天姐），正是過去四星期的星期四都在扮演「幽靈」、故意不在場的「第四位客人」。

「妳們的『麵中戒指』鬧劇多麼精彩，我當然不能夠缺席囉。」她一副對一切都知悉明瞭的樣子。

「……妳果然全看見了。我把戒指丟進兩人鞋中的行徑，坐在最後排的妳自然會看得一清二楚。用WhatsApp訊息指示三毛將戒指拋入雲吞麵再擾亂調查的人就是妳對吧？」

「是我沒錯。結果就如我所料，它成功挑起了鍾婉霞的偵探癮，令事件一發不可收拾。」

這是建基於我的惡作劇之上的第二重惡作劇，簡直是「螳螂捕蟬，黃雀在後」的完美寫照。

起初還以爲是因果報應，我因爲一時貪玩把戒指丟入好姐妹的鞋中，結果戒指有如回力鏢一般重新出現在自己的雲吞麵中。而原來，這一切背後是另有操縱者。

「我見到鍾婉霞跑走了，她是想尋回自己的閨密戒指吧？」

「對，她清走鞋裡的戒指時沒看清楚就順手丟掉了，沒想到大偵探也有鬆懈的時候。」

「眞的是鬆懈？抑或其實是被耍了？」

「……等等，天姐妳又做了什麼？」

她故作神祕似地笑了笑。每當這人露出類似的表情，往往就有什麼恐怖黑幕即將要公諸於世。

「這是妳送我的戒指。」

她拿出一只，接著再拿出多一只。

「這是妳丟進鍾婉霞鞋中的戒指，我走出去交簿時順便和課室角落的一顆小石子掉了包。」

「……所以霞姨當時丟走的眞的是小石子，那現在她不就無論怎樣揮灑汗水都只能找到空氣？」

「當是做帶氧運動不好嗎？」

好可怕！這女人好．可．怕！如果三毛是St. Paul第一擲硬幣高手，那她便是St. Paul第一腹黑女，就連尙算精明的霞姨都總是被她耍得團團轉。我們全班都相信她肯定像《新福爾摩斯》的主角那樣屬於高功能反社會人格者；有人私底下更懷疑她根本不是中學生，而是盜用身分混入聖保祿書院的高智能罪犯。

「樂兒謝謝妳，外賣我可以自己拿。」

「啊……好的。」

我乖乖地將蝦子撈麵交了出去，再挪動身子自動自覺退到一邊。

天姐接過外賣，重新轉向面露困惑的男生。雖然仍是中學生（？），但天姐幾乎和大學生寧志健一樣高，還具備隨時都能成爲模特兒的完美體態。

「寧志健先生你好，我是劉曉彤，朋友都叫我天姐，因爲我網名有個『天』字。劉曉彤是我的中文名，我母親是日本人，在日本的時候我會改用日本名。」

「有個『天』字的網名……難不成妳是……」

「我們從前在網路世界見過面，你當時救了我一命，所以我早就想在現實認識你了。可是過於平凡普通的邂逅對我來講太沒趣，於是找了朋友去設計這個『拜神麵』怪事件。每當你在大學沒有課的星期四回到麵店做樓面幫忙時，她們三人便會來叫四個餐，還故意在空位擺放好餐具，使你很想知道消失的『第四人』究竟是誰。」

「這……確實成功令我留下很深刻的印象。」

寧志健有些無奈地笑道。雖然沒有明講出來，但他現在心裡大概在想「這女生的思想眞奇特」吧。我深有同感，從剛相識到現在，我仍常常搞不懂她腦袋裡究竟在想什麼，其變幻莫測的怪異行爲彷彿接收了來自外星人的電波。

不過有一點是明眼人都能看出來的。

她對寧志健有好感。也許是曾經的救命之恩令情愫的萌芽破土而出，只是天姐從未提及當時發生什麼事，也沒人夠膽問，大家只能用猜的。

霞姨曾經胡亂猜測（她堅持自己在推理，但其實毫無根據）兩人同爲網路駭客，曾經在網路空間一起搶劫銀行時被黑吃黑，而寧志健拯救了她。不過我傾向認爲所謂的「救了一命」是指在線上遊戲譬如《最終幻想 XIV》或《人形軟體》組隊打任務時，寧志健在她的遊戲角色差點被殺時「救」了她。現在這個時代，會喜歡上素未謀面的打機隊友也沒什麼好稀奇的。

「今後請多多指教。」

儘管天姐看起來泰然自若，但作爲熟人，我看得出她其實有點緊張。沒想到有機會見到她這樣的一面，眞可愛。

「也請妳多多指教。」

兩人如今終於在現實世界相識了。

「啊，對了，抱歉要打擾兩位。」

我忽然想起一件相當、無比、極度超級重要、關乎我個人幸福的事。

「天姐、寧先生，可否幫我一個忙？我跟朋友打了賭，去猜寧先生你何時才會開口問關於『拜神麵』的事。我賭下星期，而朋友賭今天。雖然你剛才已經問了，可是現在那朋友不在場，她還不知道自己贏了。寧先生，你可否暫時繼續假裝不知道，直到下星期四再問一次？如此我就能贏她一杯麥旋風了，拜託！」

「我要妳的半杯麥旋風作爲掩口費。」天姐不愧是天姐，二話不說便開價。

「成交！」

「嗯……這樣也挺好玩的，好吧。」寧志健想了想，也答應了。

「感謝兩位！」

於是，我們三人組成了欺騙偵探的共犯集團。

〈雲吞麵有料到〉完

以形補形
夜透紫
POLICE CORDON
DO NOT CROSS
POLICE CORDON
DO NOT CROSS

曾少忠一看見我，先是瞪大雙眼然後頭痛地按著太陽穴。

「又是妳又是妳，不用說了這就是妳做的！對了，也只有妳這種心理變態才會做得出這種事——」

「好久不見曾督察，我不知道你在說什麼啊？你妄想症又發作了嗎？」我微笑回應。

在我身邊的梁女士好奇地看著我們對話，然後一名軍裝警察走近，曾少忠不耐煩地揮手打發他走。

「不用，這裡我來處理。」他深呼吸一口氣，用凶狠的眼神瞪著我們，主要是對我，「妳們在這裡做什麼？」

「Rachel，這人是警察嗎？怎麼了？」

「哎，曾督察，你又嚇到我的客戶了。」我嘆息，指了指放在龍眼樹下的罐頭和餅乾，「正如你所見，我們只是在拜祭。」

「拜祭？新聞都未報導，妳們怎麼這麼快知道死了人？」

梁女士大吃一驚，連忙搶著回答：「死人？什麼死人？我們在拜祭流浪狗而已！」

曾少忠一愣，這才看到祭品是寵物食糧，這人觀察力也太差了吧。

「咳，我試試妳們而已。快說清楚是什麼事，爲何要拜流浪狗？」

觀察力差而且還不承認。

「梁女士很有愛心，她每天都會定時餵食附近的流浪貓狗。」我怕客戶緊張說得不清楚，便主動說明，「但早陣子有流浪貓狗失蹤，她擔心到失眠，所以在朋友介紹下找上我。早兩天，她發現了其中一隻狗狗的屍體，似乎是被惡意傷害致死的。她十分難過，所以我陪她來拜祭。」

「傷害致死？」他意味深長地自言自語，「說多一點，那狗屍有什麼異狀嗎？」

「所以，死者也是身體受到明顯外傷致死的嗎？沒有疑犯嗎？」

「疑犯是有一個但她有不在場證……幹！妳不要趁機套我話！」

「阿Sir，到底是誰家死了人？」梁女士擔心地追問，她是位快五十的單身女性，已經在這裡住了十多年。聽到鄰居出事，當然緊張。

附近的窄巷又傳來警察走動的聲音，曾少忠大概自知消息在這種地方很快就會走漏，只好無奈地回答：「狗尾路四十四號的男屋主遇害，我們正在調查。所以妳們最好合作一點！」

「什麼？鄧先生被殺了？」

「天啊，這不就是說犯人可能還在附近嗎？那我們會不會也有危險啊……」

我誇張地驚呼，梁女士馬上變了臉色，立即吵嚷著追問曾少忠詳情，不管曾少忠要她先說狗屍的事，還說他不說自己也不說。曾少忠怕了她，只好自暴自棄地說：

「目前看來可能有特別的行凶動機，所以其他居民無須太擔心。我們已經鎖定一個疑犯……」

「女友？太太？子女？」說是疑犯就不是現行犯了。警察會在沒什麼線索的狀況下懷疑的通常都是同住家人親友。

「鄧太太？不可能，她不可能，你們一定是搞錯了。」

梁女士立即猜是妻子，就是說死者確實已婚。我猜可能沒有子女或子女年紀太小。

「警方會調查！總之快交代妳們說的流浪貓狗，提供多些線索給我們早日破案，你們居民也早點安心吧！」

曾少忠總算學聰明了點，這句話果然安撫到梁女士，她終於配合說明。

「我於心不忍，發現小黑當晚，就把小黑葬在這裡了。」她指了指樹下一個明顯翻過泥土的地方，「太殘忍了，誰做得出那種事，真變態，那種人要墮落畜牲道的！」

梁女士帶著我們走往她發現狗屍的地點。這裡全是依山腳而建、一至三層高的獨立村屋，由於蓋得雜亂無章，很多彎彎曲曲的小路和窄巷。沒居民帶路的話肯定馬上就會迷路，Google Maps也未必有用。

「就是這裡，在草叢前面。」梁女士指了指，「小黑好可憐，雖然塊頭大但很乖很乖，有時還會被其他村狗欺負，誰這麼狠毒居然下手……」

「妳怎麼確定牠是被人殺死呢？不會是被其他動物攻擊嗎？」難得曾少忠提出了有意義的問題。梁女士氣憤地說：「當然是人為！如果是動物打架，身上一定有很多傷口，爪傷咬傷。小黑身上只有舊傷痕，那裡——肯定是人做的！用刀！」

「刀？那裡即是哪裡？」

梁女士有點羞於啓齒，我代她回答：「她在替小狗安葬前為小狗淨身，洗去血跡後發現，小狗的生殖器被割掉了，傷口很整齊，像用利器切割。」

曾少忠的表情出賣了他，這男人裝沒反應的演技差到慘不忍睹。

「妳說還有其他貓狗失蹤，是從什麼時候開始？有多少隻？」

「花花是一個月前不見的，牠是隻玳瑁貓，年紀有點大了，我以為牠生病在哪裡躲起來。幾天之後阿財也不見了，牠是隻跛腳小黃狗，我還上山去找過……再過了兩週，丸仔也不見了，牠是隻新來沒多久的雜種狼狗，然後一個星期前，小黑也不見了，沒想到……」梁女士傷心欲哭，「一想到牠們可能都跟小黑一樣慘遭毒手，我就心如刀割。」

「這裡有那麼多流浪貓狗啊？」

「這幾年附近一直在收地興建新樓，很多地盤狗在地盤完工後就被拋棄了，那些流浪狗最後都跑到我們這裡來。」

曾少忠環顧四周，問道：「這邊是不是比村頭還要僻靜？平時有人路過嗎？」

「這樣說，我們這裡大概以狗尾路爲界分成村頭村尾，狗尾路在中間。村頭你也看見了，最外面有幾幢新建的西式別墅，士多[1]也在那邊，村頭一帶治安比較好。村尾這邊空置的破舊村屋比較多，不然就是些因便宜租金短期租住的人，有時就有些比較可疑的人出入……」梁女士隱晦地說，「總之，住在村頭的人都不准小孩跑來這邊玩。不過，如果要走捷徑往返火車站還是會有人穿過村尾這邊，因爲眞的快很多。但我是絕對不會在晚上走這邊捷徑的。」

趁著曾少忠向梁女士問話，我就在附近四處看看，最後停在一道鐵絲網的門前。某件東西看來很礙眼，我俯身細看。曾少忠總算注意到我的舉動。

「妳到底在做什麼？這裡沒妳的事妳其實可以先回去！」

我回過頭來，說：「梁女士是位奉公守法的好市民，而且她是位獨身女子。」

「所以？」

「意思是她就算敢上山去找流浪貓狗，也不敢擅闖空屋去找牠們。可能近在眼前

1 士多：即台灣的「商店」（store）。

也沒能發現。」

「妳是說失蹤貓狗只是躲到空屋去了?」

「貓狗不會換鎖吧?」我瞄向掛鎖。

曾少忠立即跑過來。我面前的兩層高老房子,怎麼看都空置很多年了,包圍空屋外面空地的圍欄,是比人高的鐵絲網,早就長滿爬藤植物。但是圍欄門框上的植物顯然被扯斷過。而且,圍欄門是用鎖鏈和掛鎖鎖上的,但掛鎖怎麼看都太新了。鎖上的黑紅色看來不像鐵鏽,搞不好是血跡。

趁著曾少忠召喚同僚來處理,我先把梁女士送回家,我有預感接下來的東西如果她看到只會失眠更久。等我安撫了她再返回現場,警察才剛剛剪斷了那個鎖。這麼小心大概是怕破壞證據吧。

「妳又回來幹嘛?」曾少忠試圖把我趕走。

「梁女士請我把結果告訴她。說實話,如果真的找到,她很擔心你們會帶走動物的屍體然後不知怎麼處置,她想安葬牠們。」

「現在誰管——」

「曾Sir!有發現!」

警察們已經進入了破房子內,曾少忠也跟著跑進去。

一股異樣的臭味撲面傳來,來源顯而易見。空置的房子一角,有動物的屍體——

或者說是殘骸，其中兩隻已經殘缺不全恐怕被老鼠之類的動物分食過了，而且一直有蒼蠅飛來飛去。

奇妙的東西在房子另一角。

地板上有個卡式石油氣爐，就是吃火鍋會用的那種，爐上有個沒有蓋子的瓦煲，煲裡似乎還有什麼殘渣，但都發黑看不清楚了。地上散落一些即用即棄的木筷子，數一數有十枝，即是五對。

角落還有空酒瓶，是超市常見的紹興酒。

「幹，是吃狗肉嗎？」有警察忍不住罵。

「呵，犯人可能還要更加挑吃。」我沉吟道。

「妳怎麼還在？不准進來！這裡是調查現場！」曾少忠擋住我。

「哎，不就是虐待動物的案件現場而已？警察什麼時候對虐待動物案這麼上心了？還是說……」我湊近曾少忠耳邊，低聲說，「那位鄧先生的屍體也跟這些動物一樣，某個重要的器官不見了？」

□

屍體是在狗尾路附近被發現的。發現者正是死者的妻子鄧傅佳美。

死者鄧越堅是一間茶餐廳的員工，事發當日，他下班後跟同事再喝了點酒，才趕在晚上港鐵的尾班車回家，所以離開港鐵站的時間大約是零時三十分。從港鐵站沿大路步行回家的話，大約要十五至二十分鐘。不過正如那位梁女士所說，走捷徑穿過村尾的話，只需十分鐘左右就可以。話說回來，雖然文件要寫港鐵站，但曾少忠也跟證人一樣，還是習慣了把東鐵沿線叫作火車站。

死者鄧越堅長得不高，但身材壯胖，大概覺得自己一個大男人不怕走夜路，所以沒有走大路，而是省時間穿過幽靜的捷徑。

翌日早上，死者的妻子鄧傅佳美發現丈夫徹夜未歸，打手機也找不到人，便外出去找他。結果卻發現了丈夫的屍體，大驚之下報警。

發現屍體的地點，是在那條捷徑的附近、兩幢空屋之間的陰暗窄巷內，距離鄧家沒有很遠。曾少忠問了居民，如果是平日，早上可能會有一些上班的人使用捷徑，但發現屍體當日是週日，很少人會在早上經過那裡。

初步驗屍報告顯示死者應該是在週六晚上回家途中遇害身亡。犯人在那裡埋伏，從後偷襲，殺害了死者。死者臉上有殘留的哥羅芳[2]氣味，但死因是頭部被硬物重擊。而犯人在死者死後脫下了他的褲子，用利器切走了他的生殖器帶走。

鄧太太說她看見丈夫屍體的慘況，嚇得差點沒當場昏倒。因爲情緒激動，實在很難向她問話。所以當曾少忠的隊友看見應欣怡跟他一起出現在空屋現場，就幾乎理所當然地立即請這位「心理輔導員」過去鄧家協助，希望趁當事人記憶還新鮮時盡早取得情報。

「你們也太順便了吧？就沒人奇怪一下這個女人怎麼又會在案發現場嗎？」曾少忠啞然。

「她不就是來找你的嗎？哎，算了，你們這些小情趣我這種單身狗不懂。」

「反正每次有應小姐在，案件都會很順利。明白的，美女面前，少忠又怎能失威呢？」

「我跟她沒半點關係！應該說，我跟她的關係是警察和疑犯！只有我才可以發現她的眞面目！她——」

「哇，這比喻讓我都起雞皮疙瘩了。等會兒再放閃，先完成筆錄好嗎？」

曾少忠好想吐血。

鄧傅佳美自從早上報案、警察出現後，就一直跟女警一起，放聲嚎哭了好幾次。直到現在，她的手都還在抖，而且不時抽泣。但神奇的是應欣怡這個女人一出現，撫

2 哥羅芳：「三氯甲烷」（chloroform）的別名，也稱「氯仿」。是種無色並帶有特殊氣味的液體，曾被用作手術時的吸入性麻醉藥劑，目前則已不再使用。

著她的背才說了幾句，鄧太太就鎮定下來，可以順利地對答了。

妖術，那女人一定會什麼催眠的妖術。曾少忠忍不住在心裡吐槽。

再三跟鄧太太確認了發現死者的狀況，跟屍體和現場證據一致，似乎沒什麼可疑之處。

雖說凶殺案先懷疑家人大都沒錯，不過細問之下鄧傳佳美有不在場證據，她當晚應邀去了另一位村民林女士的家裡留宿。警察隨即向林女士和她的兒子確認，他們可以作證。

曾少忠眞心覺得不妙。要是可以在鄧太太身上發現什麼疑點就好了，畢竟若犯人不是死者親友，而是陌生人，要追查起來可就難了。可是就目前調查所得，死者跟妻子關係沒什麼異常，大家都說他們夫妻關係和睦，沒聽說過有什麼爭吵。死者也沒買人壽保險，妻子是美甲師有自己的收入，沒聽說什麼財務問題，犯案動機不足。莫非眞是隨機殺人？

由於案情嚴重，各部門都把這案件排到最優先處理，第二天他們就已經收到鑑證報告。

「報告回來了！」同事一踏入辦公室就大叫，「煲內的殘渣確認驗出了死者的DNA！」

「媽的。」

「可以辨識到的食物殘渣有乾蔥、蒜頭、薑、蔥，遺留在現場的玻璃瓶內容物也確認跟標籤一致，是紹興酒和蠔油。」

一片沉默。大家對這個調味組合多少有點印象，但沒人說出口，除了女探員琪姐——

「F*ck，菠蘿包沒有菠蘿，但啫啫雞煲眞的有啫啫！」

包括曾少忠在內的其他男同事都笑不出來，畢竟光是回想起現場那具男屍的慘況就覺得自己胯下也彷彿隱隱作痛。

「呃，琪姐，妳知道啫啫雞煲的『啫啫』不是那種『啫啫』對吧？」

「你當人家琪姐傻的嗎，雖然琪姐慣吃洋腸——」口不擇言的阿志馬上被琪姐窩了一拳。

「咦，啫啫雞煲裡面的不是雞啫啫？那是什麼？」

新來的實習督察……曾少忠忘記他叫什麼了，總之就是個新丁，居然一臉無知地提出這個問題。換來大家也一臉愕然地看著他，有幾個同事大笑起來。

「那是指瓦煲加熱時發出類似『啫——』那樣的聲音，所以叫啫啫雞煲。」曾少忠無奈地回答。現在他明白爲什麼阿頭一直想把這新人塞給隔壁隊了。

「我吃那麼多次從來沒聽過什麼啫啫聲啊？」

「等一下，那麼你以前吃的時候一直以爲那裡面眞的有雞啫啫？」

「雞煲裡本來就可能有雞屁股啊，那麼有雞啫啫又有什麼奇怪？」新人理直氣壯回答。

「你白痴嗎，哪家店有空每一煲都給你找一條雞啫啫放進去？雞的就跟你的一樣小——」

「不，他說的有道理。」曾少忠打斷了同事繼續拿低級笑話消遣新人，「他證明了原來我們以爲的常識不是常識，眞的有人會以爲啫啫雞煲裡面有啫啫。犯人可能也會這樣想。」

「就算眞的有人以爲啫啫雞煲裡面有雞啫啫，也不會想要切人的去煮吧？」

「可能覺得雞的太小不夠補？所以就去找貓的狗的，然後就再升級……」

「老天，即是說這宗案的犯人是個爲了以形補形，所以殺人切啫的食人魔？」

「是買不起虎鞭還是三鞭酒嗎？現在『偉哥』很便宜吧，用得著殺人嗎？」

「超市雞肉也很便宜，但就是有人就算違法都要堅持吃狗肉。變態的心理很難說。總之我們也要從這方向調查。」阿頭說。

「另外那些貓屍狗屍呢？」曾少忠追問。他忽然想起，正當警察到處都找不到死者失蹤的器官時，居然他一碰見那個妖女，就順藤摸瓜找到了，也實在太可疑了吧？

「空屋裡的都被老鼠吃得差不多了，但是挖出來的那條狗屍還完整。法醫說應該是勒死之後再用利刃切下生殖器。」

「啫啫黑狗煲，那些動保組織要暴動了。」同事嘖了一聲。

「幹，這消息傳出去，記者們一定愛死了。」琪姐翻了一下白眼。

然後大家開始想像明天的頭條標題。屍體發現當日，雖然爲了調查刻意封鎖了很多消息，例如那些貓狗、空屋和死者的死因等等，但死者被切掉下體這件事如此駭人聽聞，記者當然立即打探到還大做文章。曾少忠感歎，要是再加上「雞煲」的消息，標題一定更聳動。

□

「然後你們找到區叔，但調查也跟著陷入瓶頸了，對吧？」

看著曾少忠那張想要反駁又無話可說的臉，真的很逗趣。

案發後第四天，我又在犬山村的村口遇上他，然後就被他強行攔下來問話。我有預感會被問很久，所以就在給小孩玩的鞦韆上坐下來。

嗯，這狀況要是讓他的隊員看見，又會以爲他在找我談心了。誰害的呢？

「妳爲什麼知道——妳該不會在警隊裡有線人？」他皺眉問。

我差點就忍不住笑出聲。要說我在警隊裡有什麼線人的話，那個不就是你嗎？

「像這種村子，消息都是很快就會在街坊之間傳開，我只不過是從梁女士那裡聽說了一些。」

警方曾調查的疑犯是同村一位五十多歲男人，街坊叫他作區叔。以前曾經做過燒味店的員工，後來轉職做的士司機。獨居，但連鄰居都知道他有尋花問柳的習慣。警方在他家中搜出了一瓶虎鞭酒，還有一些疑似非法購買的藥材，以及一堆如何醫治性功能障礙的各種偏方——很切合警方對犯人的側寫。

而且他沒有不在場證據，他說當晚開夜更的士但沒人可作證；再加上他跟死者關係不大好，簡直可疑到不能再可疑。

但是也只有這樣。

「你們並沒有拘捕他，就是說你們根本沒有決定性的證據。犯案的工具？指紋？血跡？如果找到的話你們還不早就給他蓋上頭套拉他去現場重組案情了？」我笑道，「警方總不能因爲他『不行』就拘捕他。」

「我們還在調查。」他板起臉孔。

「嗯，所以康仔的傳聞應該讓你們挺焦躁的吧。」

「妳果然就是因爲那件事而來的！」他像抓到我什麼痛腳似地指著我，「還說什麼心理輔導，這跟心理輔導根本扯不上關係吧！搞不好妳跟這案子有什麼不可告人的關係！」

「如果我眞的是爲了查案而來，不就同樣證明了我不是犯人嗎？恭喜你終於從老是懷疑我是犯人的妄想中脫離了呢。」

「雖然這案子的犯人是男人，但天曉得妳會不會是幕後黑手！」

「那我也再澄清一下，我眞的是來心理輔導的。梁女士因爲貓狗遇害的關係很不安，你們又把小黑的墳挖了她當然更不開心。不過因爲後來的『啫啫雞煲』等新聞，她跟其他人一樣忍不住好奇和八卦，這很有效地轉移了她的關注，人都精神起來了。沒錯，我就是來陪她聊八卦，但這是因爲對她的心理健康有正面的影響。」

「聽妳強詞奪理！」曾少忠哼了一聲，「反正妳一定趁機挖掘了什麼人的私隱……總之有什麼發現，妳不能向警察隱瞞！」

我用同情的目光望向他。

「學會適當時候求助是踏出成長的第一步。試試直接開口說：『美麗聰明的應小姐，我現在一籌莫展，上頭又一直施壓要早日破案，幫幫愚鈍的我可以嗎？』」

「誰會說這種話！」他怒道，「只是，現在有個狂徒可能危害全港男人的安全，早日破案是爲了社會安寧——啊，不過像妳這種仇男的變態，妳可能也眞的不在意！」

「哎，可不能因爲我拒絕你，就認定我仇男啊。人家也是有男朋友的啊。」

他難以置信地瞪大了眼。

「妳這種妖女有男朋友？」

「你是嫉妒了還是羨慕了？」

「妳的事關我個屁事！我在問案件線索！線索啊！」他額角青筋暴現。

「案件嘛，確實是聽說了一些事情……」但是，到底應該要告訴他多少呢？

哎，我得注意一點，可不能一不小心把眞相說漏了嘴——

□

「Rachel，妳都看到報紙了吧？『啫啫雞煲食人魔』！太可怕了！應該是神經病吧。不然想要以形補形，去買什麼鹿鞭虎鞭還不夠補？用得著殺人嗎？」

昨天一見面，梁女士就擔心地說個不停。

「這算不算是精神病我可不敢說。但過去在國外有些例子，性功能障礙的男患者急著要康復，偏執成狂，然後鑽了牛角尖，堅信一定要某種方法才能復原……也不是不可能。」

「那就是神經病啦！啊，你看，XX日報這裡還說外國有個畫家弄手術切了自己的生殖器下來，煮了請別人吃！哇啊，這世界眞的什麼變態都有！」

「如果眞是會吃人肉的犯人，那妳就可以安心了，因爲那種犯人犯案通常只會升級，不會降級，應該不會再有貓狗遇害。」看見梁女士不解的表情，我解釋：「就是說這類犯人會先從殺害小動物開始，再轉換到體型大些的動物，最後再到人。既然都到了殺人的地步，就不會再滿足於對動物下手，應該不會再回頭去找流浪貓狗了。」

「那就太好了。」

有些人對動物和對人都充滿愛心，但有些對動物充滿愛心的人不見得也一定喜歡人類。梁女士是後者。她會爲流浪貓狗遇害感到十分悲傷，但在討論鄰居遇害的事件上卻難掩八卦的興奮。

再者，從她早前對鄰居的描述我就知道她本來對受害者沒什麼好感。

「唉，誰讓那男人老愛拿那種事來吹噓呢？現在想來，他還常常當著區叔面前說，那可眞是不知忌諱，嘖嘖嘖。」

村頭的發記士多，也就是我和梁女士正身處的地方，除了出售雜貨也兼售餐蛋麵和咖啡奶茶之類的簡餐，是村民平常聊天八卦的地點。有時幾個阿伯坐在一起東拉西扯，從指點江山到下流笑話，村民早已見怪不怪。

死者鄧越堅特別喜歡在同性面前吹噓自己那方面的能力，怎麼大，怎麼不用吃藥也撐半天之類。有時連女性在場也照說不誤，鄧太太在旁也只有尷尬地苦笑。

本來區叔也很喜歡和他一唱一和，區叔沒有娶妻，更加肆無忌憚大談自己的買春心得。不過如果有女人或小孩在場，起碼他還會收斂起來不談那些事。然而近年他確實比較少談起這些事，枉村民還以爲他年紀大了修身養性。

直到傳出警察在區叔家中發現一堆壯陽補品，村民才恍然大悟。

「一定是縱慾太多弄壞自己身體！」

「那麼妳覺得區叔是犯人嗎？」

「應該……不是吧。」但梁女士回答前猶豫了一下，「話說回來，不會有人把鄧先生說的話當眞啊，男人要面子，愛拿那種事比較，不過都是隨口說說。幾十歲還像個小伙子似的。」

「那麼說，平時出入這間士多的常客，都或多或少聽過鄧先生的吹噓了？」

「唉，所以說呢，禍從口出，早就叫他不要老是拿那種事說嘴！」士多老闆發叔忍不住插話。

「最近有沒有生面孔的人來過呢？」我趁機問。

「沒有。警察這樣問我也這樣答，除了住在這條村的人誰會路過這裡？村尾那些麻煩人又不會過來我們這邊。依我說，九成是有人嗨了什麼，失心瘋起來才會做出這種事。」

他說的「麻煩人」是指癮君子。梁女士已經跟我提過了，村尾因爲有些荒廢爛屋，吸引了一些不是住在這裡的吸毒者，他們會躲到裡面去「上電」或交易。這也是村民不喜歡進入那邊的原因。

「如果是一時發瘋，就不會再三找貓狗先下手了。而且還會預備煮食用具和材料，我想犯人應該挺清楚自己想做什麼。」我搖搖頭。

「一想到有個心理變態的吃人狂魔會在這裡走來走去，我就起雞皮疙瘩。」梁女士抖了一下。

「妳女人怕什麼？那該是我先怕啊！」發叔嘖了一聲。

「都說是神經病，貓狗都吃了，天曉得他會不會瘋起來，突然想吃女人肉啊！」

「不會啦，就是找男的下手，妳沒聽說康仔的事嗎？」

「康仔？他怎麼了？」

「今早他媽帶他來吃早餐，聽他們說，他好像也差點遇到那個狂魔。」發叔冷不防說出了驚人的事。

「什麼？他沒事吧？」梁女士連忙追問。

「詳情我沒聽到，反正萍姨匆匆忙忙帶他回去了。」

於是，本著關愛鄰舍之心，梁女士連忙結帳拉著我去拜訪康仔的家。說是他遇到這種事一定很害怕，我說不定可以看看他——當然，我知道我就是個得體的藉口，可以讓梁女士安心地去打聽小道消息。

康仔的家在狗尾路三十二號。在路上，梁女士就已經跟我簡介了康仔的身世。康仔今年十八、九歲，但是有輕度智力障礙，言行像個小孩似的。他父親早已過世，與母親萍姨兩人相依爲命。

萍姨看起來跟梁女士的年紀差不多，但可能外表比實際年齡老，因爲她看起來就是操勞過度提早衰老。顯然一位寡婦帶著殘障的孩子生活，日子很不容易，磨難都化成皺紋刻在眉頭眼角。不管她年輕時是否美麗動人，現在也看不出來了，連衣著打扮都像上年紀的老婦。

她對我們冒昧來訪，似乎並不意外，只是自言自語地抱怨：「唉，就跟他說不要到處跟人說呀。」

她招待我們進門，家裡打理得還滿整齊的。我看到牆上掛著的照片，其中一張是萍姨與一位少年的合照，少年眉清目秀，沒有唐氏患者那類明顯的外觀特徵，光看外表不覺與常人有異。但他手上拿著一張匡智坊的活動證書，上面寫著「謝富康」。看來這位就是康仔了。

「不好意思，他現在有點鬧情緒躲在房間不想出來，我想他眞的被嚇倒了。」這位母親說時臉上閃過一絲心疼的神情。

「萍姨，這位是Rachel——應小姐，她是做心理輔導的，我剛剛跟她在發記喝奶茶聊天，聽說了康仔的事，我就把她拉過來了，心想說不定能幫上忙。」

萍姨再打量了我一下，連忙說：「眞是麻煩妳了。不過他應該沒什麼，就只是有點嚇倒而已。」

「到底是怎麼一回事呢？」

「就是……他說他在村尾那邊，看到一個穿著軍綠色長風衣的男人，拿著刀。因爲我有跟康仔說過那宗新聞並叫他要小心，於是他立即轉身逃跑，那男人也追著他跑。總之他一路跑了回家，只能說幸好他跑得快，甩掉了那個男人，不然眞是不堪設想……」

「哇，那麼妳報警了沒有？」梁女士倒抽一口氣。

萍姨慌忙搖頭：「妳也知道，康仔很怕警察，上次被警察問話他已經很不開心了……反正他現在平安無事，我不想弄得那麼麻煩……」

「可是他看到犯人啊！」

「他說他沒看到臉。只看到那男人穿著長風衣，又戴了白色面具。這種事跟警察說了，也幫不上忙吧。」

「話可不是這麼說，這些都是很重要的線索啊。我建議妳還是考慮報警。」我說。

「我們兩母子只想安安靜靜生活，實在不想惹來什麼記者。妳們知道，這社會對我家這種孩子都不會有好說話，我不想他再承受更多惡意和傷害了！」她有點激動，放在大腿上的雙手不自覺地握緊了一下。

「以前曾經發生過什麼嗎？」

萍姨垂眼看著地板，黯然說：「康仔從小到大都被人欺負。其實他很乖很聽話，只是屋邨那邊的童黨[3]會故意欺負他。他試過自衛反擊，出了糾紛，警察來了看他弱智，雖然趕走了童黨，但也跟著嘲笑戲弄他，害得他都不相信警察了。所以我都教他，有事就趕快跑回家。」

港鐵站旁邊有個公共屋邨，看來康仔會自己跑過去玩。

「萍姨，鄧先生遇害當晚，鄧太太就是在妳家這裡留宿的吧？」

「是的。」我突然換了話題，萍姨愣了一下才回答，「我已經跟警察說過了。」

果然。聽說證人是一對母子時，我就想會不會這麼巧。剛剛她既然提到康仔有被警察問話，那多半就是他們了。

「妳們關係一定很好，她還會在妳這邊過夜。」

「那天我不舒服，有點發燒頭暈，我擔心自己吃藥昏睡了，萬一晚上康仔有什麼事沒人照應，我不放心。鄧太太聽說了，晚飯後就過來這邊陪我。她人真好。」

「晚上是怕有什麼事呢？」

「有時康仔作惡夢會哭鬧要人安撫……」

嗯，這件事愈來愈有意思。

「我有點在意，康仔是什麼時候遇到那個狂魔呢？」

「今天清晨，我想大概六點左右。都怪我不好，昨天下班後我帶康仔去了那邊拜祭——畢竟一場街坊，所以燒了一些東西給鄧先生。康仔有個很愛的玩具，是個布偶鎖匙鈪，常常帶著，但是回來後發現不見了，我沒多想就跟他說，可能拜祭的時候掉在那裡了，等我今早起來再去找。不過我太疲累，今早睡得很沉，他可能等不及，就自己跑過去那邊找了。」

不用我問她就先把地點都說明了，真配合。

「聽士多老闆說，你們今早大約十點多過去吃早餐。發生了那種事，他不抗拒出門嗎？」

「跟我一起就不會。當然今早回來時我安撫了他很久，也跟他解釋了很久，所以才會拖到那個時候，已經沒氣力做飯了，才想要帶他去士多隨便吃點東西當午飯讓他回來睡一下。」

「那真是可惜，不然我很樂意跟康仔談談。如果有需要，妳可以找梁女士聯絡我。」

我手袋裡有卡片[4]，但我沒有拿給她，因為沒必要。

「謝謝妳，不過康仔的情況一直都有社工跟進，有事的話我會找他們。」

3 童黨：在香港通常是指行為有所偏差，會聚眾影響社會安定的青少年族群。

4 卡片：即台灣的「名片」。

然後我就跟梁女士離開了。在梁女士回家之後，我獨自折返。

「讓我跟康仔談談吧。」我開門見山地說，「你們會需要我的幫助。」

「我不明白妳的意思——」

「妳撒了一個不怎麼高明的謊，會把妳兒子害慘的。」我低聲說，「對我說眞話吧。」

在我說出了我的推論後，萍姨面如死灰，讓我進門見康仔。

康仔根本就沒在睡覺，他看見我，先是有點迷茫，但在母親引導下他順從地回答了我的問題。

「爲什麼會一大早跑去村尾？你不知道那邊很危險嗎？」

「毛仔不見了，我去找毛仔，毛仔是我的朋友。」

「有找回來嗎？」

他失落地搖頭。

「我想你應該沒有大門鎖匙？」看到他搖頭，我再問：「那你今天早上沒拿鎖匙就出去了嗎？」

他點頭。萍姨補充說：「我怕他把鎖匙弄丟或被人拿走。如果他回來時我加班不在家，我就讓他在士多等我。有時相熟的鄰居會帶他回家，等我下班去接他。」

「例如鄧氏夫婦？」

「是的……他們人很好。」

「康仔平時都這麼早起床哦？」

「要等校車去工場[5]，康仔要準時去工場。」少年肯定地說。

「所以你是打算去工場之前先找到毛仔，卻在半路遇到怪事，對嗎？」

少年點頭，在母親協助下他在手機地圖上向我確認了相關位置，正好在龍眼樹附近。我再問：「你看到什麼？」

「我以爲有鬼！他拿著刀！走過來！我立即跑回家！」

「鬼？爲什麼你覺得那是鬼？」

「臉是白色的！」少年在自己臉上比了比，「但是後來想想，應該是面具。好像做勞作那種。」

「你看到那個戴面具的人是怎樣的？高矮肥瘦？穿著什麼？」

他拿著刀！他拿著刀！少年自言自語地重複，我再三小心追問衣著。

「穿著綠色的外套，很長很大的外套。」

5 工場：這裡的工場是指「庇護工場」，也就是特別爲身心障礙／智能障礙人士而設的訓練、生產場所，製作簡單小禮品、食品之類的商品。

「身材呢？」

他左思右想了很久，眼睛骨碌碌一轉：「像男人。」

「即是有多高？是胖是瘦？」

「像……鄧叔叔那麼高，身材像鄧叔叔。」

這形容可眞微妙。

「髮型呢？」

「跟我一樣短短的。」

我拿出今早的報章，打開給他看：「有多短？有沒有劉海？這裡哪個人最像你看到的髮型？」

少年皺眉想了想，指向死者鄧越堅的黑白照片。我注意到萍姨的表情有點驚訝。

「刀是怎樣的呢？」

「做菜的刀，廚房裡的刀。」

「除了刀還有拿著什麼嗎？」

少年搖頭。

「你認得對方是誰嗎？」

他別開視線，然後用力搖頭。

「總之那個是壞人，好壞的人。」少年喃喃自語。

我嘆了口氣。

「你很困惑不知道那個人爲什麼要這樣做吧？」

他眨眨眼望向我，用力點頭。

「你跑回家，是誰給你開門？」

「我拚命按門鈴、拍門，我很害怕！怕那隻鬼追上來！一直拍一直拍，我很怕！」

「我睡太沉了，聽到拍門聲才起床。我一開門他就衝進房間關上房門，把我嚇死了。」萍姨說。

「我蓋上被子躲起來，很害怕！」康仔憶述時一臉想哭，不像說謊。

「那你一路從那邊跑回來，有叫喊求救嗎？」

康仔搖頭。萍姨憂心地補充：「這孩子被欺負多了，現在養成了遇事就逃跑的反應，都不懂叫救命。」

「那個時間要是他大叫，應該很可能會有人聽到對吧？畢竟離妳家這也很近。」

「但他眞的沒有……」萍姨說到一半自己住了口。

「按康仔記得的位置，那個人要追他，就會經過埋葬小黑的那條路。警察挖狗屍後弄得路面都是泥沙，也就是說，那裡應該有風衣怪人的鞋印。從鞋印就可以看出一個人的身高體重——」

萍姨悔恨地垂頭掩面。我微笑著說：「看吧，這樣行不通。」

這是昨天的事。

□

聽完我的說法，我就順水推舟地陪著曾少忠去找萍姨和康仔。

萍姨無奈地答應讓曾少忠向康仔問話。

「我沒報警是因爲我眞的不想康仔去警察局，他會很害怕！」

「總之先讓我問他幾句，我保證會很溫柔，ＯＫ？」曾少忠再三保證。

康仔聽到母親叫喚，很緊張地從房間走出來。

「康仔，哥哥是警察——但不用怕！哥哥是好人，是好警察，會保護你，明白嗎？只要你回答我幾個問題就可以。」

康仔看看母親，這才對曾少忠點點頭。

「你爲什麼會一大早自己一個跑去村尾那裡？」

「我、我想去找毛仔，毛仔是我朋友，它不見了。」

「也不用一早去找吧？」

「我想找到毛仔，之後再去工場……」

「之後發生什麼事？」

「我走到龍眼樹那邊那條巷，突然看見巷入面有個人。他……他很怪，一看到我，就立即掉頭跑走了。」

「他怎麼奇怪？」

「穿著很長很大的風衣，手上好像拿著繩……」

曾少忠皺了皺眉。

「臉呢？」

「戴了口罩，看不清楚……」

「那人有多高？身形如何？」

少年搖頭：「不記得。」

「比我高還是比我矮？」

「不記得，總之他一看見我，就立即轉身跑走了。」

「然後呢？」

「我也轉身跑回家。」

「爲什麼？」

「媽媽說過最近有壞人會切啫啫，我害怕陌生人……」

「之後呢？」

「就跑回來了啊，然後告訴媽媽。」

曾少忠也就萍姨怎麼會讓康仔自己外出的事再三追問，萍姨亦都解釋清楚。她身體太疲累，睡得太沉，一直到康仔拍門她才醒來，給受驚的兒子開門。

離開謝家後，曾少忠一直雙手抱胸皺著眉。我笑說：「就跟你說，沒什麼用。很可能只是那些會在村尾擅闖空屋的癮君子。」

「那爲什麼一看到人就要逃走？而且，凶案發生後這幾天都有警察巡邏，毒蟲要『開飯』都會去別的地方。」

「如果眞是那個變態食人犯，不會一看到弱不禁風的康仔就逃跑吧。來的是個男孩，不是正好送羊入虎口？」

「如果是意外相遇，我倒不覺得犯人會冒險追擊康仔。」

「康仔是智障，他的證言未必可確。你剛剛也聽到了，他很多都說不清楚、不記得。我覺得警方就算勉強他去做筆錄也沒什麼用。」

「但是鄰居也確認了昨天早上聽到康仔拚命拍門的聲音，他不像在說謊，應該眞的遇到什麼人。嘖，線索太少了……」曾少忠無奈地嘆了口氣，「看來只能繼續增派人手巡邏。」

□

幾天後，眞囟主動找我。當然是以客戶的身分，直接前來我的輔導會客室。以她的狀況要找輔導員實在自然不過，其實她沒必要擔心被懷疑。畢竟，警方已經算是發現「囟手」了。

「爲什麼妳要幫我？」

她在梳化坐下後，沉默良久才問出第一句話。

「我不是幫妳，是幫萍姨和康仔。」

鄧太太擠出一個勉強的苦笑，然後眼淚就開始流下臉龐。

「所以他們什麼都告訴妳了？」

「一部分，還有我不知道的事，例如妳爲什麼會做這個決定。」我遞上紙巾盒，「我想一般人最多會選擇離婚了事，不會走到這一步。」

「我很清楚我做的事是不對的——」

「我不是法官。」我微笑著打斷她，「我沒資格說對錯，我只是好奇妳不惜弄髒雙手也要這麼做的原因。其實妳不想說也沒所謂，不用勉強。不過妳來找我，應該也是想找人談談吧。」

「我覺得被背叛了。」她毫不猶豫地回答，「他也背叛了萍姨和康仔兩母子。」

看她說話神態語氣，我恍然大悟。原來如此，傅佳美是這種人。

「我不敢跟阿萍聯絡，怕被警方懷疑。」她反問我，「妳到底是怎麼發現我們的事？那個人又是怎麼回事？」

「因爲萍姨想借康仔捏造事實，但漏洞太多。」我說，「一般人聽說屍體被人用刀割走下體，都會想到『犯人拿刀犯案』的畫面。所以康仔說他看見的可疑人物拿著刀，似乎很符合凶手的形象。但這不大可能。」

我一說，傅佳美就明白我的意思了。

犯人並不是一開始就用刀襲擊或要脅受害者，犯人是想要先迷暈他再處置。但跟演戲不同，哥羅芳並沒那種即時的效果，受害者掙扎反抗，犯人只好撿起手邊的硬物例如石頭，打死了受害者——可見當時犯人手上並沒有持刀。

既然打算切割下體，身上應該有刀，但可能在口袋裡，總之並不是一開始就拿在手上。這也很合理，因爲直接用刀襲擊對方的話，身上難免被噴濺到血跡或者被對方搶走刀反擊。我甚至猜測，搞不好在犯人一開始的計畫裡，沒有決心要殺死受害者。

總之，姑且不論犯人爲什麼有膽重返案件現場附近找新目標，光是戴著面具手上拿著刀在村尾遊走等待獵物這情景，已經很不合理。

拿著刀追殺康仔，看似是食人魔會做的事，但想想也不合理。當時是清早，不是深夜，事發地點又在村子裡，康仔很容易就能跑到可以放聲大叫求救的地方，犯人追上去很大機會會被其他村民發現然後抓住。雖然康仔因爲個性問題根本沒有叫喊，但犯人怎麼知道他不會叫？

所以，康仔所說的這件事，包含了謊言。捏造一個不存在的犯人，最簡單的理由當然是爲了解除眞凶的嫌疑。

那麼，眞凶是康仔或萍姨嗎？

在康仔聲稱遇見食人魔之前，警方根本沒把腦筋動到他們身上，何況還冒出了區叔這個疑犯。他們根本沒必要這麼做——除非他們害怕過頭，愚蠢地做了這種多餘的、自找嫌疑的舉動。

而且如果他們眞的想令自己脫身，應該要想辦法讓人把再次出現的食人魔跟最可疑的區叔關聯起來才對。

那麼，眞凶是正被警方懷疑的區叔嗎？

如果區叔是眞凶，萍姨母子跟他有什麼隱藏的關係，必須冒險幫他洗脫嫌疑嗎？可是康仔的證詞對洗脫區叔的嫌疑沒什麼用，區叔沒有被拘捕，獨居的他在康仔遇見怪人的時間很可能一個人在家。康仔的證詞沒任何決定性的、能證實眞凶是不是區叔的要素，卻反而奇怪地提到了持刀怪人像死者。

如果區叔是無辜的，萍姨母子就更不必做這種事了。警察本來就缺乏拘捕區叔的證據，眞是無辜的話就更難再查到什麼。

那麼就是說，情況是恰恰相反：萍姨母子是因爲看到警察沒有拘捕區叔，才會在情急之下決定撒這個謊，企圖保護眞凶。

眞凶是個警方如果放棄懷疑區叔，就可能會轉去懷疑他/她的人。而警方在懷疑區叔之前就曾經懷疑的，是死者的太太鄧傅佳美。警方之所以放棄追查她的原因是因爲有萍姨母子的證詞作不在場證明，而且覺得凶手應該是個男性。但如果一開始三人就是共犯，那不在場證明自然就沒有意義了。

不管是啫啫雞煲還是康仔的證詞，都只是一再強化一件事：犯人是男性。反過來想，眞凶是女性的機會很高。

假設鄧傅佳美是眞凶，妻子殺夫可以有很多原因，但好鄰居再怎麼好，都應該沒有好到會爲鄰居作僞證隱瞞恐怖殺人罪行的地步。三人一定有更不爲人知的關係。

「然後我注意到我請康仔形容他見到的持刀怪人時，他都用『像鄧叔叔』來表達。」

康仔智力不足，不大可能是他想出揑造遇見食人魔的計畫，所以主導者是萍姨。她沒信心教康仔說謊而不露出馬腳，所以最簡單直接的方法就是眞的讓康仔遇到這件事，那就不怕他說錯話。

極有可能那天早上她故意安排一切，引導康仔在清早跑到那個地點，然後她自己假扮持刀怪人嚇唬康仔。只要提早向兒子灌輸「有可怕殺人犯，看到有人拿刀快逃跑」的說法，康仔自然會一看到變裝的她就跑，而且她也知道康仔不會沿路大叫救命，她可以安全地脫去僞裝趕在康仔之後回家。再加上康仔一大早拚命拍門會引起鄰居注意，可以加強說服力。

我賭她要在短時間穿脫僞裝，很可能不會換鞋子。鞋是很容易忽略的部分，她很可能根本沒有特地去買男裝鞋。所以我一嚇唬她，她就認栽了。她沒注意自己有可能留下鞋印，一旦警方從鞋印查出怪人穿著女裝運動鞋，就弄巧反拙了。

後來萍姨也向我承認，她是利用後門偷偷進出的，所以康仔不知道。

「但萍姨不知道的是，其實康仔認出了是她。」

傅佳美瞪大眼看著我，我那天跟萍姨說出這件事時，她也是這個表情。

「康仔應該很困惑。他第一眼看見拿刀的怪人時，他的直覺大概就已經讓他認出那個是母親，可能是站姿或什麼別的小特徵？萍姨僞裝得再怎麼高明也沒用吧，畢竟是世上與自己最親近的人，康仔自己說不出原因但就是本能地知道那是母親。可是眼前人的打扮看起來跟母親完全不同，自己怎麼會覺得這人是母親呢？而且這個人拿著刀作勢攻擊他，無法理解眼前發生什麼事的他眞的很害怕，所以立即轉身逃跑，甚至以爲自己『見鬼』。」

但是，即使康仔有智力障礙，不等於他不會思考。他說自己逃回家後想想就知道白面孔是面具。當他回來看見跟平常一樣的母親開門給他，然後聽了那些安慰他的說詞，就算只有小孩的智商，他也明白母親在說謊。

「他沒法完全明白母親這麼做的原因，但他知道母親想他怎麼做、想要他告訴別人他早上看見一個拿刀的男人。康仔只是隱約知道這件事很重要，他以為這麼做是在幫助母親。」

很多人都以為智障很單純就不會說謊，當然沒這回事，甚至萍姨自己也沒想到康仔當時在配合她說謊。小孩會說謊，更懂得配合大人面色說謊。

康仔根本記不清持刀怪人的仔細模樣，所以一被問到那些他記不清楚，或者他覺得怪人像母親的部分，他就會說「像男人」，因為他知道母親想要這個結果。

「明明只看了一眼，其實當我一再追問細節，他回答看不清楚或不記得就可以。但正因為他在努力說謊，他才會努力想擠出答案給我，於是就說成像鄧越堅。為什麼他哪個名字都不說卻偏要提起死者？換作一般人，只會想形容為某個還在世的誰吧。我對他這個形容很在意。」

傅佳美對我露出悲傷的苦笑，她知道為什麼。

康仔說過他以為見鬼，也就是說他確實一開始就曾把持刀嚇他的人跟鄧越堅聯想在一起。如果不是萍姨的偽裝打扮讓他想起死者，那麼可能就是那個恐嚇他的動作令他想起死者。

「當我把我的推測說到這地步，萍姨就哭著把她知道的事說出來了。」

案發那一晚，傅佳美半夜登門要求留宿，萍姨雖然感到奇怪，但也不好追問。然後翌日一大早，傅佳美離開前，才對她這麼說——

「如果有人問起，妳就說跟妳上次重感冒那天一模一樣，我晚飯過後就來幫忙照顧康仔，留宿到今早。想知道原因的話，問問康仔我丈夫做了什麼。」

兒子那一段時間行爲反常，經常鬧情緒，萍姨早就覺得不妥又問不出來，本已懷疑發生了什麼事，十分擔心。傅佳美這麼一說，不祥的預感更甚，她連忙逼問兒子，終於從兒子口中問出了可怕的事。

康仔遭到鄧越堅性侵犯。

那天就跟往常一樣，康仔因爲母親加班沒有門匙回家，所以被鄧氏夫婦接到家裡去等。而那天傅佳美接著就外出工作了，只有鄧越堅和康仔在。

「我作夢都沒想過會發生這種事。」傅佳美面色慘白地說，萍姨那天也說了類近的話。

「阿堅他好色，我當然比誰都清楚。但他從來沒有什麼同性戀的傾向，所以我眞的從來沒想過他會對康仔下手。」

「妳是怎麼發現的？」

「他自己喝醉酒說漏了嘴。」

看來死者不只愛在同性面前吹噓，本來就是個大嘴巴。

「我自知自己一把年紀，相貌身材也全走樣了，他到外面去找小妹妹尋歡作樂，我從來不會多說半句。」

傅佳美骨架偏大，用虎背熊腰來形容會比健美還要貼切，不算是很能引起男人性趣的外表。

「我聽到他說的時候整個人都懵了。我顫抖著問他，難道他喜歡男性？如果他跟我說他是同性戀，我可能還沒那麼憤怒。」傅佳美說，「他聽了之後哈哈大笑，說怎麼可能。」

他當時只是突然想看色情影片，就放出來看，而康仔也在場。康仔從沒看過這些東西，很好奇。然後當鄧越堅看得情緒高漲慾火焚身時，他發現身邊剛好就有個很聽話的發洩對象。

只是用用他的嘴巴而已。鄧越堅說的時候很輕鬆，毫不在乎的樣子。而妻子比誰都知道他喝醉後最眞情流露，這種輕率的態度就是他眞實的想法。

所以他並不是同性戀，他只是因爲「方便」就侵犯了康仔，事後還給了幾百塊錢給康仔當掩口費，說這樣能幫補到萍姨收入。

康仔知道不對勁，但他也知道媽媽要賺錢養他很辛苦，所以他收下了而且眞的不敢說。哪怕他在那之後頻頻作惡夢，再也不肯去鄧氏夫婦的家，讓母親擔心懷疑，他還是沒有說。

受害者是康仔，照說殺人動機最大的應該是萍姨。但萍姨得知這件事的時候，鄧越堅已經斷氣了，她連報仇的想法都未有就已經有人代勞了。警察向她詢問傅佳美的不在場證明時，她仍在連番震驚中，只能按傅佳美指示回答。

我很好奇為什麼傅佳美會為了萍姨母子做到這地步，直到她現在上來找我，我才明白。

「這麼多年來他出去玩、背叛我，不要緊。因為我真的不在乎。我們的關係比起夫妻，可能更像習慣同住的家人。但他背叛阿萍和康仔——他背叛謝先生！他怎麼可以那麼做？阿萍是因為信任我們，才會把康仔留在我們家，他怎麼可以這樣背叛一個孩子、一個寡婦的信任！」

傅佳美咬牙切齒道。

「阿萍在她老公病死之前，已經身兼多職十分辛苦，全村的人都知道，只要住得夠久的都知道她是個可憐人。想當初，謝先生臨死之前，大家都拍胸口說過會照看阿萍母子。雖然村外的人會欺負康仔，但我們左鄰右里的人都很關照他，就是因為大家都知道阿萍這些年是怎麼撐過去的。」

她可以接受丈夫好色出軌，甚至可以接受丈夫是同性戀，但她無法接受丈夫是個如此失信無恥的人。再怎麼道歉，都無法彌補對康仔和萍姨的傷害。

「人家說結婚久了，妻子就會變得像母親。想來也是我的錯，可能我太放縱他了，讓他覺得怎麼亂來都可以，才會做出這麼荒唐的事。我覺得十分羞恥！我這輩子從沒虧負過他人，他卻害我這輩子都沒法抬頭面對阿萍和康仔！」

她鐵青著臉說。我想如果她有孩子，她會是當孩子做錯事時，拖著自己孩子去別人家下跪認錯的那種母親。

一般妻子去勢丈夫的事件都是感情糾紛，但我想這事件應該歸類入名譽殺人。

「說來好笑，我當時太震驚了，然後又太憤怒了，幾乎是瞬間就決定了要親手制裁他，所以我甚至沒有大聲跟他爭吵過。他當時喝得爛醉，我全程都是一字一頓地問話，確保他聽得到，以便我問出詳細經過。事後才想到，剛好免去了被鄰居聽到我們爭吵，減少我的嫌疑。」

「妳那時候是打算殺死他還是……」

「我當時只是想，都是你胯下那東西累事，把它切掉算了。我記得看過新聞，即時急救的話不一定會死。但坦白說，現在回想起來，當時我大概已經隱約覺得，如果死掉也是活該。我反倒比較在意，那些案子幾乎都是枕邊人所為，要怎麼才能讓警察不懷疑到我頭上？我不怕坐牢，但我害怕警察查起來，會把康仔的事查出來。那要他們以後怎麼見人？」

於是她想到要捏造一個外來的犯人，特徵最好跟她相反，最簡單的就是引導別人以為犯人是男性。她很有耐性地計畫和安排。

「殺害了無辜的貓狗我很抱歉，但在我的計畫裡我不得不那麼做，我已經盡量選老弱和有病的下手。」

「撇開這部分不談，我覺得妳想到以形補形這個點子眞的很不錯。大家幾乎都相信了。」

她住在這裡夠久，知道可以利用哪間空屋布置食人魔場景。

「我失策在以爲可以先迷暈他再下刀，但那什麼迷暈藥根本沒有用。他掙扎，我怕他大叫，必須一直摀住他的嘴，空不出手來……當時很混亂，他大概看到了我的臉，我反應過來的時候，手上已經握住一塊滴著血的石頭，他在地上動也不動了。」

也許因爲內心深處早就想過殺掉也沒所謂，所以她比想像中更快回復冷靜，繼續執行計畫。切下丈夫的性器官後，帶到空屋去烹煮——

「當然我沒有吃，那只是做個樣子，大部分都丟給野狗吃掉了。」

布置好場地，清理了自己的痕跡後，她就若無其事地去找萍姨母子僞造不在場證明。她甚至沒必要告訴對方自己做了什麼，等萍姨從康仔口中問出事情起因，萍姨再遲鈍也能猜到是誰殺了鄧越堅。

而萍姨得知眞相後，必然會幫她隱瞞。這女人爲了替她的兒子討回公道，親手殺了自己的丈夫，代她報仇，她還能怎樣？何況萍姨也同樣不想康仔的事被公開。

只是傅佳美沒想到萍姨一心想替她脫身，不惜冒著可能被巡警撞見的風險演那場蹩腳戲，卻差一點弄巧成拙。

「連我自己都覺得自己很可怕，很變態。爲何我能做出這樣的事？而且撫心自問，我回想起來覺得良心不安的，竟然只有殺害那幾隻貓狗的部分。」傅佳美茫然道：「我是不是應該去自首？我一定是精神有問題了……」

「就這麼聽起來，我不覺得妳有什麼精神問題，而且妳再犯的機會極低。」

「眞的嗎？」

「除非妳再婚。」

她苦笑，還能聽懂我的黑色幽默。

「可是，現在那個吸毒者……到底……」

「巧合吧，就跟區叔一樣，是在妳意料之外冒出的巧合。」我輕描淡寫地說。

確定康仔願意配合說謊，我就替他們修改一個更可信的版本。因爲消息已經傳出，警察早晚會打聽到上門查問。

持刀面具怪人不合理，但犯人上次試過用迷藥失敗，應該會改用別的東西，既然之前的貓狗都是勒斃，那麼改爲帶著繩索會比較像樣。用口罩也會比面具自然得多。

犯人也不會看到康仔就追上去。被意料之外的人正面撞見，自己慌張逃跑還比較有可能。

最重要的是，讓這版本看起來「不怎麼有用」——太清楚想引導去某個目標，警方很容易驗證眞假。含糊不清，模稜兩可的說法就沒法驗證，不知道可不可靠，反而會讓警方一直存疑又沒法排除可能性，干擾他們調查方向。

警方也不會想到有人花這麼多工夫，只爲提供幾乎沒什麼有用內容的僞證。減少康仔被再三追問的機會，對他們母子也比較安全。

更幸運的是，來的人果然是曾少忠。按他喜歡跟我唱反調的習慣，事情就更容易了。

至於兩日前，在距離犬山村不遠處的廢棄貨櫃屋內找到的屍體……屍體旁邊有著跟鄧越堅案中一樣的石油氣爐、瓦煲和調味料，警方不可能不把兩個案件關聯起來。雖然也有可能是模仿犯案，但屍體的狀況會令他們留下深刻印象。

不知道最後警方的死因報告會是藥物過量，還是失血過多？但屍體維持手持利刃正在切下自己下體的姿勢，在自殘中途死去，會是所有踏入現場的人第一眼就看見的。

據說曾少忠吐了，眞沒用呢。

這情況，還留下自白遺書什麼的就太笨了。匪夷所思的屍體，自然會激起大眾爭著提出見解。藥物過量出現幻覺？本身有某種食人肉的精神病？Why not both？ＫＯＬ影片眾說紛紜，似乎怎麼說都說得過去，因爲死者是個長期濫藥的流浪漢，對大眾來說就跟流浪貓狗一樣分別不大。

只要警方找不到現場有另一個人出現過的證據，就必須考慮將他當成鄧越堅案凶手的可能。受藥物影響催化的精神病人，襲擊鄧越堅後，再次發作時甚至自殘了結了自己性命。雖然匪夷所思但又沒法100%否定可能性，只要之後再沒有同類案件，隨著時間過去，這個推測就會愈來愈可信。

「可能是有自殘傾向的人看到新聞後想要模仿。外國還有個畫家曾經……」我也是這樣跟傅佳美說。

早點讓警方死心終止調查，對我三位新客戶的心理健康恢復也比較好，不是嗎？

〈以形補形〉完

某種老甜點

—— 文善

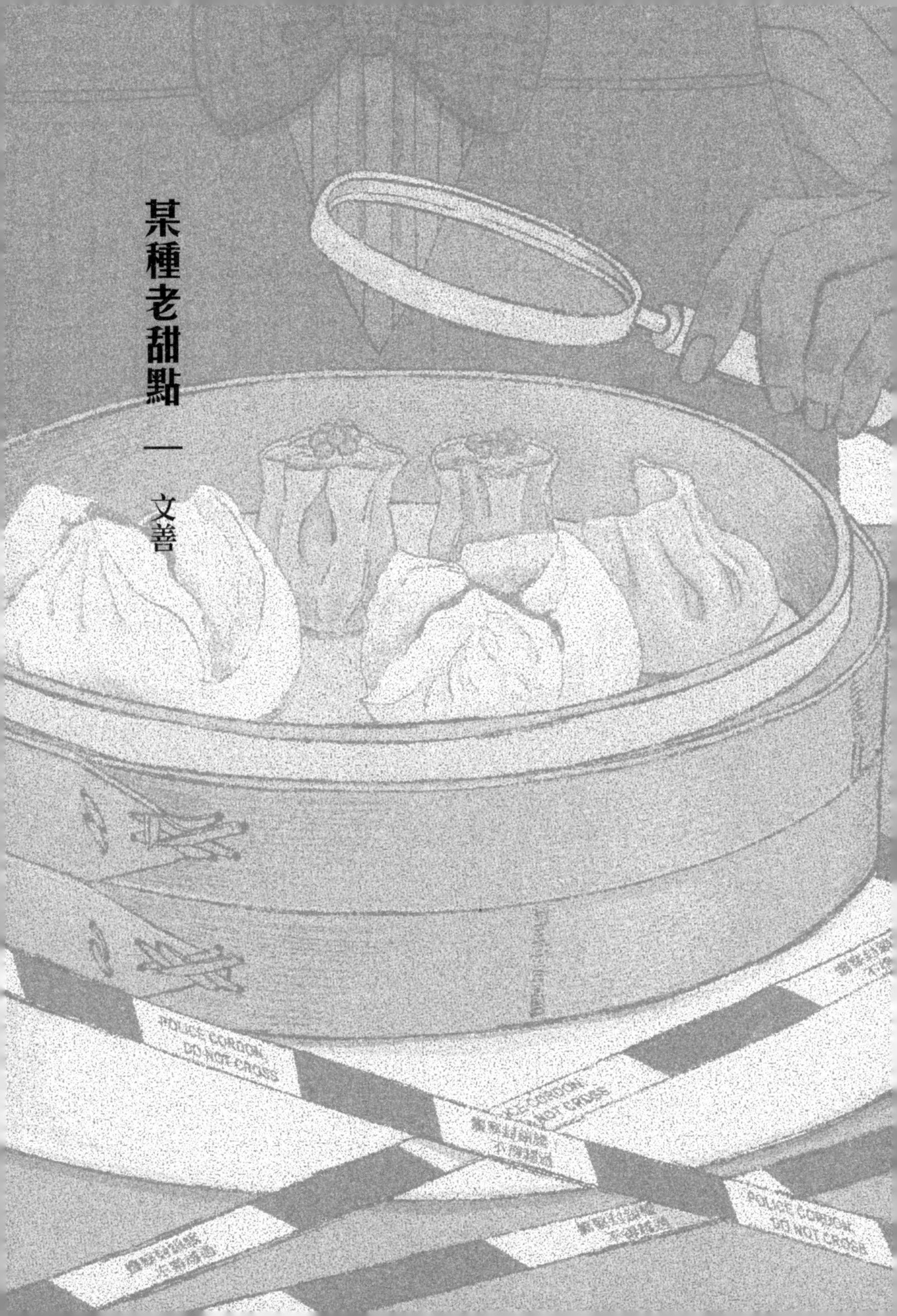

1

女孩一動也不動，雙眼瞪著天花板。煮食用具散落一地，幸好流理台沒有食材，不然剛才的打鬥一定會令這個專業廚房一團糟。

阿綠瑟縮在廚房的一角，她怕會和躺在地上那女孩對上眼。

怎麼眞的好像推理劇一樣？只不過是推了這女的一下，她就眞的失去平衡往後倒，又眞該死的後腦勺剛好撞到流理台的角落……

阿綠沒有想過會搞出人命，她只不過是想偷偷看一下比賽對手的甜點罷了。某國際酒店集團和香港地產財團合作，在香港開設亞洲區的旗艦酒店，特色之一就是會在大堂開設甜點沙龍，更打算在香港以比賽方式選出進駐的甜點師。爲了公平，比賽採取全匿名制，不只是參賽者，就連評判的身分也保密到家。

經過幾個回合的過關斬將，阿綠打敗了幾百個對手，好不容易來到終極決賽。決賽只有阿綠和另一名參賽者，評判有五名，來自不同界別，勝出者要由五名評判一致同意決定。經過評判分別品嚐過阿綠和另一名決賽入圍者的作品後，因爲沒有達成一致的決定，酒店方決定舉行第二輪比試。由於新酒店還沒竣工，這一輪的比試，是借用在工業區的專業廚房，分兩天由入圍者向五位評判介紹自己的甜點作品，和對沙龍內部的設計概念。

阿綠抽到第二天的時間，雖說有多一天準備，但令她擔心的，是發展商暗地裡通知她，在第一輪比試中，她只得到一票，但也是那一票，才會有第二輪的比試，讓她還有翻盤的希望。

在四比一這種情況下，當然會感到不安。所謂「知己知彼，百戰百勝」，這天是對手向評判簡介的日子，簡介前有三個小時用廚房做準備。阿綠打算趁對方向評判簡介時，偷偷潛入廚房，看看究竟是什麼樣的甜點，可以拿下四票。

可是她沒料到，當她從後門潛進廚房翻東西、想看看有什麼材料時，和那個女的碰個正著。

「妳是誰？在這裡做什麼？」她看到阿綠在手中從垃圾桶翻出的紙條。

「我……我……」

「妳是知道評選時間延後了一個鐘頭，才來這裡的？」女孩逼近阿綠想搶走她手中的紙條，「妳是間諜？還是記者？」

面對步步進逼的女人，阿綠下意識地推開她。

就這樣，那女的就死了。

看著女孩的屍體，阿綠本想趁沒人看見快快離開的，但當她的目光掠過那凍房時，一個想法在她腦中浮現。她看了看手機的時間，從自己闖進廚房到現在，大概過了十五分鐘，她本來就是算準在評選開始後半個鐘頭潛入的，那女的說評選延後了一個鐘頭，那表示——還有十五分鐘！

阿綠趕緊站起來，從腋下扛起女孩的屍體，拖到凍房裡。

「嘖，好冷！」阿綠打了個寒顫。爲了避免有評判突然心血來潮要看食材，唯有把屍體拖到最深處的角落。這是她第一次看到凍房，雖然不是很大，但足夠放下不少食材，還有廚房那發亮的不鏽鋼流理台，根本不是以前打工的街坊小店可以相比。阿綠心想當那豪華酒店建成後，那甜點沙龍想必也是那樣，配備著專業的廚房。

「我的宇治金時極樂，就是應該在這種廚房做出來的。」阿綠喃喃說著。

阿綠人如其名，從小是一名綠茶控。自從小學四年級時第一次在便利店吃到抹茶雪糕後，便不能忘懷那又苦又甜的滋味，還有紙製的雪糕杯，上面印著一個盛著綠色抹茶的優雅陶碗，連同那些看不懂的日文字，都散發著一種高級感。不過因爲家庭環境的關係，她不能像其他同學一樣，想吃就叫「姐姐」到便利店買，她只能在生日或是考試成績好的時候，媽媽才會給她買抹茶雪糕。所以阿綠升上中學後，便努力打工存錢，她最愛在假日和閨密們到各處吃不同的抹茶甜點，並開始自己製作，憑著打工學到的一點點烹飪烘焙技巧，加上天賦，阿綠做的抹茶甜點，總是朋友聚會中最令人期待的東西。

朋友都說阿綠應該開店，她只是搪塞過去：「沒有啦，這種程度離開店的質素還差得遠啦！」

但其實在阿綠心中，能擁有自己的甜點店，一直是她的夢想。

她環視身處的專業廚房，現在距離夢想只有一步之遙。

如果勝出比賽，就可以在五星級酒店裡的甜點沙龍，成爲駐場的甜點師，賣她最愛的抹茶甜點，無數像她的女孩，只要來到她這裡，猶如身處日本的文青甜點店，短暫地享受夢幻時光——就如從沒去過日本的阿綠一樣。

爲了脫穎而出，阿綠更特地設計了一款新蛋糕——她叫它「宇治金時極樂」。「金時」指紅豆，「宇治金時」原來是刨冰加上抹茶和紅豆的日本傳統甜點，不過現在泛指抹茶和紅豆的甜點。阿綠的「宇治金時極樂」，是抹茶蛋糕和慕斯互相交替的千層糕，中間是流心抹茶醬，而在蛋糕表面，則是用紅豆做成的脆片——因爲香港人喜歡的甜點，重點是要「不甜」。傳統金時用砂糖煮紅豆，不但太甜，豆蓉口感也太紮實，若做成脆片，爲蛋糕帶來淡淡的紅豆香，又不會太飽。

她那樣嘔心瀝血做出來的作品，竟然只有一票。她的夢想，差一點就止步了。不過幸好，現在對手死了，終極比賽對方將無法出現，而畢竟酒店花了那麼多資源把比賽搞到這地步，沒理由推倒重來，所以阿綠就會順理成章成爲贏家。可是身爲最大得益者的阿綠，也是頭號嫌疑人。所以阿綠要把握時間，趕快離開這裡，製造一些不在場證明。

「請問……」在阿綠正要離開之際，竟然有個大學生模樣的男孩突然闖進廚房，

「我剛來到，看到廚房有亮燈所以……」

阿綠感到一陣暈眩，糟了，第一名評判已來到了。

2

看到評判已經到達，阿綠嚇得個心離了一離[1]。他看到了多少？有沒有看到屍體？現在廚房有點亂，即使他看不到屍體，會不會也猜出個大概？

要不要……把他也殺了？

「對不起，看來我是第一個。」大學生看了看廚房，「妳……還在準備吧？不好意思，看來我打擾妳了。」

阿綠感到剛才全身繃緊的神經一下子放鬆了，男孩沒有看到什麼，他只是把阿綠當成參賽者。因爲比賽一直是匿名的，即使是之前的試食，評判也沒有和參賽者見過面，所以也不知道參賽者的長相。男孩看到阿綠在廚房，就自然以爲她是參賽者了。

「妳……的甜點呢？」他盯著那空空的廚房，「簡介會……快開始了吧。」

1 嚇到個心離一離：香港潮流語，指「被嚇到」、「嚇到心臟都跳出來」的意思。

一個念頭閃過阿綠的腦海。她笑著對男孩說：「其實……這正是我的計畫，不過既然被你看到了，希望你可以幫助我。」

十分鐘後，其他評判陸續來到會場。除了剛才阿綠已經見過，像剛大學畢業的那位，還有另一位年紀稍微大一點、看來應該有四十歲的男人。和那高大陽光的大學生相比，這中年男人長得也不差，就是有點木訥，但又不至於是「毒男」[2]那種。另外有一名年約六十多歲、穿著整套正式西裝、一副老紳士模樣的人。阿綠知道評判中有一名發展商的高層，看來應該是他。緊接著老紳士來的是一名頂著一頭微鬈及腰長髮、穿著一條質料很好，應該是名牌貨的大V領裙子的女人。阿綠對這個女人有印象，好像在那種只用名人明星臉書IG作文章的網站看過她，什麼「美魔女名媛」的，那她也差不多有六十吧，阿綠再瞄她一眼，在肉毒桿菌和濃妝加持下還真看不出。美魔女隨便找了張椅子坐下，在她交疊雙腿時，阿綠留意到了，果然，高跟鞋底是紅色的。最後到達的是一個三十多歲、已有一點「港媽師奶」味道的女人。「不好意思，女兒耽誤了一點時間，她今天要學古琴……」但沒有人對她小孩的事感興趣。

「奇怪。」美魔女用她做了美甲的手指點人數，「這裡有六個人呢，評判不是只有五位的嗎？」

「對啊！」港媽附和著，猛地對著美魔女點頭，「我來的時候也覺得不對勁，果然我們的想法相同呢！」

阿綠跟大學生偷偷交換了個眼神，計畫開始了，阿綠深深吸了口氣，不過在旁人看來，阿綠只是受到驚嚇而倒抽一口氣。

「爲什麼會多出一個人呢？」木訥男冷冷地說，並逐一看每個人，「那個人……如果不是評判的話，會是誰呢？」

「記者？」阿綠加入，不過說是「記者」時她有點心虛，因爲剛才那女的也是先猜她是記者，「因爲比賽一直都是匿名進行，連評判也沒有露過面，媒體會很好奇吧。聽說評判中有發展商的高層，也……有名人……」阿綠盯著美魔女。

「記者沒興趣。」美魔女斬釘截鐵地說，「我老早跟相熟的記者透露了，但他們都興趣缺缺，最近太多大新聞，這種美食比賽才不夠看頭。」

「ＫＯＬ吧？」港媽說，「記者沒興趣，ＫＯＬ會有吧，用來拍片應該會有不錯的點擊率。」

「哼，看來是妳想做吧。」木訥男抽起一邊嘴角笑著，「妳應該是想當親子美食

---

2 毒男：爲香港次文化用語，起源於日語中的「獨男」，原指獨身男性，轉化後變成具有不受女性歡迎特質的男子。

KOL啦。」

「我可是正式收到邀請的！」港媽掏出手機，「我是『古琴媽媽』啊！歡迎加我的IG，遲些我會開一個YouTube頻道，到時候請訂閱支持！」阿綠湊過去看，那是一個IG帳戶，顯示只有一百人追蹤她。比我還要少耶，還好意思拿出來給人看，阿綠想著。

「參賽者。」老紳士微微頷首，「如果不是記者，那就是參賽者了，不是嗎？我們來到這麼久了，還不見參賽者，難道不是已經混進我們當中嗎？」

「去廚房看一下吧！」大學生說，「如果參賽者有來過，那說不定廚房會有什麼蛛絲馬跡。」

雖然明知大學生會說什麼，但阿綠還是有種心臟快要跳出來的感覺。「那就去看看吧。」她站起來說，並順理成章和大學生走在前頭，當然那是計算好的。

一進入廚房，那摺疊整齊的信，醒目地被放在流理台上。

「這裡有封信！」阿綠說。心裡在咒罵這像極了電視劇集「畫公仔畫出腸」[3]的對白。她那樣做，是要令所有人的焦點放在信上，而不會突然跑到凍房去看個究竟。

致各位評判：

相信閣下已經留意到，我混進了您們當中。

我絕對無意玩弄各位，只是希望用一個嶄新的形式，來展現我的甜點作品。我懇請各位，互相分享在上一輪比賽中，對我的甜點的評價，和它帶給您的感覺等等。當然我也會參與其中，分享我和這甜點之間的故事。

這一輪的比賽，我希望各位品嚐的，是那道甜點在閣下記憶中的味道。

「吓？」老紳士皺皺眉，「這是搞什麼鬼呀？」

阿綠緊張起來，她忍住不去看大學生。當那大學生來到、誤以爲阿綠是參賽者時，她便臨時想到這個計畫。她編了個想用新穎的方法表達的藉口，並寫了封信說明，大學生覺得這想法不錯，並同意替她隱瞞。

她想利用這個計畫，從其他評判口中，打探對手這道拿下四票的甜點，究竟有什麼魔力。

不過如果評判們不肯參與的話，就沒戲唱了。因爲事前不知道評判的身分，阿綠只有賭一把。沒想到評判中有老人，如果他是那種老古板，那計畫就行不通了。

「幾有趣吖！」美魔女輕托著下巴，「我本來也想說，既然上一輪比賽已經試過

---

3 畫公仔畫出腸：意指説話過於明顯，連不必説的都説出來。

味了，爲什麼還要再試一次？不過現在這樣，反而更有趣呢。」

「對啊。」大學生也摻一腳，擺明是要幫阿綠，「我覺得那想法很不錯，而且通過大家的分享，說不定能集合到一些感動小故事。」

「啊啊，我知道！」港媽舉起手，「你是指說好香港故事！我記得主辦方好像也用過這句說話。」

大學生看了看阿綠，她點點頭：「嗯，我也覺得可行。」

「好吧，既然大家也贊成。」木訥男攤攤手，「那誰先開始？」

3

幾年前，女兒還沒學古琴，那年暑假她參加了一個壘球訓練營，就是那種從早上到中午的日營，地點是在九龍天光道的壘球場。那是在山丘上的球場，附近不是豪宅就是國際學校，除了我們家的女兒和她的同學外，其他的學員不是外籍小孩就是只說英語的國際學校學生。不要誤會，他們都是很乖很有禮的孩子，父母也很友善，不過那些孩子是由外傭接送，要不就是媽媽們駕車。我們這些普通人家，每次訓練完，最多只是和其他家長寒暄幾句後，便走下山丘去乘小巴回家。小巴站旁邊有家糖水店和士多，偶爾我會和女兒在糖水店吃個簡餐，或是買一點零食吃完再回家吃午飯。

那天我如常在接近中午時乘小巴到壘球會接女兒，不過道路出奇地塞車，看著已經到了訓練結束的時間，心急如焚的我，花了不少唇舌求小巴司機讓我在禁區下車。原來天光道發生嚴重交通意外，幾台車連環相撞，其中兩輛更橫向停在路中心，導致兩邊的行車線也受阻，很快連附近的道路也開始擠塞起來。那時差不多中午，氣溫很熱太陽很猛，我撐著傘到達壘球會時，感到身上的T恤已經搭在我濕透的背脊上。大概是我遲到的關係，那個像中學生的助教，不耐煩地和我女兒站在大門口。

「阿姨不好意思。」助教有點歉疚說，「教練有事先走了……」

「眞不好意思。」我喘著氣，畢竟大熱天時那樣跑上坡，「那邊有交通意外，很塞車……」這時我留意到助教身邊還有兩名外籍小孩。

「啊，阿姨，其實……我也趕時間，妳可不可以……先照顧她們，我看她們的媽媽也是因爲塞車所以遲到。」我記得她們是兩姐妹，都是由媽媽開車接送的。

看著三隻流著汗的濕水鴨子，我不忍心在烈日下讓她們（還有我自己）暴曬。「我們去吃甜點好不好？」我用英文問，「妳們有沒有媽媽的手機號碼？讓我打電話給她。」

三個孩子登時眼睛發亮，其中一個小孩立刻掏出手機打電話給她們的媽媽，我接過電話跟她說明。因爲之前有見過面，她也很感謝我幫忙看孩子。就這樣，我給三個小孩打著傘一路走到小巴站那條街。

旁人看來，說不定會覺得我是她們的「姐姐」。

來到小巴站附近，我先把地點傳給那兩姐妹的媽媽，好讓她知道我們在哪裡。我還沒來得及說什麼，那兩個小女孩已經一個箭步跑進士多的冰櫃前，拿了根美國牌子的果仁脆皮海鹽焦糖雪糕批。「阿姨，我們可以吃這個嗎？」

「當然可以！」我心想，她們當然是會選平日常吃的牌子吧。我轉過頭看看女兒是要喝汽水還是要雪條。「寶貝，妳要選哪個？」

我女兒站在街上，她看了一眼糖水店，再看看在士多內已經吃著雪糕批的朋友。我看她拿不定主意，便問她要不要吃平日愛吃那種，因爲那兩個外籍女孩在，我便用英文問，只是我不懂那東西的英文名稱，一時口快，唸了個廣東話歪音當英文，就像「衫碌拎」一樣。

背後傳來那兩個女孩的竊笑聲。她們在笑什麼？是在笑我的口音？

「那是什麼呀？」

「她在說髒話喔？」

我好像聽到她們在小聲說，但是有點不明所以。

女兒好像也聽到她們的說話，她跑到士多的冰櫃前，拿了同一牌子的果仁脆皮海鹽焦糖雪糕批。

「妳眞的要這個啊？」我看著女兒，她重重地點頭，不過臉上完全沒有孩子吃到雪糕的興奮。做母親的，又怎會看不穿女兒所想的？在外籍朋友面前，她覺得要和她們一起吃外國牌子的東西，才是潮流。

我也沒好到哪裡。

那時候，我也拿了根果仁脆皮海鹽焦糖雪糕批。

港媽說完那段往事後，輕輕嘆了口氣，「看到這參賽者的甜點，我就想起那件事。說起來，那次之後，我們也很久沒吃地道的香港甜點了。放假我帶著女兒，不是去那從紐約來港開店的千層可麗餅蛋糕，就是吃巴黎名店的馬卡龍，覺得那樣才夠國際化、不失禮。」

「等等。」阿綠壓抑住內心醞釀著的怒火，「所以妳是因爲個人理由，而沒有選宇治金時極樂？那好像有點不公平吧？」

「有什麼公平不公平的？」港媽嗆她，「口味本來就很個人的啦，所以大會才會找不同界別的人來當評判。」

「可是這是國際連鎖酒店，不是應該選有國際特色的嗎？」

「我覺得一號做得很好呀，雖然是一樣的東西，只不過是換了個擺盤，立時變得像米芝蓮餐廳的甜點一樣。」

阿綠沒有再跟港媽爭論下去，一來她怕再說會暴露身分，二來她在思考究竟是什麼甜點那麼厲害。

「一點也不失禮。」美魔女突然開腔，她交換了交疊的長腿，「讓我來告訴妳。」

4

你們別看我一身亮麗，我可是出身普通家庭。媒體一般只刊登我出席派對宴會的樣子，好像我只是個派對名媛，其實我是個商人，經營食品入口和批發，主要品項是高級新鮮水果、乾果和其他水果副產品，還有奶類和乳製品，也就是甜點常用的食材。

我家以前是經營糖水舖，從小我放學後便在店內做功課看電視，中學後就開始在店內幫忙。不要小看當年那十元八塊一碗的糖水，我父母就是靠那十元八塊給我供書教學，所以我從不會因爲父母幹的活而覺得羞恥。而且我父母做的糖水好好吃啊，準備會考時，補習後我會到店裡，媽媽會給我端上熱騰騰的補腦核桃糊，讓我吃完才回家溫習；失戀時，爸爸給我一碗綠豆薏米粥，後來我才知道那是給哭腫眼的我去腫。

和很多糖水舖一樣，我們做的是街坊生意，雖然如此，但我們家的糖水全是眞材實料的，我們用的水果，是我爸一大早從果欄[4]相熟的朋友那裡選購的；我媽除了每次都確認芝麻花生腰果等等材料的品質外，還親手確保每個工序絕不馬虎——你知道嗎？店裡的果仁類糖水，都是用石磨當天磨製。機器磨的雖然比石磨的幼細，但味道絕對不及石磨的香。還有，我們的薑汁撞奶都是即叫即做，可不是做個燉奶加薑汁充數，我一吃就吃得出，那是不是撞出來的。從小我便看著父母，一大早就在店裡做各種準備，到中午開店，一直工作到晚上十點才打烊，還有之後的清潔工作，到午夜才回家埋數[5]。

「為什麼要開店到那麼晚？平日又沒有那麼多客人。」在大學唸商學院時，我計算過，晚上八點後的生意，有時盈利還抵不上水電煤。我曾經叫他們早點打烊，反正又沒有大損失，而且我不想他們那麼辛苦。

「有時街坊吃完晚飯想吃糖水嘛，或者看更大叔、的士大哥返夜班，吃點甜的提提神開工很好不是嗎？」

不過即使他們想做，時勢也不由得你。當時我們住的那區有很多舊樓拆卸重建成的豪華屋苑，那時糖水舖相隔幾條街的豪宅大廈樓下，開了家日式點心店，賣抹茶口

---

4 果欄：為「油麻地果欄」的簡稱，是香港最主要的水果批發市場。

5 埋數：即台灣的「結算」。

味的軟雪糕、蛋糕、班戟[6]、芭菲[7]等等。

當然，糖水舖的生意受到影響。年輕的街坊都轉到那邊，連老人家們，有時爲了遷就孫兒的喜好而去那邊吃甜點。

「那家日本仔店有那麼好吃嗎？」爸爸問去過的熟客，那是自認很追得上潮流的大嬸。

「孫女喜歡嘛，雖然有點貴啦，不過他們用的是日本進口的抹茶粉，連那個班戟也是用日本的麵粉呢。」

「嘽，我們紅豆沙也用靚陳皮，每粒豆啦杏仁啦都挑過的，水果也是老頭子親自到果欄選的。」

「那又怎能相提並論呢？」

「爲什麼不能？不論中式日式西式甜點，最重要不還是那兩個因素——用料和手工。我們用的雖然不是最貴的材料，但也是精心挑選，而且妳也知道我爸媽的手工是一流的。」我忍不住跟大嬸理論，老媽立刻白了我一眼。

「不如你們也賣些高級甜點啦，現在隔鄰兩條街那幾棟豪宅入伙後，整區的格調也不同了，你們不覺得賣糖水感覺很落伍嗎？」

「糖水只有好不好吃，沒有落伍不落伍的。」我舀了一碗番薯糖水給那大嬸，「請妳的，抹茶寒涼。」

為了看看他們有多「巴閉」[8]，我去了一趟「試探敵情」，我點了抹茶紅豆班戟加抹茶雪糕。

好難吃。

抹茶雪糕是買回來的，裡面還有冰粒，明顯是冷藏做得不好；那個班戟，因為粉漿做得馬虎，導致口感差劣；紅豆一吃便知道是罐頭紅豆。

它的價錢是我們家紅豆沙的五倍。

本來我以為，那麼難吃的甜點，老顧客貪新鮮，很快便會回頭。但是我錯了，糖水鋪的生意還是一蹶不振。

為了挽回生意，父母竟然減價。那時我已搬出去住，當我知道時已經太遲。

「為什麼要減價？」我感到很氣忿。

「老顧客覺得『抵食』[9]，便會多多光顧呀。」

6 班戟：為pancake的粵語音譯，是一種煎製的的薄鬆餅甜點。

7 芭菲：是一種法式甜點（法語為：parfait），台灣稱之為「百匯」。

8 巴閉：在粵語中指的是厲害、有能力，且是帶有些諷刺意味的。

9 抵食：在粵語中指食物便宜又美味。

「你這是在自貶身價！明明你們每天花那麼多時間心血在煲糖水，為什麼不讓顧客付該付的，就是要他們知道那碗糖水背後的價值！」

「唏，我們那是『蔗渣價錢，燒鵝味道』。」

「什麼『蔗渣價錢』!?我們賣的才不是蔗渣！『燒鵝味道』!?那是指不是眞燒鵝的意思！但我們賣的全是眞材實料！燒鵝就應該理直氣壯收燒鵝的價錢！」

父母沒有聽我的勸告，以為減價就可以挽回顧客，當然效果不大。沒多久，連糖水舖所在的舊樓也被收購重建，父母也決定退休不幹了。

還沒聽美魔女說完她的往事，阿綠已經氣上心頭：「什麼『燒鵝就應該理直氣壯收燒鵝的價錢』？我看妳根本是在公報私仇！因為二號參賽者做的是抹茶蛋糕吧！」

「嘖，小妹妹，我還沒說完。」美魔女撳著手示意，「一號參賽者的作品，我可是忍著淚吃完的。這道甜點，還原了那個香港地道的味道，但在用料和展示上大大提升，就是剛才那位媽媽說的，這位參賽者把一樣很平民很普通的甜點，變成米芝蓮級數的絕品。可惜，當年我沒有能力幫父母的糖水做到這點……」

「所以妳說，就是換個很藝術的擺盤，就變高級了？」

「當然不是，這道甜點令人讚賞的地方，第一、它原來味道本就已經是完美的結合，集合不同熱帶水果的口味，兩種帶著濃烈香氣之間，卻又有個緩衝，我覺得，它給味蕾的驚喜，即使放在法國甜點鬼才Pierre Hermé的玫瑰荔枝覆盆子馬卡龍旁邊，也絕不失禮；第二、參賽者用嶄新手法去呈現這道甜點，但又不失原來的口感層次，酥脆、綿滑、清爽三重的滋味交錯，令人不禁緬懷原來的感覺；第三、每一個部分的手工絕不馬虎，而且講究用料，例如芒果用了台灣的愛文芒果，令它從平民粗糙的味道中脫胎換骨，更多了分優雅。」

「但是妳說的三點，『宇治金時極樂』也有啊！」阿綠側側頭，裝成分析的樣子，「不同層次的口感——抹茶慕斯蛋糕，內裡流心的抹茶醬，蛋糕上的紅豆脆片，抹茶也是用高級抹茶粉……」

「不錯，那個宇治金時極樂的確做得不錯，論味道論技巧也很高分，但是……」

「但是沒有驚喜？」木訥男加入。

「對。」美魔女點點頭，「日本抹茶，在香港人心目中本來就是高級品。那個宇治金時極樂，充其量就是在高級甜點的層次表現得好好，最好的材料，再花巧一點等等。但是一號參賽作品表現的，是『把蔗渣變燒鵝』，把本來被看輕的，提升到足以叫作『高級』的層次，這就是我認爲一號優勝的地方。作爲酒店甜點沙龍的看家甜點，我認爲一號稍勝一籌。」

「我覺得阿姨不是要貶低二號參賽者的。」大學生嘗試打圓場，「呃，不如我們先休息個十五分鐘吧？」

阿綠點頭贊成，因爲她已經大概猜到，一號參賽者的甜點是什麼了。

5

那是一個初戀故事。

中五的時候，我在補習班認識了唸名校的小林，我們都知道，那個時候不應該談戀愛，所以我們都是很有默契的，不破壞目前的關係，不要表白，一切之後再算。

那天補習班完結，我鼓起勇氣，問小林要不要吃點東西。小林不能太晚回家，我們便到了補習社樓下的小店買，一邊走一邊吃。

這是我第一次最接近拍拖的感覺。

可是，走到巴士站附近，小林突然像見鬼一樣。

在我們前面不遠處，有個穿著和小林同校校服的男生，我留意到他的領帶上有個別章。他走近小林，「校規規定，穿著校服不能在街上吃東西的。」然後男生伸出手。我終於看清楚，別章上寫著「Prefect」。

小林從錢包掏出學生證給男生記下名字。

「哈哈，你們學校的校規眞嚴呢！」Prefect離開後，我嘗試打圓場。

「這是我第一次被記名，希望不會影響升中六。」小林笑著說，但我看得出那笑容很勉強。

看著那個笑容，我的心像被捅了一刀，都是我的錯。

之後我們的交往，都是在補習班內，聊的都是功課上的事，但我暗地裡有個計畫。

那一天，小林要考試而我不用，我特地帶了甜點，在考試差不多結束時來到試場外，打算給小林一個驚喜。小林那天會穿便服，所以不用怕因爲在街上吃東西而被記名。

過了十分鐘，有不少學生已經出來，但是還沒見到小林。看著膠袋裡的東西，我的心裡開始著急。

差不多半小時後，我才終於看到小林和朋友們魚貫走出校門，當我正想跑上前時，才突然意識到，手中的那袋甜點，在酷熱的天氣下，已經不能吃了。

我只有勒住腳步沒有再往前走。

而完全沒有看到我的小林，和朋友道別後，筆直地走向停在校外的高級房車。開車的那個像貴婦的女人，應該是小林的媽媽。

看著那絕塵而去的名車，我只是呆呆地站在那裡。在所有學生都離開、校工關上閘門後，我還是呆呆地站在那。

這個故事，就是我做這道甜點的動力。本土味不一定就是街邊小吃，在高級酒店的甜點沙龍，也可以吃到這回憶中的滋味。

阿綠趁休息時間，裝作上廁所但繞了一圈從後門走進廚房，就如一個鐘頭前一樣。

以這個進度，港媽和美魔女已說完，若說「女士優先」的話，接下來便會輪到阿綠說她對一號參賽甜點的看法。而她對一號參賽者所知道的，就是剛才從垃圾桶中找到、寫著她覺得很無聊的初戀故事的筆記。她當然不能照著筆記說，那樣其他人就會猜她是一號參賽者；她打算改一點，說一號參賽者的作品讓她想起初戀故事云云。

究竟一號參賽者的甜點是什麼？如果說得太虛無，那很容易便會露出馬腳。幸好，從那筆記和港媽跟美魔女的故事，可以看出一點端倪：

一、那是冷的甜點，港媽的故事發生在夏天，那是和雪糕批媲美的冰凍點心。筆記也寫在酷熱天氣下太久不能吃。

二、芒果是主要材料，在第一輪的比賽，美魔女已吃得出用的是台灣的愛文芒果。而且那是很大程度還原現有的甜點，並不是什麼創新發明，頂多只是換了個展現方式。

阿綠突然靈光一閃，港媽和美魔女的故事有個共通點，就是都有糖水舖！港媽說小巴站旁有糖水店，而美魔女老家就是開糖水舖的。根據美魔女的描述，那是有不同口感的甜點。有芒果而又有不同口感的甜點……

楊枝甘露！芒果西米露做基底，加上西柚[10]的果肉，濃烈的芒果香甜夾雜著西柚的苦澀，芒果、西米和西柚，不就是不同口感嗎？

爲了確定自己的推測，阿綠跑進凍房，果然，剛才只顧著藏屍體，都沒有留意凍房裡的食材。在另一個角落，就放了一箱愛文芒果。

「只有這個？」阿綠納悶著走出凍房，果然流理台上除了一些半圓模具和盤子外，還有一個箱子。阿綠往紙箱裡面看，那是兩瓶有機鮮忌廉[11]、有機走地雞蛋、高級砂糖、一瓶烘焙用的白朱古力、還有一小瓶像是精油的東西。

不對，整個廚房和凍房，沒看到西米，也沒看到西柚，楊枝甘露最重要的兩種材料都沒有。難道不是楊枝甘露？楊枝甘露用不著鮮忌廉和雞蛋，但一號準備了，那是用來做什麼的？還有哪種本地的甜點，會用到這些材料？

芒果班戟！本來是西貢糖水店的作品，有別於當時西式或日式的班戟吃法，它把班戟做成枕頭胖嘟嘟的可愛模樣，裡面包裹著的是滿滿的忌廉和新鮮芒果肉。很快便

10 西柚：即台灣的「葡萄柚」。

11 忌廉：即台灣的「奶油」。

風行全港，那糖水店更擴展成知名連鎖店，連海外也有分店。

班戟皮、鮮忌廉和芒果肉，三重口感。

「唓，什麼口感有層次，什麼放在法國甜點旁也不失禮，不過就是芒果班戟罷了。」阿綠撇了撇嘴。看休息時間也快結束，爲了不引起懷疑，她趕快從後門繞回去。

一如阿綠所料，休息過後老紳士提議輪到阿綠說她的故事。「既然之前都是女士發言，那下一位也讓女士繼續吧，小妹妹。」

幸好她看過一號參賽者的筆記，於是她說出那個和名校男生的青澀初戀故事，不過她把中五改成中六，她覺得中五只是平平無奇的一年，起碼中六要面對文憑試[12]，更符合故事那「爲了功課想愛而不能愛」的青春劇情。

「呵呵。」老紳士笑著，「也是呢，如果可以好好坐下來約會，吃著那個當甜點也不錯。」

「嗯。」木訥男終於開口，「大家對一號作品的評價很高呢，看來明天二號參賽者會面對一場硬仗。」

聽到木訥男一說，阿綠被一言驚醒夢中人，她緊緊瞇了一下雙眼，心裡在咒罵自己的大意。

她錯手殺了一號參賽者，並扮成她混進評判中，雖然暫時還沒有穿幫，但評判們已經見過阿綠，那接下來要怎麼辦？當所有人都說完他們的故事後，大家就各自回家？還是她要「表明」自己是一號參賽者？問題是，她要不要繼續扮成一號參賽者？明天怎麼辦？她要怎樣以二號參賽者的身分，再出現在評判面前？而且，她要怎樣處理屍體？雖然推理劇中的凶手都很熟練地處理屍體，但剛才她只是把屍體拖到凍房一角藏起來，已經差點筋疲力盡了，她要怎樣才能把屍體處理掉？還是……由得屍體在這裡，明天再由自己扮成第一發現者？

不行——

阿綠看了一眼那大學生，他看到自己曾經出現在廚房，甚至可以證明阿綠是第一個來到的人，那警察一定會懷疑到自己身上。

「那接下來輪到我吧。」木訥男輕輕托了一下眼鏡。

12 文憑試：因應香港高中學制改革，於二〇〇七年和之後入讀中一的學生，其中學課程是三年初中三年高中，中六需考文憑試來報考大學。這取代了以前英式的五年中學，中五會考成績良好才升讀兩年大學預科，在中七考高級程度會考來報考大學的學制。

6

我的故事其實沒有什麼特別的。

如你們所見，我只是個平凡沉悶的人，不過我喜歡一個人到處吃，也不吝嗇跟同事推介好吃的餐廳。這次當評判也是，同事看到網上的招募，便邀我一起參加，不過他落選而我卻選上了。

相比之下，我其實是比較喜歡二號參賽者的作品。

它讓我想起中一的秋季旅行。

雖說已是中學生，但竟然是去烏溪沙那樣無聊的地方，又不准我們燒烤，變成和小學生一樣無聊的野餐。不過也許心態仍是小學雞，對要帶什麼食物還是會感到興奮。

當時班上有個很受歡迎的女同學，她非常可愛，黑直的長髮好漂亮，皮膚白皙得像瓷器娃娃一樣，笑的時候還有兩個酒窩。她常常會帶新奇的零食到校請同學們吃，那是當年的我從沒有在百佳、惠康見過的。我記得，有一次她帶了一包卡樂B薯片回來，我發現，那和我平常吃的卡樂B不一樣，包裝袋上沒有半個中文字，不對，有夾雜在日文字中間的漢字。

不久後老師在課堂上，當著全班面前告訴我們她是港日混血兒。今時今日的老師應該不能這樣做，但當年的老師沒有太多顧慮。她的姓是華人的姓，所以我猜她的母親是日本人。後來我和她在勞作課坐在一起，我們邊畫畫邊聊天，她說她媽媽只會去日式百貨公司內的超市買東西。

雖然我家不像她的家那樣富裕，但我媽的廚藝非常好，她已經答應會給我做滷水雞翼，而且也給我零用錢買零食。

不過旅行前一天，我媽患了重感冒。爲了不想傳染我而令我不能去旅行，她把自己關在房裡一整天。

當然也沒有滷水雞翼，我連當天的午餐也沒有著落。老爸不會下廚，他只給我錢要我到快餐店買午餐。

「現在那麼早，快餐店沒有午餐啦。」我買了蘿蔔糕。一如所料，大家也很期待看她的午餐，果然就是動畫中那種漂亮的便當，有腐皮壽司、炸雞、小番茄和花椰菜，零食當然也是只有日式超市才有的那些。

那一整天，我都不敢走近她，只是一個人在角落啃下那幾塊冷掉的蘿蔔糕，零食也只留在背包內沒有拿出來。

旅行結束後，本來校巴是載我們回學校再解散的，但有些同學哀求老師，讓他們在沙田火車站下車，他們的藉口是，一些同學住在沙田，一些說乘火車回家更快——不過我們都知道，他們都只想去沙田新城市廣場玩。最後老師竟然答應，結果一半的同學舉手說會在火車站下車。

我突然有個想法，便走到她後面。「妳要不要也在火車站下車？」我問她，「我們去吃甜點吧。」

她盯著我一會，那幾秒間，我的心快要跳出來了。

「好吖！」她竟然答應！她笑起來那酒窩太可愛了！

我們一起下校巴，沒有跟其他同學到新城市廣場，我帶她到了八佰伴的美食廣場。上週末我和家人去過，記得有家新開的日式甜點店，看到那家店我就想，她應該會喜歡吧。

「原來這裡有日式百貨喔？」她覺得很有趣，「這是我第一次來呢。」

「妳看這家賣的甜點，好精緻的。妳想吃什麼？我請妳。」

「怎能要你請啊，我們各付各好了。」又是那可愛的酒窩。

結果我點了宇治金時，她只點了蜜瓜汽水加雪糕。我是被櫥窗中那模型吸引的，淋上抹茶的刨冰，加上紅豆，看起來比平日吃的思樂冰高級多了。雖然它被端出來時只是用膠碗盛著，但當我用塑膠湯匙舀一口吃時，那冰凍的口感瞬間麻痺了我牙齒。不過那紅豆和抹茶刨冰混合的口感，是我從沒嚐過的。刨冰在口中融化後，紅豆顆粒猶如第二層的感覺。

「妳要不要嚐嚐？很好吃啊！」我跟她說。

「不用了。」她微笑著搖頭，並輕輕用吸管攪拌一下汽水。

我以爲她那是在客氣。

「我去年暑假在京都吃過，他們是用眞的宇治抹茶，紅豆也是用日本紅豆。」她指著我那碗刨冰上的紅豆，「顆粒不一樣。」

那時候，我有種拿ＣＤ給偶像簽名時，給發現那是翻版碟的感覺。

「Ouch!」大學生捶了胸口一下。不過除了大學生外，其他人互相看了看，他們都好像有事要說而不說，會場餐桌上瀰漫著奇怪的沉默，阿綠也察覺了。當然了，木訥男的故事說得那麼跳線，講了一大段秋季旅行，但原來重點是之後那青澀的約會。

「喂！」港媽說，「你有沒有答對題目啊？人家說是講一號參賽者的作品，不是談對二號的感受啊，你這樣去考試肯定『肥佬』[13]啦！」

「不過當我吃二號參賽者的作品時，那紅豆的口感，和當年的感覺一模一樣。」

他說，看來他果然是不懂看氣氛的木訥男，「一號的……不就是雪條而已嘛。」

---

13 肥佬：粵語口語，爲fail的音譯，指不及格、失敗之意。

「所以？」大學生問，「你最後有追到她嗎？」

木訥男搖頭，「中二她便轉到國際學校，然後聽說她去日本了。有一年我到京都旅行，在某抹茶老舖吃到古早味的宇治金時，我曾有過一刻幻想，她會突然走進來。」

美魔女忍不住噗嗤一笑，阿綠也把頭別過去，不想給木訥男看到她忍笑的樣子。

「阿姨妳好刻薄！人家少男時期的初戀，即使長大了也總會佔著一個位置。好兄弟，我支持你！」

「好啦好啦。」美魔女扠著腰，看來她沒有特別介意被叫「阿姨」，「小子，那該輪到你了。」

在大學生作狀清清喉嚨準備開始時，阿綠發現一件事。

木訥男剛才說一號作品是「雪條」!?

7

我投票給一號的原因很簡單，因爲入口時的第一種味道。

我高中最後一年時便被送到外國好準備升學，那邊沒有像香港那樣多的美食，當時我在本地人家庭寄宿，他們是很簡單的白人家庭，平日上班上學帶的午餐都是三文治。

阿姨也為我準備午餐——那是花生醬和香蕉三文治，就是麵包塗滿花生醬，再鋪上一片片香蕉，那是小孩很喜愛的東西，便宜味道好又有營養。

不過即使再好吃，每天吃同樣的東西，任誰也會膩吧，可是阿姨卻好像完全沒有覺得有問題。但我最後也捱不住了，半年後我跟她說不用給我準備午餐。

「沒關係，你不用跟我們客氣。」阿姨很溫柔說。我當然不好意思說，其實是我吃膩了她的花生醬香蕉三文治。所以我還是帶了午餐回校，不過一星期中我大約只吃一天，其他日子我會把它給其他同學吃，或是乾脆丟掉。

那一天是校際美式足球比賽的日子，我們校隊去他校比賽，那是鎮上的大事，阿姨兩夫婦也要去加油，所以他們來接我放學一起去。在他們的車後座時，我發現那三文治仍好端端的在書包內——我忘了丟掉。

得找個機會處理掉它，我想，球場上會是最好的機會，那裡垃圾桶多的是，問題是要如何避開阿姨和叔叔的注意。

「我去買汽水和零食。」在觀眾席找到位子後，我揹著書包起來。

「等一下跟走過的叫賣小子買就可以啦。」叔叔說。

「等一下要專心看比賽嘛，我也不喜歡買東西時擋到別人。」我堅持要去小賣亭。

我抱著書包在小賣亭前排著隊，眼前不遠處就有一個垃圾桶。當排到垃圾桶旁時，我若無其事地伸手進書包像是要拿錢包，然後飛快的拿出放著三文治的保鮮袋丟進垃圾桶裡。

這時我眼角感到有個身影，當我抬起頭時，阿姨就站在那裡。

「我想說，給叔叔買包花生醬朱古力。」然後她便轉身走了。

那天以後，阿姨再沒有給我做花生醬香蕉三文治。

年少的我，雖然對給她看到我丟了她爲我做的三文治覺得不好意思，但也沒有其他特別感覺。

本來我已忘了那段往事，但那天吃到一號參賽者的作品，香蕉的香氣在口中爆發的一刻，那回憶又回來了。以前覺得沉悶的味道，突然變成懷念、安心的味道。

「我明白。」港媽點點頭，「如果我看到女兒丟掉我做的午餐，我也會很傷心。」

「喂。」美魔女敲了敲餐桌，「就這樣？以你的身分，只是因爲一號有香蕉？那太輕率了。」

「我當然沒忘記我的使命。」大學生舉起雙手，一副要安撫她的樣子，「當然不只是因爲那味道，我承認，那給了我很好的第一印象。不過那感動過後，我有好好研究一號的過人之處——就是那個朱古力脆皮。」

「呵，說來聽聽。」美魔女笑著。

「脆皮的做法，有把冰棒或雪糕蘸進朱古力漿中，冰棒讓朱古力漿凝固成脆皮。另一方法是利用模具沾朱古力漿，冷卻凝固後才注入雪糕忌廉等餡料。一號用了模具，而脆皮每一寸的厚度完全一致，沒有厚度不一，也沒有『眼淚』那種朱古力漿在滴下途中凝固的尷尬狀況，可說手工一流。」大學生講得頭頭是道。

眾人點點頭，都同意一號的手藝非常好。

「妳……還好吧？」大學生留意到阿綠臉色不大好，「是不是不舒服？」

「我……可能這裡空氣不大流通……」剛才木訥男和大學生的故事，完全推翻了阿綠對一號甜點的推理。她以為那是芒果班戟，但是她錯了，那瓶忌廉不是用來打發的，它和蛋黃是用來做雪糕的。

而且她竟然看漏了一種材料——香蕉！一號不是用新鮮香蕉，而是用香蕉精油。最重要的，是一號甜點有脆皮，所以材料中有白朱古力。第一口味道是香蕉，所以那是香蕉味的朱古力脆皮！

香蕉味脆皮、雪糕、芒果……三層口感。

所以一號的初戀故事中，他們是邊走邊吃，而當暗戀的對象遲遲不出來，她會那樣緊張，後來甜點也不能吃了，因為那是雪條，在室外半個鐘頭，老早就融化了。

來到這一刻，一號的甜點已經呼之欲出。不過阿綠發現自己犯了個致命的錯誤，然而這卻可能給了阿綠一個機會。

「我……我們可以休息一下嗎？」阿綠問，並趁機跟大學生打了個眼色。

「沒問題，我們再休息十分鐘吧。」

「妳找我……」待阿綠離開不久，大學生也藉詞上廁所，但實際是繞道到廚房會合阿綠。看到大學生，阿綠把手指放在嘴前示意他安靜，並揮手叫他跟她到凍房。大學生跟著阿綠走到凍房的角落，被阿綠藏在角落的女孩屍體很快就映入眼簾。

「這是!?」還沒反應過來，大學生便感到頭部被什麼擊中，「什……」

「我看穿了！」拿著破忌廉瓶的阿綠在他身後，剛才她就是用玻璃瓶來毆打大學生的頭，現在地上都是忌廉和玻璃碎片，「你根本不是評判！你眞正的身分是一號參賽者！」

「什麼？」

「你剛才說漏了嘴！你說『一號用了模具』，爲什麼你會知道？」阿綠把大學生逼到角落，「她才是評判吧，你是和她一起來的，不過你有事走開，你回來時感到情勢不對，所以沒有表明是參賽者的身分，我還傻兮兮地以爲自己扮一號參賽者扮得很成功。」

「等等……我想……妳……誤會了，我是……」還沒有說完，大學生便暈過去了。

這正好，先把他關起來，待其他人離開後再殺了他。現在只要把一切推給大學生，要殺了他又能脫身，最好就是以自衛殺人作掩飾。阿綠的設定是，她來窺探敵情時被大學生、也就是一號參賽者撞破。他要脅阿綠裝成評判，在休息時間已不斷騷擾她，後來評審結束後她依指示到廚房，並打算性侵她，那時她發現角落的屍體，原來大學生在評審前已先對另一女評判下手，爲了避免成爲下一個受害者，阿綠反抗時隨手拿起玻璃瓶……

她先把頭髮抓亂一點，還有把上衣弄縐，再擺出一副想哭的樣子回到會場。這正好當成休息後她不對勁的證據。

「妳怎麼了？」美魔女問，「還是不舒服？」

「沒有……」阿綠搖搖頭，但只是看著地板。

這下其他人也看到臉色不對勁、頭髮亂了衣衫不整的自己。

「咦？那小子呢？」木訥男問。

「啊，我剛才碰到他，他說有急事要處理先走，要我們繼續。老爺爺，到、到你了。我、其實我也趕時間……」阿綠仍是一臉無辜——因爲她要建立受害人的形象。

「對不起，我想去打個電話。」木訥男說，「老爺爺，你不用等，先開始吧。」

「哼，大家都不願聽老人家說話。」老紳士說，「那我盡量說簡短一點吧。我選一號的理由，是因爲一號不但沿用它本來的名字，而且更還原了它原來的味道和口感，使這個名字和味道一併流傳下來。」

8

我這老頭，書唸得不多，大半生人和老婆一起在街上賣糖蔥餅，雖然賺不了大錢，但總算養大了兒子，生活還算過得去。

後來兒子出了身，他很有本事，賺很多錢讓我們早早退休。但我們這種賤骨頭，不工作不安樂，兒子便打本[14]給我們買了個小舖，讓我們繼續賣糖蔥餅過日辰，哪天不想做便把店租給別人。我們不是爲錢，只是見做的人愈來愈少，想把這點心承傳下去，說不定有天會有年輕人喜歡得接手把它發揚光大。

本來新抱仔[15]可能是那個人。

一開始她不是我們的新抱，只是我們請來打工的女孩。她不但勤快，更找來什麼美食KOL、網站介紹，竟然也眞的有區外人特地走來。

「從前小孩的時候常常在街邊買的，想不到還可以吃到。」很多顧客跟我們說。

新抱仔又會拍下一些我和老婆的日常片段放到網上，竟又意想不到的受歡迎，

「糖蔥爺爺」就是那個頻道的名字，後來也成了店名，很多香港人也聽過糖蔥爺爺不是嗎？

我兒子就是那時開始和新抱仔交往結婚。

不過那種人氣沒有持續很久，我們也明白，亦沒有在意，畢竟我們不是要賺大錢，只想讓多些人接觸這有點年代的點心。

眞正打擊我們的，是新抱仔和兒子離婚。我知道他們常常吵架，我們雖然老但很開明，既然走不下去分開對大家都好。沒有了新抱仔，店裡就是不一樣，就連我們的身體，也好像一下子差了。

「爸，讓我來把店做下去吧。」兒子突然提出要接手。

「你還記得怎樣做糖蔥餅嗎？」

「當然！中學的時候也是我幫忙做的。」

兒子說要裝修一下店面，又搞了開幕派對，叫我們一定要去剪綵。那天當我們興高采烈地看著兒子拉下布幕展示新招牌時，我倆呆住了。

14 打本：指提供資金，讓人開始做生意。

15 新抱仔：即台灣的「兒媳」。

新店的名稱是「糖蔥爺爺可麗捲」，它並不是賣糖蔥餅的！店名和原來的一樣，但賣的是……什麼可麗捲。

「這是什麼呀？」我隨手拿起那些女孩捧著的盤子裡、招待在場來賓的可麗捲。它的外皮和糖蔥餅皮一樣，不過裡面不是糖蔥，而是忌廉和像是啫喱糖[16]的東西。

「這是店裡將會賣的東西。」兒子笑著說，「相比糖蔥，這個餡容易做得多，而且還可以有多種不同的口味。一開始我們會先做大路一點的，例如芒果、抹茶、士多啤梨[17]等等，之後我們會再開發其他味道。」

「但是這不是糖蔥餅呀。」

「爸，不就是差不多的東西嗎？都是餅皮夾甜餡。賣糖蔥餅這種傳統老東西，老舊又賺不到錢，你看外面賣的都是這樣的點心，我肯定，可麗捲一定受歡迎得多。」

「但這店是『糖蔥爺爺』，你知道我經營這店是爲了做糖蔥餅，而不是要賺錢！如果店不賣糖蔥餅，即使賺大錢也沒有意思。」

「爸，你與時並進點好不好？而且你已簽了轉手合約，法律上你再不是『糖蔥爺爺』的持有人了。」

「其他人不理解沒所謂，可是你應該懂我的想法呀！」我丟下那可麗捲，雖然我知道那應該也是好吃的，但不是糖蔥餅就不是糖蔥餅。

「老伯！」老紳士剛講完他的故事，港媽就叫了出來，「你是可麗捲連鎖店『糖蔥爺爺』的創辦人？我女兒好喜歡那些可麗捲！我以為那是日本開到香港的店！看招牌是蔥頭老人的臉，還以為只是為了看起來可愛，完全不知道那原是賣糖蔥餅的店呢！」

「現在都沒有人知道『糖蔥爺爺』的意思啦。」老紳士還是那笑咪咪的樣子，「那天看到一號把那黃色一口大小的朱古力球端出來，而且叫它作『鳳仙』時，我還以為那是像我仆街[18]兒子的那種把戲。可是當我吃下去時，我感受到了，雖然外表不一樣，但味道和口感也確實是『鳳仙』，那是貨眞價實要讓『鳳仙』復活的作品。」

阿綠閉上眼輕輕嘆了口氣。果然，一號做的甜點是鳳仙——香蕉味的朱古力脆皮，裡面是雲呢拿[19]雪糕，包著的是芒果味的冰棒。

因為不斷想著「甜點」，下意識就認為是糖水糕點之類的東西，所以一直沒有注

---

16 啫喱糖：啫喱為jelly的音譯，啫喱糖指的是軟糖。

17 士多啤梨：即台灣的「草莓」。

18 仆街：香港俗語，有罵人、詛咒人早死、表達倒楣之意。

19 雲呢拿：即台灣的「香草」（vanilla）。

意到，港媽的女兒不是要進士多旁的糖水店，而是她女兒本來就想吃士多內的其他東西，港媽一時口快，把「鳳仙」的中文名稱稍微讀歪一點當英文，令外籍孩子以爲她在說髒話。

外籍姐妹以爲自己聽到的髒話，是f*ck sh*t吧。

「眞是有意思的故事。」港媽說，「可惜那年輕小子聽不到。」

「有機會再告訴他吧。」美魔女看了看她的鑽石錶，「時間也差不多了，那今天就先這樣吧，明天再見啦。」

終於等到所有人都離開，阿綠走到廚房裡的凍房，大學生仍躺在一邊。她撕破身上衣服，要看起來更像在被施暴途中自衛殺人。她拿起地上的破玻璃瓶……

「警察！不要動！」聲音在阿綠身後響起，「放下武器！然後舉高雙手慢慢轉身！」

9

公關人員整理好木訥男的廚師袍，好讓記者拍照。

「恭喜你圓夢成爲甜點沙龍的主理人。」記者說，「不過相信大家更有興趣的是，你竟然在評審過程中偵破了一宗殺人案，更成爲這酒店項目的發展商太子爺的救命恩人。究竟你是怎樣發現那女凶手有問題的呢？」

「今天的訪問不是要談這……」公關想阻止木訥男回答。

「沒關係，其實也和我的甜點作品有關。」木訥男微笑著，「因爲比賽是匿名進行，大家也不知道大家的眞實身分。在第二輪評審前一個星期，主辦方告知因爲其中一位評審的日程有改動，所以要延後一個小時。不過我在前一天收到通知，要我提早到會場。我到達後邊等邊寫下簡介的筆記。後來一位年輕女孩——也就是死者——來到。她自稱是第一輪中投票給二號參賽者的評審，總之她勒索我，說如果我肯給她錢，就會在這一輪投票給我。」

所以當阿綠闖入時，那女孩立刻知道她不是一號參賽者。

「我假裝忘了錢包在車上才離開，想不到回來時大家也到達了，但看不到之前的女孩，我就覺得不妥。之後那叫阿綠的女孩——也就是凶手——竟然講出了我原本準備的故事，我就知道她不是評判。呀，她把我的故事改了，中五改成中六，她那麼年輕，不知道以前中五要面對會考才是關鍵的一年。」木訥男輕托一下眼鏡，「我知道第一輪中只有一人投票給二號，既然那女孩不在，我決定扮成她，隨便說了一個和宇治金時有關的故事，不過後來才知道，原來二號把紅豆做成脆片，我想她只想著如何掩飾殺人，而沒有留意到我故事中的漏洞。」

「那你有沒有猜到太子爺的身分？集團本來打算，在酒店開幕時才公開他接班的消息。」

「我有聽說發展商的高層是其中一名評審，但一開始我以爲是那名老紳士，呀，就是糖蔥爺爺。但後來那像大學生的男生，叫另一名評審作『阿姨』，本來我也不以爲意，到他說自己的故事時，也稱呼照顧他的人作『阿姨』，我就覺得，他和那位名媛很有可能早已認識，以他的年紀，如果認識那樣的人物，即使不是什麼發展商太子爺，也應該是誰家的富二代吧。而且他提到他沒有忘記自己的使命，不像一般貪玩來當評審的富二代，我就猜他是那位高層了。不過，當時的情況，無論他是不是高層，我也會去查看究竟的。特別是當他說中我的脆皮是用模具時，凶手的臉色變了，我就覺得不妥。後來他告訴我，因爲他在評審開始前在廚房初次遇到阿綠時，看到那裡有模具才知道的。但凶手卻誤以爲他才是一號參賽者。」

「你在凍房看到屍體和傷者，想必很驚訝吧？」

「嗯，阿綠回來說男孩有事先走，我就覺得奇怪，所以我裝作打電話，才發現原來後門可以通往廚房，看到凍房內的情況便立刻報警。」

「不如我們來談談甜點沙龍的主打甜點吧。」公關等得不耐煩。

「好的。」木訥男點點頭，「其實我的想法很簡單，就是想繼續可以吃一直很喜愛的鳳仙雪條。我大學時在外國留學，之後工作了幾年才回來，發現以前很容易在便利店買到的鳳仙，慢慢變成只能在超市才買到的家庭裝，便利店裡的不是各種抹茶雪糕雪條，就是美國的口味，大家好像覺得那些才是『正』的雪條。但正如另一位評審說，鳳仙作爲甜點的驚艷度，即使放在有名的國際級甜點旁邊，也絕不失禮。」

「那身爲主理人，請問你對甜點沙龍有什麼期許？作爲主打甜點，這不會太小眾了嗎？」

「說期許太宏大了，我只是希望，可以讓更多人能夠繼續吃到它。可能有人覺得『鳳仙』這名字聽起來很土，或是從前那包裝紙設計不合時，但希望憑我小小的力量，換個外觀，讓更多人重新認識並喜歡它。而因爲這次的評審，讓我見識到，還有很多看起來好像很老舊的甜點，像是紅豆沙、糖蔥餅等，都是很值得給新一代推介的……」

這時公關端出一個從雪櫃拿出來、還散發著霧氣的盒子，裡面整齊排著一顆顆一口大小的鳳仙球。

木訥男戴上膠手套，小心翼翼地把鳳仙球放到盤子上，在攝影師的鏡頭下，看來木訥的男人專注望著手中的黃色脆皮球，眼裡透射著一份匠人的帥氣。

〈某種老甜點〉完

遮嚟の味

——莫理斯

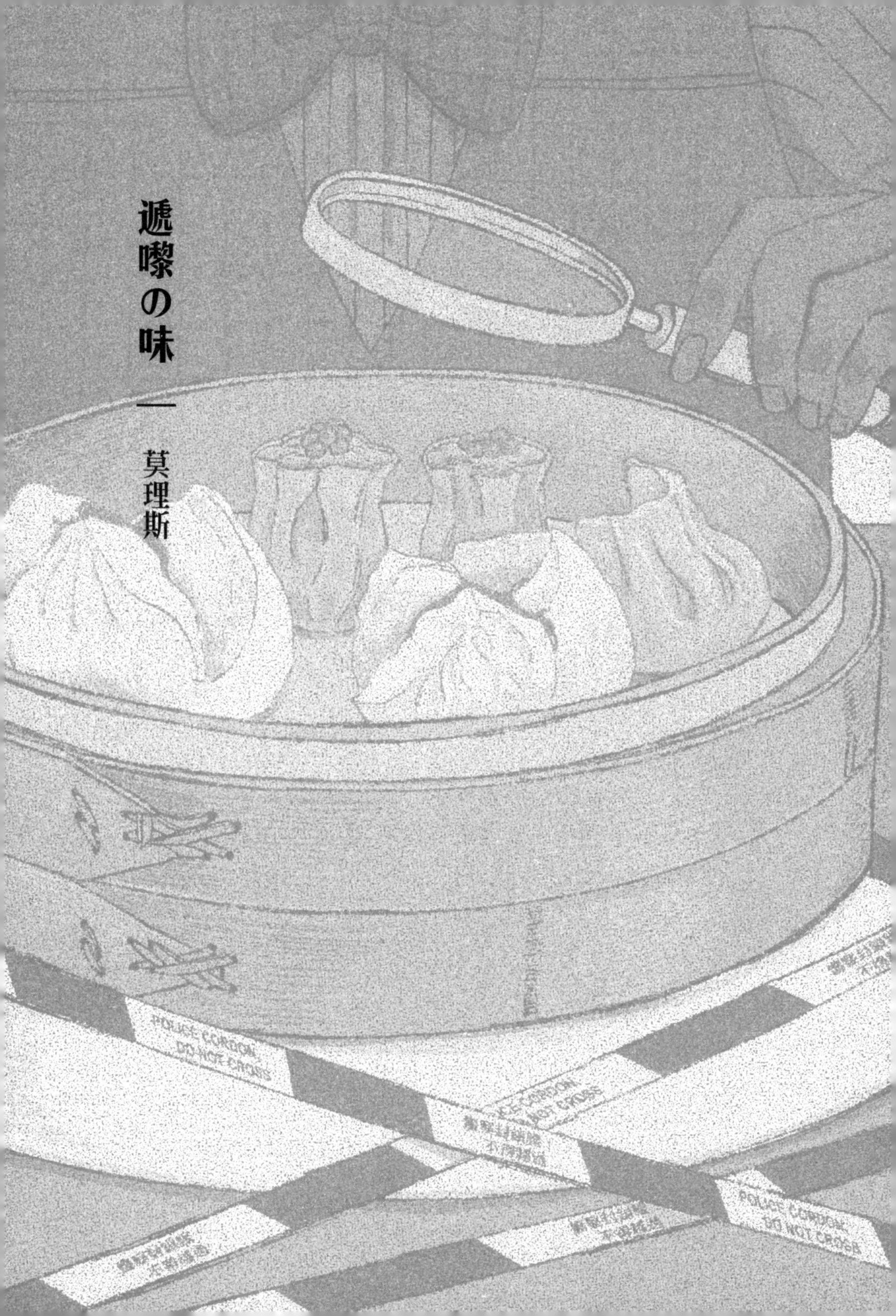

A、頭盤：開胃小食（線索）

以下餐牌項目全部供應（無須選擇）：

一、CEO訪談

「歡迎回到《講好香港故事》，我是節目主持Morris莫理斯。今日我們請到這兩年在香港爆紅的餐飲外賣平台『遞嚟の味』的兩位創辦人到來，跟大家分享一下他們的香港success story。首先跟我傾談的是『遞嚟の味』的首席執行官，CEO黎比利Billy Lai。Billy你好！」

「莫教授你好，很多謝你邀請我上來這個節目。」

「認識了這麼久，叫我莫理斯啦！況且已經沒當教授了，現在只是偶爾有做商業顧問。不過當然還是主持節目更好玩，所以我要多謝你今天上來才對呢！各位觀眾可以見到，原來Billy一條腿打了石膏，但依然老遠來到我們的錄影室。Billy，你是怎樣弄傷的？」

「唉，只怪我自己貪玩。這幾年因爲疫情沒機會出外旅行散散心，所以早前日本一放寬了旅遊限制，我便迫不及待飛去北海道滑雪。可惜技術已經有點生疏，結果便出了小小意外。不過現在已好得七七八八，很快可以拆石膏了。」

「祝你早日康復。說起疫情，當初正是因爲新冠爆發，促使你們建立這個外賣平台，對不對？」

「不錯。當初疫情剛剛爆發的時候，香港全城物資短缺，我和我的合作夥伴便成立了我們第一間公司，向本地人出售衛生口罩。即使不久後口罩的供求漸趨平衡，我們也非常幸運，藉此賺到我們的第一桶金。之後，因爲知道本地將會長久實施社交距離政策，我們又預料大家對餐飲外賣送遞服務的需求只會有增無減，於是便成立了一個我們認爲最能配合香港實地情況的平台，繼續爲廣大市民服務。」

「在我們談及『遞嚟の味』的業務之前，我首先有個問題必須要問你：你們爲什麼會給這個外賣平台取這麼獨特的名字呢？」

「哈哈，通常人們都一定會問這個問題。答案很簡單，取一個獨特的名字，便會更容易讓我們的品牌成爲話題嘛！現在這個訪問，你不是也馬上問我嗎？」

「哦，原來是爲了name-recognition。不過『遞嚟の味』這個名稱，讀出來會令人產生有點不雅的聯想，作爲branding策略會不會不是那麼好呢？」

「怎會呢？應該說，是聽了令人產生會心微笑的聯想才對。還有，很多人像你一樣，其實是讀錯了我們外賣平台的名字，我正好趁著這機會糾正一下錯誤的讀法。我們外賣平台的名稱裡雖然用了一個日本音標字，但其實不應該像日文那樣讀作『no』，而是將它翻譯作中文，讀作『之』字。就正如日本有個食物品牌『味の乜』，中文讀作『味之乜』一樣；又或者香港有個仿日本風、但其實是本地薑的連鎖店，招牌寫作『乜の良品』，亦是讀作『乜之良品』。我們外賣平台正確的讀法是『遞嚟之味』，是因爲廣東話『之味』跟『滋味』同音，所以我們這個外賣平台的名稱亦都可以解作『把滋味遞來給你』的意思。」

「所以你們外賣平台不應該讀作『遞嚟no味』，而應該讀作『遞嚟之味』。多謝更正。各位觀眾，以後不要讀錯了！」

「我想到這個名字，是因爲我本身姓黎，便想到可以把我們的食物送遞服務叫作『遞嚟の味』。」

「原來如此。剛才你提到，疫情令市民對餐飲外賣送遞服務的需求大增，那麼現在疫情逐漸放緩，對你們的生意又會不會有負面的影響？」

「我認爲不會。新冠疫情這幾年來，許多人都習慣了在家工作，甚至可能已經成爲常態。現在疫情雖然已經逐漸放緩，政府亦撤除了社交距離措施及口罩令，但對很多人來說，work from home很大程度上已經成爲長久持續的工作模式，到了疫情終結過後也不會突然消失。更廣泛地來說，就算不是在家工作的一般上班族，這兩、三年來已經習慣了使用餐飲送遞服務帶來的方便，所以我相信，香港市民生活復常之後，依然會需要我們『遞嚟の味』外賣服務的。」

「你們並不是香港唯一的外賣送遞服務平台。比起你們的競爭對手，你覺得自己有什麼優勢？」

「我們最初經營的時候，香港已經有好幾間外賣服務平台，所以一開始競爭已經很大。當時最大的三個平台都是來自外國的公司，自然財雄勢大，在資源上我們當然無法跟他們較量。可是到了二〇二一年年尾，其中那個名字是U字頭的外賣平台便結業了。爲什麼他們做不下去，而『遞嚟の味』卻反而可以愈做愈大呢？理由是，我們作爲一個『本地薑』平台，自然比競爭對手更貼地，而在運作上我們也更爲靈活和具有彈性。」

「『遞嚟の味』更貼地，可以說是顯而易見。但你所說的靈活和彈性，卻是什麼意思？」

「我們的靈活和彈性，是來自我們能更完善地體現crowdsourcing的理念。『遞嚟の味』……」

「Sorry，我打斷一下，我想很快地給觀眾解釋什麼是crowdsourcing。中文譯作『群眾外包』，簡稱『眾包』，即是將傳統上由自己處理的工作，分配出去給廣大群眾去給你包辦。剛才你說到，『遞嚟の味』比你們的競爭對手把眾包理念體現得更好，是怎樣的一回事呢？」

「用個實例來解釋，比較容易明白。大家可能記得，現在香港餘下另外兩大外賣平台，其中F字頭那間去年發生勞資糾紛，鬧到食物送遞員罷工，持續了幾個月。

『遞嚟の味』便不會發生這樣的事情，因為我們的送遞員並不是我們的僱員，任何人只要用手機下載我們的ＡＰＰ，就能在我們的平台上登記做送遞員，所以都是自由工作者，跟食肆一樣，都是我們的服務供應商。這樣大家都省卻了許多不必要的麻煩，我們『遞嚟の味』不用像競爭對手那樣因管理人力資源而頭痛，而我們的送遞員也有更大彈性選擇適合自己的工作量。很多送遞員跳槽過來我們這裡，便是這緣故。」

「但採用完全外包的方式，你們又怎樣監管送遞員的質素和表現呢？」

「主要是靠我們平台的評分制度。既然每間餐廳的食物好不好吃、價錢合不合理，可以依賴平台使用者的評分來決定，那為什麼送遞員不可以同樣地用客戶的評分去判斷好壞呢？態度好、準時送到食物的送遞員，得到愈多好評，我們的系統便會讓他優先接到訂單；相反，得到太多劣評的送遞員便會被淘汰。這樣才是最有效的人力資源管理。」

「所以你們連人力資源管理也外包了給你們的客戶。」

「哈哈，說得對。」

「可是有些情況下是不能夠外包給客戶的。例如，外賣送遞服務經常出現非法勞工——即『打黑工』的情況，你們又怎樣處理呢？」

「問得好。不過反過來說，是不是正式聘用送遞員便可以避免這個問題呢？當然不是。正如跟我們外賣平台合作的食肆，如果出現涉及食物衛生的問題，我們必須依靠食物環境衞生署來處理；如果『遞嚟の味』發現有黑工的情況，我們自然也要讓有關當局處理。以前的確有很多黑工使用匿名電話儲值ＳＩＭ卡來掩飾身分，但自今年三月起，使用電話儲值ＳＩＭ卡必須實名登記，黑工情況相信因而有所改善。至於我們平台，要登記成爲送遞員便必須提供香港永久性居民身分證副本和本地住址證明，這其實已經跟一般聘請僱員的基本法律要求沒有什麼分別。這些資料我們當然會絕對保密，但一旦發現有人僞造這些資料登記，自然會聯絡警方和入境事務處。」

「我們談了這麼久比較專門的問題，觀眾可能會覺得不夠有趣。問你一個八卦一點的問題：現在本地某集團想收購『遞嚟の味』，但有傳你們兩位創辦人意見不合，一個想賣，一個不想，到底有沒有這回事？」

「哈哈，收購就確有其事，但我們兩個創辦人卻沒有意見不合。我們自從小學已經相識，眞的是情同兄弟，一向都是共同進退的。不過目前『遞嚟の味』跟對方仍在磋商階段，不方便透露太多。總之大家拭目以待吧！我們這個香港success story只是剛剛開始！」

「謝謝你，Billy。廣告之後的下一個環節，我們會訪問『遞嚟の味』的另一位創辦人，各位觀眾不要走開啊！」

二、COO訪談

「歡迎回到《講好香港故事》，我是主持Morris莫理斯。接下來我們會訪問近年爆紅的香港餐飲外賣平台『遞嚟の味』的另一位創辦人，繼續跟大家分享這個本地創業的成功故事。哈囉Deepak，好多謝你上來我們的節目。」

「莫教授你好！大家好，我是Deepak，不過個個都叫我作阿D。」

「哈哈，你也應該知道個個都叫我作莫理斯。各位觀眾，這位嘉賓就是『遞嚟の味』的另一位創辦人，COO首席營運官Deepak Chowdhry。阿D，我知道你還有個中文名的，對不對？」

「不錯。我姓Chowdhry，中文譯作周，全名叫作周狄珀。狄仁傑的狄，琥珀的珀。」

「觀眾可能會非常驚奇，爲什麼你的中文這麼厲害！連狄仁傑和琥珀都曉得。」

「哈哈，謝謝，彼此彼此嘞。你自己也不是有點外國血統嗎？大家都是土生土長香港人，爲什麼我是南亞裔人便不可以學好中文呢？中英文並重才是香港特色嘛！」

「說得對。不如先告訴大家，爲什麼不能跟Billy一起進來錄影室跟我做訪問？」

「我和Billy原定上星期一起來跟你錄影，但那天早上我做了自我檢測，發現陽性反應，所以便臨時不能來。雖然政府現在已經沒有任何強制性的隔離措施，但我依然自律地家居隔離，直至恢復陰性爲止。幸好今天早上已經連續第二天檢測呈陰性，所以才夠膽上來做訪問。」

「非常有公德心啊！」

「當然了。『遞嚟の味』作爲餐飲業界的一分子，必須注重公眾衛生，而我身爲COO，更加要以身作則。例如現在政府雖然已經撤除了口罩令，但我們也依然要求送遞員在食肆拿取食物，以及送到客戶府上的時候，都必須佩戴口罩。」

「之前跟Billy錄影時，我問過你們是怎樣想到創辦『遞嚟の味』這個平台。你有沒有什麼想補充？」

「你知不知道，其實外賣送遞是印度人發明的？你有沒有聽說過什麼是『dabbawala』？」

「沒聽過。『打靶哇拿』，即是什麼意思？」

「哈哈，你的發音也算ＯＫ。『Dabba』是一種分開幾層用來盛裝食物的鐵皮罐，而『wala』就是『工人』的意思，所以『dabbawala』就是指用這種鐵皮罐送遞食物的工人。外賣送遞服務在一八九〇年代於印度孟買出現，已經有超過一百年的歷史。」

「原來如此。」

「不過因爲我太爺那代並不是來自孟買，而是由德里來香港的，所以我便想到用Delhi音譯作廣東話『遞嚟』，作爲我們這個食物送遞服務的名稱。」

「好貼切啊！那麼身爲創辦人之一，你在『遞嚟の味』是負責什麼工作的？」

「我頭銜雖然是COO，但職責其實亦包含CTO的工作。『遞嚟の味』的所有程式都是我編寫的，整個網上平台也是我設計的。坦白說，經營整個網上平台系統才是最令人頭痛的工作，所以不是說笑，這幾年間眞的弄到我患上非常嚴重的偏頭痛。」

「嘩！聽你這麼說，工作一定很辛苦。不如跟大家說一說，你設計的這個網上外賣系統有什麼與別不同的地方？」

「好的。Billy一定跟你說過，『遞嚟の味』的優勢是夠靈活、夠彈性和貼地，對不對？」

「呵呵，他眞的是這樣說，你不愧是他的知心朋友。」

「這幾點優勢其實全部都體現在我們『遞嚟の味』的系統裡。只要下載我們的APP到你的手機，你會發現介面非常容易明白和操作快捷，這就是我們成功的主要原因。顧客點了食物之後，系統會自動篩選距離最近、評分最高的送遞員，讓他們優先接下這個訂單。又因爲香港特別多不懂粵語的非華裔人士從事食物送遞工作，所以我特意把交收程序設計成最簡單、基本上不用說話的模式，這樣便解決了言語不通帶來的障礙。接到訂單的送遞員會在手機上收到一個一次性的QR碼，去到食肆拿取食物時讓店家一掃，把食物送到的時候又再讓客人一掃，系統便會自動向客人收錢，把適當的數目轉到食肆及送遞員的帳號裡。」

「說來容易實行難，我相信你設計這個系統時，一定是個嘔心瀝血的過程。」

「一分耕耘一分收穫。不然現在也不會有人想高價收購我們了，哈哈。」

「說到收購『遞嚟の味』，你有沒有什麼可以告訴我們的？」

「唔，我可以說，收購的事不單純是對方出價多少的問題。我們這麼辛苦建立了一個令香港人引以自豪的品牌，當然不希望賣斷給人家，而是希望可以參與經營，繼續爲香港人服務。」

「所以就算『遞嚟の味』眞的被成功收購，也一定不會消失？」

「我可以答應我們的擁躉，我是不會讓『遞嚟の味』消失的。」

三、主謀和共犯的對話

「阿Ram，辛苦你了。」

「老闆，不用客氣。可以時不時親自送餐給創辦人是我的榮幸嘛！」

「我知道。身爲『遞嚟の味』的其中一個創辦人，我在平台上是有超級使用者權利的。這幾個星期以來，是我故意操控系統，讓你經常接到我的訂單。」

「哦？爲什麼？」

「防止你偷懶嘛，哈哈哈。等一等，不要走。我有話要跟你說。」

「有什麼事要跟我說？我送完餐給你，接下來還有訂單……」

「不要裝模作樣了。我一早看穿了你的把戲。你除了送食物來給我之外，已經很久沒有親自送外賣吧？我操控『遞嚟の味』系統，讓你接到我的訂單，便是爲了迫使你親自出馬，因爲你知道如果讓我留意到接獲訂單的是你的帳號，但把食物送來給我的卻是另一個人，你外判工作給非法勞工的把戲便會穿幫。」

「你說什麼外判工作？沒有啊！」

「我一早看穿了你的詭計。最初，你的確是用自己的香港身分證和個人手機號碼登記做我們的送遞員，但很快想到可以外判給黑市勞工代替你接送訂單，自己便不用四處奔走這麼辛苦了。因爲我們送遞員從食肆拿取食物和向顧客收錢時，都是讓對方掃QR碼，所以要玩你這個把戲其實十分簡單。你用自己手機接下訂單之後，只要screencap訂單的QR碼轉發到黑工的手機，再把食肆和顧客的地址發給他，便可以讓黑工給你代勞了。」

「Boss，你聽我解釋……」

「不只這樣，你還『借用』了一些有香港居留權的南亞裔人士的身分，用他們的身分證副本和地址在『遞嚟の味』平台上註冊成爲送遞員，但所用的電話號碼卻是你自己買電話儲值SIM卡而來的額外手機號碼。電話卡實名制今年施行之後，每人在每間電訊公司可以登記的電話號碼上限是十個。就算你只是用同一間電訊公司的儲值SIM卡，假設用盡了十個號碼，包括你自己原來的手機號碼，便可以外判給十個黑市勞工。你身上帶著多少部手機？」

「沒有十部手機那麼多，只有七部。再多的話，我應付不了……」

「七個黑工也不少。他們送外賣的收入是計算在由你操控的『遞嚟の味』傀儡帳號，他們要靠你才收到錢，所以你要抽多少佣金他們也不得不接受。你這個賺錢方法不錯啊！」

「我……也只是想幫幫一些同鄉而已。多得我阿爺阿爸回歸前來到香港給英國佬做事，我才會在香港出世，有永久居留權。但這些來到香港的人卻沒我那麼幸運，雖然提出免遣返聲請尋求庇護，可以拿到『行街紙』[1]，卻不能工作，還要被本地人罵作『假難民』。他們又不懂中文，能讓他們這樣打黑工已經很不錯，總好過加入那些『南亞兵團』去偷去搶嘛！」

「哈哈，你說得眞好聽。」

「我也不是不用做，管理這麼多帳號和訂單也不容易，跟他們對分收入其實很公平。還有，很多時候客人會額外給一、二十元現金作爲貼士，這當然是送遞員自己落袋的。對沒辦法在香港正式打工的人來說，這已是非常不錯的收入。我外判工作給他們，不但完全沒有影響『遞嚟の味』的收入，其實更可以說是提高了送外賣的效率……」

「盜用他人身分是非常嚴重的罪行，足以坐監的。」

「老闆，給我一次機會！又不是只有我一個做黑市外判！最多我馬上不幹！」

「不用擔心，我不會追究。我還會幫你對付那個跟你搶外判生意的巴基斯坦幫。不過你要首先幫我一個忙。」

「幫你一個什麼忙？」

「非常簡單。明天中午最繁忙時間之前，我會用我們的ＡＰＰ落單點午餐，然後利用我的系統超級使用權，讓你接到這個訂單。你必須親自把午餐送來給我，不能外判給你其中一個黑市送遞員。你到了我家的時候，我要和你調換身分幾個鐘頭。」

「調換身分？」

「不錯。即是你留在我家裡幾個鐘頭，讓我假扮你，花一個下午出外領略一下做送遞員的滋味。」

「你怎樣假扮我？」

「你和我身形差不多，我戴上你的電單車頭盔、穿上你的外套和揹上你的外賣袋，跟你交換身分出外幾個鐘頭絕對不成問題。現在雖然口罩令已經解除了，但我們公司依然要求送遞員工作時佩戴口罩。只要我去到餐廳拿食物和送到客人住處的時

1　行街紙：爲香港的「臨時身分證明書」之俗稱。

候，保持戴著頭盔和口罩，就算對方認得你的樣子，也不會看得出來。」

「那麼……我外判那些，呃，黑市送遞員又怎樣？」

「明天調換身分那幾個鐘頭，我還要借用你的手機。你告訴我這個外判黑市送遞員的名字和他的電話號碼，到時我用你的手機在平台上接到訂單，便會照常外判給這個人。我不會讓他知道我和你掉了包。你在我家裡，可以繼續用你其他幾部後備手機，把訂單外判給另外的黑市送遞員。」

「那你什麼時候回來？」

「到了傍晚，我又會用自己的手機落單點晚餐，再利用我的超級使用權讓系統把這訂單發到你的手機。到時我便繼續假扮你，到餐廳拿了這份晚餐之後送去我自己的家。回家後我就把你的手機和其他東西交還給你，你便可以恢復自己的身分離開。」

「就是這樣？我只要在你家裡待著幾個鐘頭，什麼別的也不用做？」

「就是這樣。什麼別的也不用做。」

「我還是不明白，你爲什麼要我調換身分？」

「我有我的理由，你不用管。」

「你不會害我吧？」

「假如我要害你，現在已能叫警察拉你上差館，爲何還要搞這麼多事情出來？」

「那……那好吧。」

B．主菜（案件）

餐牌只提供以下一項（無須選擇）：

警察與長官的對話

「阿Sir，『遞嚟の味』創辦人那宗命案，收到驗屍報告了。」

「好的，我待會再看。案情至今的進展，你現在先給我做個口頭報告吧。」

「Yes Sir.經過解剖，法醫證實死者是死於服食過量的fen……fenta什麼……」

「Fentanyl，對不對？」

「是的。Sorry Sir，我英文不夠好。中文叫『芬太尼』，即是在死者家裡發現有存放的同一種特效止痛藥。」

「這是要醫生寫紙才可以買到的藥物，我之前叫你們和死者的醫生跟進，做了沒有？」

「有，因爲死者生前有需要服用芬太尼，這藥是醫生直接配給他的。我們又跟法醫確認過，根據死者從醫生那裡取得藥物的日期和數量計算，減去正常的每日用量、及法醫在屍體裡驗出的芬太尼分量，約莫跟我們在死者家裡發現剩下未曾服用的芬太尼數量相符。所以法醫認爲，死者一直正常使用止痛劑，但在事發當日一時大意吃多了一劑，結果便因用藥過量而死亡。」

「所以法醫認爲死因是意外服用過量藥物，沒有可疑。」

「Yes Sir. 死者最後一餐吃的是外賣，我們將在現場找到的外賣飯盒拿去化驗，沒有在盒裡剩餘的食物內驗出藥物，所以法醫認爲死者在飯前已經服用過止痛劑，但飯後忘記了，又吃多了一劑，釀成悲劇。這在報告裡面有寫的。」

「是怎樣發現屍體的？你再說一次給我聽聽。」

「事發當日，『遞嚟の味』另一位創辦人因爲死者自前一天起已沒有回覆短訊和電郵，多次致電他手機又沒有接聽，便打電話到死者所住大廈的管理處，叫管理員上樓查看。管理員按了很久門鈴也沒有人應門，於是通知了第一發現者，他便趕到大廈，在管理員陪同下用後備門匙進入死者寓所，繼而發現屍體。」

「有沒有問第一發現者他爲什麼會有死者寓所的後備門匙？」

「他說，他和死者是多年老友，現在又合作做生意，因爲大家都是獨居者，家人都在外國，所以就把自己寓所的備用鑰匙給了對方，方便照應。」

「也合理。事後證實，死者是在前一天中午過後去世的，對不對？那麼死者去世那天，有沒有出外？有沒有人探訪過他？」

「死者所住的大廈，大堂和升降機都設有閉路電視，我們查看過錄影，他去世當日整天都沒有出外。根據大廈訪客登記簿，中午時分有個『遞嚟の味』的食物送遞員來過送外賣給死者，他出入的時間也跟閉路電視錄影吻合。我們也跟『遞嚟の味』確認過，死者當日的確用平台點了午餐，所以這個外賣員應該便是在死者生前最後一個接觸他的人。」

「原來死者是用自己的外賣平台點餐嗎？不過這也沒有什麼好奇怪。」

「另一位創辦人說，他和死者經常在家工作，所以當然用自己的平台買外賣。」

「找到這個外賣員錄口供沒有？」

「還沒有。因爲……出現了問題。」

「什麼問題？」

「『遞嚟の味』他們非常合作，讓我們查看當天的送遞紀錄。那個送午餐給死者的送遞員是個巴基斯坦裔的香港人，叫作Salim什麼的，但我們一看他在『遞嚟の味』登記做送遞員時提供的身分證副本，便發覺他其實不是那天送外賣給死者的人。雖然外賣員戴著口罩，也沒有除下電單車頭盔，所以在閉路電視錄影上看不清楚面貌，但Salim是個六十多歲的大肥佬，光看體型也知道不是同一個人。」

「怎會這樣的？」

「我叫一個英文好的女警打電話給『遞嚟の味』紀錄裡Salim的手機號碼，但對方一聽到警察時，便馬上收線，之後再打電話也不肯接聽。我們又按紀錄裡他的登記地址去找他，他堅稱從來沒有登記過做『遞嚟の味』外賣員，一定是有人盜用了他的身分證副本和地址。我們也比對過Salim的手機號碼，跟『遞嚟の味』所登記的不同。」

「這麼說……有人盜用了他的身分去打黑工？」

「看來是了。盜用他身分的人需要使用跟『遞嚟の味』登記的手機號碼來做黑工，現在ＳＩＭ卡須用實名登記，我們可以向電訊公司追查這個人是誰。還有，『遞嚟の味』亦向我們提供了這個假Salim帳號所登記的銀行戶口號碼……」

「不要再浪費時間了。把這些資料轉達給入境事務處，讓他們跟進吧。」

「可是……」

「我們的工作不是捉拿這些打黑工的南亞假難民，已經仁至義盡，還有很多別的事情等著我們做。」

「那麼……不用替他錄口供嗎？」

「人都找不到，還錄什麼口供？等入境處抓到這個人再說吧，不過我看他們多半也是不了了之。」

「Yes Sir.」

「回到屍體的第一發現者。他是死者的生意夥伴，又擁有死者住所的後備鑰匙，這兩方面循例也是要調查一下。」

「是的，已經查過。第一發現者和死者於學生時代早已相識，幾年前又一起創辦了『遞嚟の味』這間公司。原來是彼此股份的承繼人，如果其中一位創辦人去世，另外那位創辦人便會得到公司的全部股份。現在又有人想收購這個外賣平台，他便變成唯一的受益者，所以錄取了他口供之後，我覺得仍有繼續調查他的必要。」

「唉！我只是說，『循例』調查一下，你一定又是浪費時間去調查無謂的東西了。查出了什麼？」

「第一發現者所住的大廈，也像死者的大廈那樣，升降機和大堂都設有閉路電視鏡頭。我查看過那天的錄影，第一發現者也像死者一樣，整天留在家裡工作，沒有出外，只是有人送過外賣給他而已，當然也是用『遞嚟の味』平台買的。我還核對過電訊公司的紀錄，第一發現者家裡的電腦一直處於連線狀態，手機使用訊號亦來自最接近住處的發射台。所以他的不在場證據是成立的。」

「其實死者大廈的閉路電視錄影已足以證明，在他去世當日除了外賣員便沒有人上過門。你其實沒有必要再花時間去調查另一位創辦人有沒有不在場證據。」

「可是他有動機……」

「你是不是看太多偵探小說了？簡簡單單一宗死因調查，法醫報告也說是意外服食過量藥物所致，你卻無無謂謂花了我們這麼多警力，是不是太得閒了？現在阿Sir點醒你，教你什麼叫作『交差』。工夫當然要做足，但不需要做得太足。明白嗎？」

「明……明白了。Thank you Sir!」

「那麼調查到此爲止。我會交報告給死因裁判法庭。Dismissed。」

C、配菜（解答）

餐牌以下項目任選其一（只能選擇一項）：

一、死者是CEO Billy，被COO Deepak和送遞員Ram合謀殺害

COO Deepak和送遞員Ram同是印度裔的南亞人。（Deepak和Ram同是印度名字。）由於二人體型和膚色相近，所以能夠執行交換身分的詭計。

Billy和Deepak，雖然對外聲稱情同手足，但其實暗地裡已經不和。由於兩位創辦人是彼此股權的受益人，其中一方若去世，他的股份便由另一方承繼，Deepak因而起了殺害Billy的念頭。

Deepak患有偏頭痛，需要服食芬太尼。在Billy滑雪受傷後，Deepak介紹自己的醫生給他開方使用同一種止痛劑，便是爲了僞造Billy誤服過量藥物身亡的假象。

事發當日，Deepak在中午點餐最繁忙時段之前，在「遞嚟の味」平台上給自己買外賣，隨即行使身爲公司創辦人而在系統上擁有的超級使用者權利，讓Ram接到這個訂單。

當Ram把午餐送到Deepak家的時候，Deepak便拿了對方自用的手機，又換上Ram的頭盔和外套及拿了他的外賣袋，假扮成Ram離開。因此Deepak所住大廈大堂及升降

機內的閉路電視鏡頭，只會拍下看來是同一個外賣送遞員來去的畫面。

往後，他便使用自己的手機和Ram的手機，上「遞嚟の味」平台進行一連串步驟，來完成殺人計畫及偽造不在場證據。

首先，每當Deepak使用自己手機時，都一定逗留在自己所住大廈附近，讓訊號從電訊公司的同一台發射站轉發，之後便關掉手機及取出ＳＩＭ卡。萬一警方事後查看他的手機訊號紀錄，也無法看得出他其實離開過寓所。

Deepak假扮成Ram離開自己住處後，便使用Ram的手機照常在「遞嚟の味」平台上接單，然後把訂單傳送到借用Ram送遞員帳號的黑工的手機號碼，讓對方代勞。所以，就連這個黑市送遞員也不知道「外判工頭」在這一天換了人。

同時，Deepak又用自己的手機登入「遞嚟の味」平台，運用超級使用權監控訂單情況。當Billy下單買午餐時，Deepak便讓訂單落到同樣作黑市外判外賣送遞的「巴基斯坦幫」的其中一個帳號。但重點是，Deepak禁止系統向這個送遞帳號的電話號碼發出通知。之後，Deepak就取代這個送遞員，把食物送給Billy。

跟Ram約好，在Ram的電單車儲物箱內預備了另一款頭盔及外套，這時Deepak便換上新的頭盔和外套，到食肆拿取食物送去Billy家。萬一事後警方查看食肆和Billy所住大廈的閉路電視錄影，也不會認出當天送外賣給「遞嚟の味」兩位創辦人的是同一個送遞員。

Deepak早已用自己存於家裡的芬太尼止痛劑，預備好一小瓶分量足以致命的溶液。他去到食肆，用複製自「巴基斯坦幫」送遞員帳號的ＱＲ碼領取了給Billy的午餐，便在送遞途中偷偷把芬太尼溶液混進食物裡。

計畫最容易出錯的一步，是把外賣交給Billy的時候可能會被認出，但Deepak早已想好，如果真的被認出的話，便推說是跟對方開個玩笑。在大廈樓下按訪客對講機的時候，Deepak刻意改變了聲音，待上到樓在門口交收時，又沒脫下頭盔和口罩。Billy不疑有詐，連正眼也沒看他一下便掃了對方手機上的ＱＲ碼，收下食物。

稍後，Deepak卸下送遞員裝扮，換上墨鏡棒球帽來繼續掩飾容貌，以普通顧客身分回到之前取食物送給Billy的同一間食肆，用現金買了一份一模一樣的外賣。Deepak需要的其實是盛裝著食物的餐盒，他把裡面的食物倒進街邊的垃圾桶，只留著空盒。

由於Billy所住的大廈樓層和單位眾多，Deepak知道到了傍晚時分必定會有住戶用「遞嚟の味」買外賣，所以等到有人下單的時候，如同之前一樣，利用超級使用者特權把訂單落到另外一個「巴基斯坦幫」黑市外判送遞員的帳號（不是中午時借用過的Salim），卻又不讓帳號主人知道。Deepak回復送餐給Billy時所穿的裝扮，以送遞員身分正常地去食肆取餐並送去客人的住址。

Deepak把晚餐送了給Billy那座大廈的另一位住戶後，就利用沒有閉路攝錄裝置的後樓梯，趕往Billy的單位。由於Deepak和Billy彼此擁有對方住處的備用鑰匙，Deepak

便利用備用匙入內。

這個時候，Billy吃了混入過量芬太尼的午餐，早已中毒身亡，陳屍地上。Deepak碰也不碰屍體，迅速拿走死者食完最後一餐遺下的空飯盒，換上較早前從同一間食肆得來、盛裝過相同菜式的空盒。臨走前，又從死者存放在浴室鏡櫃裡的藥物之中，拿走部分芬太尼，分量與用來毒死Billy的相若。

Deepak這樣布置現場，是爲了確保警方調查死因的時候，只會做出「意外服食過量藥物導致死亡」的結論，而不會懷疑是他殺。換過了的飯盒內遺留的少量食物，不會驗出有任何芬太尼，而查過Billy的醫生紙配了多少止痛劑給他，再比較一下死者體內的芬太尼的分量，亦不會發現跟他家裡剩下的配藥有出入。

Deepak離開死者所住的單位後，再使用後樓梯重回之前送外賣的樓層，坐升降機回到大堂離去。就算警方不厭其煩，查看大廈在事發當日整天的閉路電視錄影，也頂多只會留意到中午時送外賣給死者的送遞員，傍晚時亦再次來過送外賣給另一位住戶，卻無法看得出這其實是凶手的詭計，讓他神不知鬼不覺地回到現場處理證據。

之後，Deepak登入「遞嚟の味」給自己點晚餐，以超級使用者特權讓Ram的帳號接到訂單，然後換上Ram的頭盔及外套，冒充他到食肆拿取外賣送去自己的寓所。回到家裡，Deepak便跟一直在寓所等待的Ram調回身分，讓Ram穿回送遞員裝扮離去。凶手的完美不在場證據，至此完成。

次日，Deepak便以聯絡不到Billy爲由，聯絡大廈管理處，然後又去到現場，在管理員陪同下一起進入死者寓所，一起發現屍體。

由於可以預見警方必定會找Billy死前跟他接觸過的送遞員錄取口供，Deepak於是利用「遞嚟の味」平台上的超級使用者權利，讓系統把訂單記錄在「巴基斯坦幫」黑市外判送遞員的Salim帳號裡。警方若找不到這個黑工判頭，這條線索便斷了；但就算警方找到使用假帳號的黑工判頭，也一定不會相信他眞的不知道送最後午餐給死者的外賣員是誰，只會以爲他說謊。

最後，凶手因此讓警方「意外」地揭發黑工勾當，不但轉移了他們的視線，也正好爲共犯Ram除去跟他搶黑工外判生意的巴基斯坦幫。而Ram事後雖然多半猜得出Deepak跟他交換身分原來是爲了殺人，但身爲涉案極深的共犯，爲求自保也只好保守祕密。

二、死者是COO Deepak，被CEO Billy和送遞員Ram合謀殺害

送遞員Ram是南亞裔人士，卻並非印巴裔，而是膚色跟華人相似的尼泊爾人。（Ram也可以是尼泊爾人的名字。在回歸前，許多代印度人來到香港在殖民地政府任職公務員或爲英資公司服務；同樣，不少來自尼泊爾的啹喀兵也曾派駐到這裡。）

所以，跟Ram運用詭計調換身分的「遞嚟の味」創辦人，是華裔CEO Billy而不是印度裔COO Deepak。

Billy殺害Deepak的動機跟前述的相同，都是因爲在收購的問題上意見不合。Billy的腳傷其實早已痊癒，拆了石膏之後完全不影響行動。（但Billy仍可假裝行動不便，讓別人更加不會對他產生懷疑。）

殺人計畫的步驟跟上述選項一相同，只是主謀跟死者對調了人物。

三、死者是主謀，卻被共犯背叛

開始的時候跟選項一或二相同，即是「遞嚟の味」其中一位創辦人爲了殺害另一位創辦人，於是迫使送遞員Ram跟他交換身分來實行這個計畫。

主謀雖然沒有告訴Ram交換身分的眞正理由，但Ram感到事有蹺蹊，便偷偷向另一位創辦人透露主謀提出了什麼要求。

另一位創辦人得悉之後，馬上看穿詭計，知道生意夥伴意圖利用Ram製造不在場證據來謀殺自己，便決定將計就計，串通Ram先下手爲強，反過來聯手殺害主謀。

必須留意的一點，是無論主謀如選項一是Deepak、還是如選項二是Billy，在他原來的計畫裡，Ram的身形和膚色必定跟他相若才能實行交換身分的詭計。（即是，如果主謀是Deepak，Ram必定跟他一樣是膚色較深的印度裔人士；但如果華裔的Billy才是主謀的話，那麼Ram則必定是膚色跟華人較接近的尼泊爾裔人士。）

所以相對地，在這個選項三裡，無論「遞嚟の味」另一位創辦人是Billy還是Deepak，他的膚色不會跟Ram相若，如此跟Ram交換身分的詭計便行不通。因此，在他們以彼之道還施彼身的計畫裡，便沒有交換身分的部分，則必須由Ram來下手殺害主謀。具體過程如下：

事發當日，另一位創辦人一早便上到「遞嚟の味」平台給自己點早餐。由於兩位創辦人均擁有超級使用者權利，他馬上又用特權讓訂單落到Ram的送遞員帳號裡。當Ram把早餐送來時，另一位創辦人並不是要跟他調換身分，而是要把兩樣東西交給Ram：用自己存有的芬太尼止痛劑製成的溶液，以及主謀寓所的後備鑰匙。

時近中午，主謀依照原來的計畫，登入「遞嚟の味」平台給自己點午餐，然後用超級使用者特權讓Ram接到這個訂單。可是Ram卻不依照計畫自己去取食物，而是把訂單轉發到自己平時外判的其中一個黑工的手機。Ram馬上又打電話給這個黑工，吩咐對方取得食物後先跟他會合，訛稱落單的客人另外還從別的食肆點了東西（這裡假設是飲品），Ram交給黑工代送便不用自己跑多一次了。而Ram交給黑工的這額外飲品，裡面當然已經放了足以致命的芬太尼溶液。

跟黑工會合後，Ram馬上打電話給主謀，告訴他因爲太過緊張而擺了烏龍，竟不愼把訂單轉發了給自己其中一個外判黑工，所以交換身分的計畫必須押後到次日才能進行。主謀無可奈何之下唯有同意，待黑市送遞員把食物送到，主謀不疑有詐，以爲多出來的飲品是贈品，喝下之後便中毒身亡。

這時另一位創辦人又再利用超級使用者特權操作「遞嚟の味」系統，把死者的午餐訂單紀錄由Ram的帳號轉移到「巴基斯坦幫」用來外判黑工的Salim帳號。這是爲了給Ram製造不在場證據：警察事後調查死因，一定會找送午餐給死者的送遞員問話，但把訂單紀錄移離Ram的帳號，不但會誤導警察找錯對象，還從而揭發巴基斯坦幫的勾當。至於被Ram指使把有毒飲品送給死者的那個黑工，根本完全不知道發生了什麼事，所以完全不成顧慮。

到了傍晚，另一位創辦人又用特權讓Ram接獲來自死者所住大廈的外賣訂單，Ram便用前面已經解釋過的方式，使用另一位創辦人在早上交了給他的後備鑰匙，潛進死者寓所清理案發現場。Ram取回死者喝過混了過量芬太尼溶液飲品的杯子，以及拿走死者所存有的部分特效止痛劑，便再沒有任何證據足以證明死者並非死於意外服用過量藥物。

最後，另一位創辦人等到次日，以聯絡不到死者爲藉口，在管理員陪同下「發現」死者，便完成了這個反客爲主的殺人詭計。

四、配合以上任何一項皆可，但幕後元凶另有其人

基本上跟選項一、二或三相同，不過整宗殺人事件的背後，其實還有一個在幕後向主謀獻計的人，這個人才是終極元凶。

他就是莫理斯。

香港某財團意圖收購「遞嚟の味」外賣平台，莫理斯擔任法律顧問。由於其中一位創辦人不同意被收購，曾教授法律之餘亦有創作推理小說經驗的莫理斯，便給另一位創辦人構思了前述的犯罪詭計，把生意夥伴除掉。

（若配合以上選項三，由於共犯Ram並不知道在主謀背後其實還有莫理斯這位終極元凶，所以雖然Ram背叛主謀，反而串通另一位創辦人以彼之道還施彼身，但莫理斯在計畫弄巧反拙之後也沒有受到牽連。）

D．飲品及甜品（後續）

餐牌以下項目可選其一或兩者皆選（亦可以不選）：

一、送遞員身亡

「今晨在土瓜灣後巷發現一具男屍，身上有多處疑是被利刃所致的傷口。據悉，死者是一名南亞裔男子，遺體旁邊發現一個本地餐飲外賣服務的食物送遞袋，相信屬於死者。警方初步透露，目前仍在確認死者身分，不排除是仇殺事件，列作謀殺案處理。接下來是本地財經新聞……」

二、餘下的創辦人身亡

正當被譽爲本地疫情期間創業神話的餐飲送遞平台『遞嚟の味』，仍在與有意收購他們的買家進行磋商之際，其中一位創辦人【周狄珀／黎比利】昨天早上被發現倒斃在所住大廈樓下停車場旁邊的花槽，初步相信是深夜由十五樓寓所露台墜樓。據警方透露，在死者獨居的寓所內發現一封用電腦印出的遺書，目前列爲自殺案處理。較早前，『遞嚟の味』另一位創辦人亦不幸突然去世，死因裁判法庭後來裁定是死於意外服食過量特效止痛劑。曾爲本台訪問過這兩位創辦人的《講好香港故事》節目主持莫理斯教授，亦是是次收購『遞嚟の味』平台的法律顧問，有以下發言：

「『遞嚟の味』再次發生悲劇，兩位創辦人先後英年早逝，我謹代表有意收購他們外賣平台的集團，衷心表達深切的哀悼。雖然警方並未透露死者遺書的內容，但純粹以我個人推測，死者可能因爲不久之前痛失一同創業的摯友，現在即將達成收購協議之際不能與亡友分享成果，基於心理學所謂的『倖存者內疚』survivor's guilt，一時想不開而自尋短見。爲了繼承『遞嚟の味』兩位已故創辦人的遺志，必須保障他們成立的外賣平台營運不受影響，能夠繼續爲廣大香港市民服務，集團已經緊急聯絡到承繼死者股份的家屬，雙方達成共識，在完成收購及選出新管理層之前，委任我擔任『遞嚟の味』的臨時CEO兼COO……」

〈遞嚟の味〉完

作者訪談

（本文涉及故事謎底，請斟酌閱讀。）

01 你最喜歡和最討厭的食物是什麼？

陳浩基：最喜歡吃完不會讓我肚痛的食物，最討厭吃完會令我在廁所痛不欲生的食物。

文　善：看完基哥的答案，我會覺得我最喜歡的食物是明知吃完會拉肚子還是會吃的食物；最討厭是吃完拉完肚子但會覺得不值的食物。

譚　劍：和基哥的答案一樣，但我出事就嚴重很多，試過因此入院要插鼻胃管把堵塞胃腸的消化道內容物抽出來，所以對飲食非常謹慎。

夜透紫：我是味蕾上的台南人，喜歡一切甜食。因爲吃不得辣，所以討厭一切標榜「勁辣」、「麻辣」、「辛辣」之類的食物。辣味明明就是傷害自己舌頭的感覺，爲什麼要那麼M呢……

莫理斯：最喜歡吃印度咖哩。妹妹經常開玩笑地叫我作「Gary Oldman」，並不是因爲覺得我跟這位英國演員有任何相似之處，而是因爲他的名字半音半義譯成中文便是「咖哩老人」。對於飲食，我可說是個兼愛主義者，所以沒有什麼特別討厭的食物，只有「沒那麼喜歡」的食物。

柏菲思：最喜歡的是材料新鮮、味道有層次，還有一點創新的料理。最討厭的是分量太大、味道單一的食物。

黑貓C：對食物沒有追求，但討厭麻煩，吃過日本的炸飛魚整條魚都是骨，骨架比恐龍化石模型還要完整，不明白為什麼要吃牠。我也不是貓。

望　日：到台灣進修近一年，覺得所有香港獨有或特色食物都很喜歡，例如沙嗲牛肉通粉、西多士、蛋撻、紅豆冰、雲吞麵、點心、燒臘、煲仔飯、蛇羹等。雖然台灣也有些店提供這些食物，但不是味道不對，就是超級貴。最近我就吃過索價一百一十台幣一碟的炸兩[1]，但分量大約只有半條油炸鬼……討厭吃湯麵類的食物，其實不是討厭食物本身，是討厭挾起來又滑下去那種薛西弗斯式的吃飯體驗。但最討厭的是浪費食物。

冒　業：沒有三色豆的燒賣和加了三色豆的燒賣。

02

你的廚藝如何？有什麼拿手菜式或暗黑料理嗎？

陳浩基：廚藝低下，但至少不會令自己食物中毒。

譚　劍：只能應付不複雜的菜式，極限就是蒸魚和煎牛扒。

文　善：劍哥，蒸魚複雜到爆，除非你是蒸魚柳或有人幫你劏。我最拿手是看家裡有什麼快過期的食材，來弄一些沒有食譜的菜式。另外我不喜歡爲了食譜那少少分量而要買一大瓶/個，所以常常會自行改動食譜，在高通脹時代應該是不錯的技能。

夜透紫：對於一個在移英之前幾乎沒有入廚經驗的人，會錯把肉豆蔻粉當成肉桂粉應該也不算是很離譜吧？又因爲勇於在零經驗的情況下忽發奇想更改實驗材料，雖然千層麵有點焦黑和脆脆的但起碼都是全熟的喔！

莫理斯：我的廚藝大概介乎「可以入口」與「還算不錯」之間吧。弄得差勁的黑暗料理當然也有（而且不少），不過幸好我有自知之明，明知煮得難吃便絕對不會做出來虐待朋友的味蕾。

柏菲思：好像沒做過什麼暗黑料理，因爲是喜歡先看影片確認步驟再做菜的類型。菜式的話雖然談不上拿手，但自己比較喜歡做日韓菜之類的，如溏心蛋、麵豉湯等。

黑貓C：完全不會。我能夠做到的只有像林克把食材放到鍋裡開火加熱的程度而

1 炸兩：是一種粵系小吃，由腸粉包裹油條，切塊並加上醬料而成。

望已。

日：可能因爲是理科生，以前經常要做實驗，所以只要對著完整食譜，就能做出合理味道的餸菜。但我到現在仍對食譜中的「少量」、「適量」等用字感到很困惑——直接寫要多少很困難嗎!?

冒曾經很愛用罐頭湯和義粉（或通粉）做出各種美味湯義，絕對是值得推薦的懶人食譜（但注意高鈉）。

業：最拿手是杯麵加熱水。其實基本炒菜、煲湯等都懂，只覺得買餸、洗菜和切肉之類的工程全都好麻煩。

去年平常負責煮飯的家人染上肺炎要隔離在房間裡，可以自由行動的我便被迫負責三餐，結果人生第一次蒸肉餅意外獲得好評。

03 有沒有最深刻的飲食經驗？

陳浩基：大學時在飯堂點了有菜有肉的碟頭飯，然後大口大口吃著菜時感覺到菜葉裡有一條粗壯肥美的不明物。我沒有吐出來就直接吞掉，至今我仍不知道那是菜蟲還是脫落自肉片的脂肪。

文　善：太多啦，多是旅行的時候，不過通常深刻的都是誤打誤撞進去而有驚喜的店。

譚　劍：這輩子有很多糟糕的飲食經驗，而且愈糟糕愈深刻，但寧願記得美好的體驗。

這往往視乎和誰一起用餐，而不是食物本身。

和太太去法國的小鎮Annecy一日遊。她說要找間餐廳好好享受地道美食，但我們那時就在湖邊，湖後面是白雪蓋頂的阿爾卑斯山，而且陽光普照，眼前的山水美得像風景畫一樣，最後我們坐在長椅上一邊欣賞無價的美景，一邊吃只需要兩歐元的麵包。

夜透紫：剛畢業第一份工作公司出差，被同事帶去餐館，人生因而第一次接觸「水煮魚」。明明看名字應該是很清淡的東西啊？結果吃一口就歸天了。到底爲什麼要取這種名字!?

莫理斯：我嫲嫲做的梅菜扣肉是我一生中吃過最好味的，但因爲很花工夫，所以她不常做，通常只有我爸爸和二叔帶齊兩家人一起吃飯才能一嚐。五花腩肉要在前一天用自製滷汁醃過夜，次日煮熟後用慢火蒸一個下午，吃的時候眞的入口即化，滋味無窮。自她過身以來，雖然在許多有名的酒樓尋找過，但始終吃不到同樣水準的扣肉。

柏菲思：小時候見過貓頭鷹被燉成湯。

黑貓C：沒有。對食物沒有追求的話，更重要的還是環境吧：吃的地方，一起吃的朋友……想起十年前一起聊《*Diablo III*》，到現在出《*Diablo IV*》但大家都不在香港了。

望日：近期來說較深刻的經歷，是研究所的班導師帶海外生一起去吃的第一頓飯，就點了炒蝸牛，其他同學好像很驚訝，但我其實是期待有更特別的食物，例如炸蟋蟀或蜂蛹之類……

冒業：有次在西餐廳叫蘑菇湯，結果來到的是平常用來裝飯的盤子裝著的超級大盤湯，喝完都飽了。奇怪的是後來去同一間餐廳再叫湯就變回正常分量。我至今都不知道那次爲什麼會來了一大盤湯。

04

有什麼歷史上早已失傳，或是小時候吃過但現在市面已找不到的食物，希望可以品嚐？

陳浩基：人魚肉、西王母的仙桃、嗎哪。

文善：我還用說嗎？當然是鳳仙，想得我要寫篇故事把它記下來。

譚　劍：不用那麼複雜，只需要媽媽煮的家常菜就可以。

夜透紫：蓮子紅豆冰，應該還未算失傳，只是很少茶餐廳願意花工夫做這個了。

莫理斯：很多我在兒童時代常見的廣東點心，如今雖然不算失傳，但已經很難找得到。鹹味的最喜歡蜂巢芋角，現在很多酒樓都不再有售，偶爾讓我發現，也未必好吃。十多年前金鐘某大酒店內的中餐館曾出現過一款內有蟹黃和帶子的，絕對是讓我最回味的芋角，可惜後來從餐牌上消失了，嗚嗚嗚。至於最懷念的甜味點心，是因爲外形酷似照相機所用的膠卷而俗稱「菲林」的芝麻卷。近年終於給我在中環某懷舊港式甜點店找到，他們還有多種美味的糯米糍，不少款式是我小時候沒有的。哎呀，流口水了……

柏菲思：豬潤燒賣、金錢雞，個人最愛的蝦子柚皮，市面上應該不大常見？

黑貓C：吃暴龍，讓暴龍也嚐嚐被吃的滋味。

望　日：外婆親手準備的特色潮州食物。

冒　業：約四十億年前在地球出現的生命起源原始湯（Primordial soup），好像很好喝。

05 有什麼香港道地食物可推薦給外地讀者？

陳浩基：熱檸樂加薑。

譚　劍：點心、粥粉麵，和豉油西餐，都是我人在異鄉時非常懷念的香港食物。

夜透紫：混醬腸粉加魚蛋魚肉燒賣是無敵的組合。炸兩和牛脷酥配窩蛋牛肉粥是令人懷念的民間美食。酥炸大腸和牛雜簡直就是街道小吃的霸主，但能把這兩樣做得好吃的街邊攤檔愈來愈難找了。

不能再說了，人在英國的我現在已經流口水了。

莫理斯：地道新界盆菜。

柏菲思：楊枝甘露、魚肉燒賣、瑞士雞翼……回答到這裡覺得有點餓了。

黑貓C：如果說點心、燒味、煲仔飯那些都不需要我推薦。隨著香港人像逃難一般逃離香港，將來很可能要外地讀者來推薦香港地道食物呢。

望　日：第一題回答提到的所有食物。

冒　業：燒味。

文　善：看到大家列舉的食物，覺得多倫多的華人是被寵壞了，我們不是說有沒有得吃，而是要挑哪家好吃哪家正宗。如果要想多倫多吃不到的港式食物，其中一樣是魚蛋，因爲魚種不同，始終做不到香港的口味。另一樣是竹昇麵，好想吃那晶瑩彈牙的麵條（還是竹昇麵已變成第四題的答案了？）。

06 最喜歡或印象最深刻與食物或烹飪有關的作品是什麼（可包括電影、電視劇、書籍、動漫、遊戲等）？

陳浩基：漫畫《迷宮飯》。我沒想到連食材和烹飪手法也能從架空的角度切入。

文　善：如果我說《店長，我有戀愛煩惱》會不會太無恥了？那我說《伙頭智多星》吧。印象最深一集是年輕人愛「新潮」的迴轉壽司而嫌棄傳統壽司店，味吉陽一代表老店對戰迴轉壽司。

譚　劍：由Peter Greenaway執導、於一九八九年上演的電影《情慾色香味》（*The Cook, the Thief, His Wife & Her Lover*，台譯為《廚師、大盜、他的太太和她的情人》），名稱就講清楚四個主要角色的關係。這個在高級餐廳發生的外遇故事有個非常震撼的結局。

夜透紫：小時候印象最深刻的當然是味吉陽一《伙頭智多星》，之後的《中華一番！》和《日式麵包王》（台譯為《烘焙王》）都非常經典。近期的話首推《迷宮飯》。日本人的腦洞，真的太厲害了。

莫理斯：印象最深刻的文學作品，是墨西哥作家Laura Esquivel一九八九年的小說《*Like Water For Chocolate*》（我看的是英譯版），書名直譯是「有如用來溶解朱古力的水（那麼滾熱）」，是西班牙文用來形容憤怒（或慾火焚身）的常用詞語。廚藝精湛的女主角因家庭問題不能與愛人結婚，只能以烹飪來抒發抑壓於內心的種種情緒。小說每個章節都先列出一道菜式的食譜，女主角在該篇裡便煮出那道菜。這部書在九十年代拍成電影，在香港上映時譯作《濃情朱古力》（台灣片名則是《巧克力情人》）。

說到電影，華語圈最爲人熟悉的例子，當然是李安導演的《飲食男女》（一九九四），相信不用多做介紹。外語片則有日本的《蒲公英》（*Tampopo*）（一九八五）、和丹麥的《芭貝特的盛宴》（*Babette's Feast*）（一九八七）。前者是一部妙趣橫生的喜劇，講述一位經營拉麵店的單親媽媽，苦苦追求如何煮出一碗完美湯麵的過程；其中一大亮點，是當年出道不久的渡邊謙和役所廣司都有分演出。後者改編自丹麥作家Karen Blixen的著名故事：十九世紀時，來自巴黎的女主角芭貝特因爲逃避戰亂，流落到丹麥偏遠小村，得到一對善良的老姐妹收留，成爲她們的僕人。多年後，芭貝特中了彩票，爲了報恩，竟把獎金盡數用來訂購最昂貴的精美食材，還大顯身手，爲全村人炮製一頓畢生難忘的盛宴。（原來她本是巴黎某高級餐廳的主廚。）結局有兩句我覺得很有意思的對白：女主人知道芭貝特花光了獎金，驚問：「那你豈不是要貧窮一生？」她卻答道：「藝術家是永遠不會貧窮的。」

柏菲思：印象深刻有不少如英國電影《*Toast*》（台譯爲《吐司：敬！美味人生》）、美劇《*Hannibal*》（台譯爲《雙面人魔》）、日漫《西洋骨董洋菓子店》；自己親身到倫敦國家美術館看過原畫後，很喜歡梵高的《*Two Crabs*》。

黑貓C：情迷……不對，是《日式麵包王》。

望日：《伙頭智多星》。其實不大記得內容，只記得那些人吃到好吃的東西時會大叫「好好味呀～」，再配上山崩地裂飛天遁地海嘯核爆等瘋狂畫面。

冒業：《天與地》……不，遊戲「Overcooked」系列吧，玩過之後保證友誼和感情都會破裂。動畫推介《衛宮家今天的飯》，看完即使懶人如我都忽然有衝動想下廚。

07 最後，有什麼想跟讀者說說或分享嗎？

陳浩基：均衡飲食很重要。精神食糧也一樣，所以請繼續支持華文推理。

文　善：就如〈某種老甜點〉說的，「鳳仙」可能名字老土，口味可能不夠其他雪糕雪條流行，但如果單以名字和是不是流行大宗來判斷，會錯過很多好東西喲。

譚　劍：〈香港仔的鯰魚〉雖然說的是餐廳和食評人之間的故事，但這個對立關係可以套用在商店（服務員供應者）和顧客之間、fans（haters）和YouTuber之間，甚至創作者和評論人之間。歡迎大家自由解讀。

夜透紫：不管你在哪裡，都要好好吃飯，好好休息，好好生活。人類生存須要飲食，不是只要塡飽肚子就好，心靈的滿足感也很重要。例如早上的咖啡，應該算是開始工作的儀式感吧。但是追求美食也要有個限度啦，有些東西還是不應該放進嘴巴裡的。我已經不想在有生之年再經歷一次全球病毒大流行了，再下次說不定就要進入喪屍的末日世界線了（哭）。

莫理斯：今年所寫的故事，對我來說是個實驗性的嘗試，希望讀者看了之後就算不喜歡，也不要使用那句跟篇名音近的粗口，哈哈哈。

柏菲思：見字食飯。

黑貓C：對看到最後這行的讀者，我想說的只有感謝支持。

望　日：說到底，吃東西最重要的不是食物，而是人。現在只想快點回港，跟家人、朋友以及《偵探冰室》的一眾作者吃飯。也不期然懷念起已無法或短期內不能一起吃飯的親友。

冒業：今次竟然沒有人把故事設定在「偵探冰室」，再把裡面全部推理作家都殺掉，實在可惜。

〈作者訪談〉完

國家圖書館出版品預行編目資料

偵探冰室．食／ 陳浩基 等 著.
——初版.——台北市：蓋亞文化，2023.12
面；公分. (故事集；32)

ISBN 978-626-384-058-4（平裝）

857.61 112019530

故事集 032

偵探冰室．食

作　　者　陳浩基、文善、譚劍、夜透紫、莫理斯、
　　　　　柏菲思、黑貓C、望日、冒業
封面插畫　Gami
裝幀設計　莊謹銘
責任編輯　盧韻亘
總 編 輯　沈育如
發 行 人　陳常智
出 版 社　蓋亞文化有限公司
　　　　　地址：台北市103承德路二段75巷35號1樓
　　　　　電話：02-2558-5438　　傳真：02-2558-5439
　　　　　電子信箱：gaea@gaeabooks.com.tw
　　　　　投稿信箱：editor@gaeabooks.com.tw
　　　　　郵撥帳號 19769541　戶名：蓋亞文化有限公司
法律顧問　宇達經貿法律事務所
總 經 銷　聯合發行股份有限公司
　　　　　地址：新北市新店區寶橋路二三五巷六弄六號二樓
　　　　　電話：02-2917-8022　　傳真：02-2915-6275
初版一刷　2023年12月
定　　價　新台幣420元
Published and printed in Taiwan

ISBN 978-626-384-058-4

Gaea

GAEA